OETINGER TASCHENBUCH

MIX
Papier aus verantwortungsvollen Quellen
FSC® C014496
FSC www.fsc.org

1. Auflage 2018

Covergestaltung und Innenillustrationen: Miri D'Oro
Druck: GGP Media GmbH, Karl-Marx-Straße 24,
07381 Pößneck, Deutschland
ISBN 978-3-8415-0524-8
www.oetinger-taschenbuch.de

Anke Girod

Cupcakes & Vanilleküsse

Mit Illustrationen von Miri D'Oro

Oetinger Taschenbuch

LOVE

1

Gwen schaukelte so hoch in die Luft, dass ihre langen Locken immer noch Millisekunden über ihr schwebten wie eine breite Krone. Tief sog sie den Geruch des Bodens und des Baumharzes ein, als handele es sich um ein gelungenes Parfüm.

»*Forest to go* Eau de Parfum – hilft sogar gegen Liebeskummer«, murmelte sie vor sich hin. Das wäre doch ein passender Werbeslogan!

Durch den Umzug lagen jetzt hundert Kilometer zwischen ihr und Kenu. Und trotzdem blitzte schon wieder sein Lachen in ihrer Erinnerung auf wie ein vorlauter Stern, der sich zwischen einer finsteren Wolkendecke hervormogelte.

Sie holte erneut mit den Beinen aus. Das Knistern und Knacken der Zweige und die Vogelstimmen in den Baumwipfeln vermischten sich in ihren Ohren zu einer feinen Sinfonie.

Vor zwei Wochen hatte sie die alte Buche mit der provisorisch angebrachten Schaukel im Wald entdeckt. Kaum jemand schien diesen Ort zu kennen. Und so hatte Gwen begonnen, ihn als ihren persönlichen Rückzugsort zu lieben. Eigentlich war sie natürlich zu alt für Elemente von Kinderspielplätzen.

Aber das hier war etwas anderes! Das hier zählte eher als Spa-Bereich, es bedeutete Entspannung pur für sie.

Sie schloss die Hände noch fester um die Taue, die sich angenehm rau auf ihrer Haut anfühlten.

Plötzlich hörte sie ein Knacken. Ihr ganzer Körper spannte sich an, und ihr Herz fing wild an zu klopfen. Sie versuchte, in das Dickicht hinter sich zu spähen, was beim Schaukeln gar nicht so einfach war. Da! Hatte sich da gerade etwas bewegt?

»Hallooooo?«, rief sie mit zitternder Stimme.

Nichts rührte sich. Sie katapultierte sich mit einem Sprung nach vorn und landete einigermaßen trittsicher auf ihren Sneakers. Noch einmal drehte sie sich dem Dickicht zu und fixierte die Baumreihen. Nichts.

Nur die üblichen Nadel- und Laubbäume in satten Grüntönen. Goldene Sonnenstrahlen drangen durch die Baumwipfel und beleuchteten den moosigen Grund, wie kleine Licht-Spots. Ruhe ging von diesem Bild aus, das Gwen seit Kurzem so mochte.

Doch gerade konnte sie das ganz und gar nicht genießen. Sie wollte nur noch weg!

Auf ihrem Mountainbike überwand Gwen geschickt die Steine und Wurzeln des Waldweges. Ein beständiges Vibrieren lief über die Räder durch Gwen hindurch, als seien sie und das Mountainbike miteinander verschweißt.

Als sie endlich das hölzerne Gartentor mit dem Vorderrad aufstieß, hatte sie einen persönlichen Geschwindigkeitsrekord aufgestellt.

Sie warf das Rad auf den Rasen vorm Haus und sah über den

weißen Zaun zu dem Wäldchen zurück. Es schloss direkt an ihren Garten an, und bisher hatte sie das als den einzigen Pluspunkt des Umzugs empfunden. Den erdig-holzigen Geruch, die Radtouren, die Schaukel.

Aber heute erschien ihr der Wald dunkler als sonst. Und täuschte sie sich, oder zog die kühle Luft aus den Schatten bis zu ihr? Sie schüttelte sich und ließ sich neben ihrem Rad in eine Kolonie Gänseblümchen sinken. Mit den Fingern fuhr sie durch die Halme und griff fest zu, als könnten die grünen Stängel ihr Halt geben.

Wieder einmal drängte sich Kenu in ihre Gedanken, und dieses Mal ließ er sich auch nicht vertreiben. Wenn sie nur nicht ihr Herz gleich total an ihn gehängt hätte! Gwen schluckte. Sie war gar nicht darauf gekommen, dass es ihm vielleicht anders gehen könnte. Jahrelang hatte sie heimlich für ihn geschwärmt. Für sie gab es nur diesen einen Jungen auf der Welt. Und dann, vor sechs Monaten, wurde alles auf einmal so magisch. Er schien sich auch rettungslos in sie verliebt zu haben. Es hatte sich angefühlt, als könnten sie alle Hürden zusammen nehmen. Komme, was wolle.

Ihr Herz war so lange besetzt gewesen. Besetzt von jemandem, der sie bei den ersten Problemen sofort fallen gelassen hatte.

Ihr Blick schweifte wieder zu der Waldgrenze. Und was war das vorhin auch noch für ein merkwürdiges Geräusch gewesen?

Mit beiden Fäusten im Gras verankert, saß Gwen minutenlang kerzengerade und bewegungslos. Dann sprang sie auf und versuchte, das beklemmende Gefühl abzuschütteln wie eine lästige Klette.

Wahrscheinlich übertrieb sie maßlos. Echte Waldgeräusche entsprachen eben nicht immer den meditativen Klängen von Musikstücken mit Namen wie »Seelenruh im Wald«, »Sich selber finden zwischen Bäumen« oder ähnlicher Alt-Tanten-Musik. In echten Wäldern knackte es auch mal. Willkommen auf dem Land!, dachte sie. Immerhin war sie jetzt weit weg von Kenu, dem Verräter.

»Bist du das, Gwen?« Die Stimme ihres Vaters drang aus dem Keller des Hauses hoch. Dabei hielt er es nicht für nötig, den Holzschleifer auszustellen, sodass seine Stimme unter dem Lärm kaum zu hören war.

Statt zu antworten, lief Gwen die schmale Holztreppe in den Keller hinunter. Sie war gespannt, wie weit das selbst kreierte Segelflugzeug-Modell schon fortgeschritten war, an dem ihr Vater in jeder freien Minute arbeitete. In der »Holzwerkstatt« empfingen sie dichte Wölkchen aus Holzspänen. Ihr Vater sah kurz auf, um ihr hinter seiner staubigen Schutzbrille zuzuzwinkern. Dann bemühte er sich, so zu tun, als konzentriere er sich wieder auf die Holzplatte vor sich.

Aber gleich würde seine Frage kommen. Das kannte Gwen schon.

»Alles klar, Gwenny?«

»Mhm, ja, ja, alles klar«, murmelte Gwen und strich ehrfürchtig über das Holz des fast zwei Meter langen Flugzeugs.

Doch bevor ihr Vater nachhaken konnte, hauchte sie ihm ein »Ciao« zu und eilte wieder nach oben. Sie hatte keine Lust auf weitere besorgte Blicke und Fragen.

Ihr Magen knurrte schon seit Stunden, und nun war auch noch ein schmerzhaftes Ziehen dazugekommen. Sie musste dringend etwas essen. Wenn sie doch nur wieder ihren Appetit zurückbekäme, dann würde sie das Essen nicht dauernd vergessen!

Mit dem Fuß schob sie die Tür zur geräumigen Küche auf, und wie immer blieb ihr Blick an dem Herzstück dieses Raumes hängen: der purpurfarbenen Kücheninsel, die von einem riesigen Herd samt Ofen dominiert wurde und allem einen ultramodernen Gesamteindruck gab. Gwen schluckte. Früher wäre das der wunderbarste Ort im ganzen Haus für sie gewesen. Aber seit diesem Liebeskummerding hatte sie sogar auf ihre »preisverdächtigen Superkreationen«, wie ihr Vater ihre selbst erfundenen Quiches, Tartes, Kuchen und Torten immer bezeichnet hatte, keine Lust mehr gehabt. Bisher hatte ihr einfach die Kraft gefehlt, dieses Prachtexemplar von »Backstudio« einzuweihen, so wie sie es früher noch vor dem Ausräumen der Umzugskisten getan hätte.

Plötzlich wurde ihr schummerig. Schnell öffnete sie den Kühlschrank. Jetzt musste sie etwas finden, das sie auch runterbekommen würde. Die Fächer waren wie immer gefüllt mit den feinsten Dingen. Ihr Vater war ein Schlemmer und deckte sie stets gut ein. Gwen sah unter anderem Vanillejoghurt und handgeschöpften Büffel-Mozzarella, Bio-Fleisch in Rosmarinmarinade, Oliven-Baguette und Mousse au Chocolat vom Vortag. Sie brach sich ein Stück Baguette ab und legte es auf den Toaster.

Den ersten Bissen des warmen Brotes fand sie wider Erwarten köstlich. Endlich schmeckte es ihr mal wieder! Mit einem wohligen Seufzen lehnte sie sich zurück.

Da streifte ein Luftzug ihren Rücken, und gleichzeitig hörte sie die Stimme ihrer Mutter: »Gwenny, dir steckt der halbe Wald im Haar.« Ihre Mutter griff in Gwens Lockenmähne und zog eine Tannennadel nach der nächsten heraus. Dann drückte sie sie liebevoll an sich. »Na, was hast du heute Schönes gemacht?«

Gwen versuchte, sich der Umarmung zu entziehen, und brummte zwischen zwei Bissen: »Nichts Besonderes.«

»Stell dir vor, was ich auf dem Nachhauseweg entdeckt habe! Einen Mountainbike-Club. Direkt an der Hauptstraße, neben der Bank. Weißt du, wo ich meine? Wäre das nichts für dich?«

Gwen zuckte mit den Schultern und löste sich mit einer schnellen Drehbewegung endgültig aus der Umarmung. Jetzt bloß keine weiteren schlauen Tipps. Sie spürte den Blick ihrer Mutter immer noch auf sich.

»Versprich mir wenigstens, dass du drüber nachdenkst. Du kannst dich hier doch nicht so einigeln. Bestimmt lernst du nette Leute kennen, wenn du es erst mal wagst.«

»Okay«, sagte Gwen leise.

Mit eindringlicher Stimme meinte ihre Mutter dann: »Anderes Thema! Ich brauche deine Hilfe. Ich habe mir überlegt, Führungen und kleine Events in unserem Haus zu veranstalten. Das ist die beste Werbung und Akquise von potenziellen Kunden überhaupt. Ansonsten fürchte ich, dass ich mir mit dem Bau ein Eigentor geschossen habe. Da mag unser Haus noch so besonders und öko sein. Ich brauche jetzt dringend Bauaufträge, um das Geld wieder reinzuholen!«

Zum ersten Mal, seit ihre Mutter aufgetaucht war, sah Gwen sie an, als sie antwortete: »Dabei brauchst du mich doch aber nicht! Das ist doch nur so ein Pseudoauftrag, damit ich unter Menschen komme, wie du das nennst.« Gwen strich sich eine Locke aus dem Gesicht. »Das bring ich einfach nicht, tut mir leid!«

Ihre Mutter sah sie besorgt an. »Ich habe wirklich ein logistisches Problem! Ich kann das Architekturbüro nicht vor 17.00 Uhr verlassen. Und das ist noch früh! Wir stecken mitten in einem Großprojekt, bei dem wir zeitlich furchtbar im Rückstand sind, was uns Zehntausende Euro kosten kann. Ich kann nicht öfter als ein Mal in der Woche früher als halb sechs hier sein. Du musst die erste halbe Stunde der Führung und Erklärung übernehmen! Bitte! Später lohnt es sich nicht, da kommen die vielen Oberlichter nicht mehr richtig zur Geltung. Das Licht wird stumpfer.«

Gwens Mutter sah sie bittend an. »Mit dem Hausbau haben wir uns übernommen. Ich muss das Geld wieder reinbekommen, sonst werde ich womöglich mein neues Büro gleich wieder verkaufen müssen. Und was das für mich bedeutet, weißt du, glaube ich.« Sie verstummte und starrte vor sich hin.

Gwen seufzte. Dann drückte sie sich von der Anrichte weg. »Das ist voll mies von dir! Ich wollte das Haus ja gar nicht!«

Ohne auf eine Reaktion zu warten, drehte sie sich um und hastete die Treppe hinauf in ihr Zimmer. Dort ließ sie sich auf ihr Himmelbett fallen. Ihre Mutter hatte doch keine Ahnung! Das ging überhaupt nicht! Immer nur *ihr* Job, *ihr* Büro, *ihr* Erfolg … – *Gwens Gefühle* waren ihr doch völlig egal!

Aber schon schlich sich das schlechte Gewissen ein. Eigentlich versuchte ihre Mutter trotz der vielen Arbeit alles, um ihr zur Seite zu stehen. Und sie hatten nur so kurzfristig hierherziehen müssen, damit ihre Mutter vor Ort Werbung für weitere Bauaufträge machen konnte, um an diesem Bau nicht pleitezugehen.

Aber Führungen durch das Öko-Haus machen? Und dabei am besten noch die charmante Gastgeberin spielen, bis ihre Mutter nach Hause kam? Schon bei dem Gedanken, wie fremde Leute durch ihr Zuhause stiefelten und in jede Ecke guckten, schnürte es Gwen die Luft ab. Sie würde wahrscheinlich kaum ein Wort rausbringen. Und sich dafür blöd vorkommen. Na, vielen Dank, das konnte sie gerade noch gebrauchen.

Es tat immer noch so weh, dass sie Kenu nicht genug bedeutet hatte, um es mit einer Fernbeziehung wenigstens zu versuchen. Wie konnte ihre Mutter da von ihr verlangen, gerade jetzt diese Aufgabe zu übernehmen?

Andererseits: Wie konnte sie auch nur im Traum daran denken, ihre Mutter im Stich zu lassen? Bei dem Gedanken, sie könnte mit schuld daran sein, wenn ihre Mutter das neue, diesmal eigene Büro, von dem sie zwanzig Jahre lang geträumt hatte, gleich wieder aufgeben musste, wurde Gwen mulmig. Sie schloss die Augen und hoffte, dass sie einfach einschlafen würde. Aber die Gedanken rasten nur so in ihrem Kopf. Also setzte sie sich auf und starrte aus dem Fenster.

Was sollte sie bloß tun? Machte sie die Führungen, wäre sie völlig unbekannten Menschen ausgeliefert, würde sich zu Small Talk zwingen und hätte die ganze Zeit das Gefühl, dass alle innerlich über sie lachten. Machte sie die Führungen nicht, ruinierte sie vielleicht ihre Mutter.

Mit langsamen Bewegungen zog Gwen ihre Sneakers und die enge Jeans aus. Dann kroch sie unter die Bettdecke.

Im Grunde war es eine einfache Rechnung: Egal, was sie tat, sie würde sich schlecht fühlen. Aber nur in einem Fall würde sie dabei zusätzlich auch noch ihre Mutter ruinieren.

Die Entscheidung war gefallen.

2

Gleich war es so weit! Nervös fuhr sich Gwen mit den Fingern durch die Locken. Dann zog sie ihre Bluse über der Jeans in die Länge, dass die geraden Streifen des Musters sich zu Wellen verformten. Erst als eine Naht verdächtig knackte, ließ sie den Stoff los. Zum gefühlt tausendsten Mal sah sie auf die Uhr. Nur noch zehn Minuten.

Für heute hatten sich gleich mehrere Gäste zur Besichtigung angekündigt: Herr und Frau Pietz aus Bremen, ein Lehrerehepaar mit hohen Ansprüchen, wie sie Gwens Mutter schon am Telefon angekündigt hatten. Dann Herr Seifert, der sich wohl gerade von seiner Frau trennte und am Telefon etwas wirr geklungen hatte, sowie Frau Scharnbeck, Single und stolze Besitzerin einer Kolonie von Katzen. Gwen hatte das sichere Gefühl, dieser Besichtigung zuzustimmen war ein großer Fehler gewesen.

Und da klingelte es auch schon!

Der melodische Dreiklang schoss Gwen durch Mark und Bein. Schritt für Schritt stieg sie, das Treppengeländer fest in der Hand, nach unten. Am Treppenabsatz angekommen, war es, als müsste sie ihre Finger erst überreden, das Holz loszulassen. Als sie endlich den ersten Schritt durch den langen Flur Richtung Haustür machte, erklang der Gong schon zum zweiten Mal.

»Herzlich Willkommen«, piepste sie mit fast tonloser Stimme, nachdem es ihr gelungen war, die Haustür einigermaßen schwungvoll zu öffnen. Sie blickte in drei unbeteiligt wirkende Gesichter.

Einer der Männer und die Frau, vermutlich Ehepaar Pietz, grüßten knapp zurück und schoben sich dann an Gwen vorbei ins Innere des Hauses.

Gwen spürte, wie ihr der Schweiß ausbrach, und überlegte fieberhaft, wie sie die drei eigentlich ansprechen sollte. »Liebe Gäste«? Aber wirkliche Gäste waren sie ja gar nicht. Oder »Hallo, Teilnehmer«? Nein, das klang viel zu flapsig. Oder vielleicht »Sehr geehrte Interessenten«? Aber das hörte sich ja an, als wäre sie ein sprechendes Inserat. Das ging auch nicht.

Glücklicherweise ergriff da der dickliche Herr ihre Hand und meinte mit einem Blick auf die korpulente Frau im eng sitzenden Blazer neben sich: »Gestatten: Pietz. Und das ist meine Frau.«

Und ehe Gwen eine halbwegs vernünftige Antwort geben konnte, riss der hagere Mann dahinter, dessen dunkle Augenbrauen in der Mitte fast zusammengewachsen waren, ihre Hand an sich und sagte in einer Geschwindigkeit, die alle Wörter zu einem einzigen Wort zusammenschmelzen ließen: »DemschließeichmichanmeinNameistSeifertangenehm!«

Auch diesmal konnte Gwen nichts entgegnen, denn noch

bevor Herr Seifert mit seinem Einwortsatz fertig war, wandte er sich in einer schnellen Bewegung von ihr ab und lief den Flur entlang Richtung Küche.

»Einen Moment bitte!«, hörte sich Gwen endlich hinter ihm herrufen und war erleichtert, dass sie überhaupt einen Ton herausbekommen hatte.

Herr Seifert jedoch hörte entweder schwer oder wollte nicht hören. Unbeirrt lief er weiter und bog schwungvoll in die Küche ein.

So hatte sich Gwen ihre erste Führung nicht vorgestellt. Immer wieder war sie mit ihrer Mutter durchgegangen, wie sie zunächst alle herzlich willkommen heißen sollte. Dann wollte sie das Tablett mit den vorbereiteten Sektgläsern herumreichen und kurz erfragen, wie die Besucher auf dieses Haus gekommen waren. Tja, und erst dann wollte Gwen im *oberen* Stockwerk mit der Führung beginnen, denn um diese Zeit erstrahlte dort das Licht besonders hell.

Stattdessen lief sie nun hinter Herrn Seifert her, dicht gefolgt von Herrn und Frau Pietz.

In der Küchentür fiel ihr ein weiteres Versäumnis auf, und sie drehte sich zu dem Ehepaar um. »Ich bin übrigens Gwen«, sagte sie atemlos.

Und da war es wieder. Genau das, wovor Gwen Angst gehabt hatte. Die ganze Situation entglitt ihr, und ihre Scheu fremden Menschen gegenüber gewann wieder die Oberhand. Gwen ballte die Hände zu Fäusten, bis ihre Nägel sich in ihre Handflächen bohrten.

»Ist dir nicht gut, willst du dich setzen? Du bist ja kreidebleich«, erscholl es plötzlich neben Gwens Ohr, und die warme Hand von Frau Pietz legte sich auf ihre Schulter.

»Du scheinst mir etwas kränklicher Natur zu sein, wenn ich das so sagen darf.« Herr Pietz räusperte sich und ließ seinen Blick über seine Halbbrille hinweg auf Gwens Körper ruhen. »Hat deine Mutter dieses Haus für dich erbaut, als so eine Art Flucht vor den giftigen Baustoffen und Raumklima-Effekten normaler Häuser? Sehr weise, sehr weise! Ich hab's ja schon immer gesagt!« Und dann setzte sich der ältere Herr auf die lange Küchenbank und sah Gwen mitleidig an.

»Also ist einiges für uns Normalbürger vielleicht gar nicht notwendig und würde nur unnötige Kosten verursachen, oder? Ich brauche einfach nur ein Haus, keine Spezialklinik, das ist klar! So dicke habe ich es nun auch nicht. Ich werde schon genug Unterhalt für meine Frau und die Kinder blechen müssen!« Mit diesen Worten fing Herr Seifert an, wie ein Tiger im Käfig immer um die Kücheninsel herumzulaufen, und ließ seinen Blick umherschweifen. »Nun würde ich doch gern einmal mit Ihrer Mutter sprechen, das muss ich schon sagen. Wie merkwürdig, dass sie gar nicht da ist.«

Gwen schluckte. Aber dann sah sie gerade noch, wie Frau Pietz ihre Augen verdrehte und ihr Mann als Antwort verstohlen grinste. Und zum ersten Mal seit vielen Wochen hatte sie das Gefühl, dass nicht vor allem sie komisch war, sondern dass dieser Herr Seifert einfach ein ungenießbarer Typ war.

Gwen ließ sich auf die andere Seite der Holzbank fallen. Wie sollte es nun weitergehen?

Das erneute Klingeln hörte sie kaum durch die abfälligen

»Ts,ts,ts!«, die Herr Seifert nun in kurzen Intervallen von sich gab.

Erst als eine ihr unbekannte Dame mittleren Alters in die Küche trat, gefolgt von Frau Pietz, begriff Gwen, dass dies die Katzenbesitzerin, Frau Scharnbeck, sein musste und dass es ihre – also Gwens – Aufgabe gewesen wäre, die neue Besucherin ins Haus zu bitten. Eine Welle von Scham begann sich in Gwens Magen zu bilden.

Da erklang die überraschend warme und raumfüllende Stimme der Katzenbesitzerin. »Dieser riesige Herd lädt ja geradezu zum Backen und Kochen ein. Und der Ofen erst! Ich wette, dass diese meterlange Bedienleiste hier Funktionen in sich birgt, die an der Grenze zur Zauberei liegen!« Mit blitzenden Augen sah sie in die verdutzte Runde, dann fuhr sie fort: »Ich habe neulich etwas in einem Katalog gelesen. Da hat sogar mir als passionierter Köchin der Atem gestockt! Es gibt automatische Abschmecksysteme, man kann sogar den Konsistenzwunsch in sechs unterschiedlichen Stufen eingeben! Meine kleinen Tiger wären begeistert, hier könnten wir Feste feiern!« Und mit dieser Bemerkung sah sie Gwen anerkennend an.

Gwen wagte ein zaghaftes Lächeln. Vor ihrem geistigen Auge erwachte jetzt ein Ofen zum Leben, der ihr Tipps gab und ihre selbst erfundenen Rezepte automatisch speicherte, während sie eine ihrer Tartes in sein warmes Inneres schob. Bei dieser Vorstellung breitete sich ein Lächeln über Gwens Gesicht aus.

Als kurz darauf ihre Mutter die Küche betrat, schwärmte Frau Scharnbeck immer noch in den höchsten Tönen von der Funktionalität des Premium-Öko-Ofens, während ihr die anderen drei Besucher interessiert zuhörten und sich kopfnickend Notizen machten.

Gwen hob die Hand kurz zur Begrüßung und lächelte ihrer Mutter zufrieden zu.

3

Gwen hatte Schwierigkeiten, sich auf den Text zu konzentrieren. Ihre Mutter hatte sie gebeten, einen Flyer zu entwickeln, den sie bei den Hausführungen verteilen sollte. Die Eckdaten hatte sie ihr alle gegeben. Gwen musste das Ganze »nur« in einen guten Text mit ansprechendem Layout verwandeln.

Sie wusste, dass ihre Mutter viel von ihren Gestaltungskünsten hielt. Trotzdem hatte sie den Verdacht, dass mehr dahintersteckte: Sie wollte sie bestimmt beschäftigen, damit sie nicht wieder im Wald verschwand oder sich wegen Kenu den Kopf zerbrach.

Gwen strich über den Touchscreen ihres Tablets. Eigentlich war die Führung eher schlecht gelaufen – bis die Dame mit dem Ofen-Faible erschienen war. Aber immerhin hatte Gwen ihre Schüchternheit überwunden und die Führung überhaupt gemacht! Sie hätte sich ja auch verbarrikadieren und die unliebsamen Besucher vom Grundstück vertreiben können. Mit Geschossen aus vergammeltem Obst oder so. Bei dem Gedanken musste Gwen grinsen.

Die Begeisterung von Frau Scharnbeck war jedenfalls ansteckend gewesen. Was hatte sie noch mal gesagt? Dass der Ofen

ja geradezu zum Backen einlud. Hm ... Gwen klappte den Laptop zu, ging in die Küche und schob sich auf die breite Holzablage neben Ofen und Herd.

Ihre Finger glitten den stählernen Griff des Ofens entlang, er fühlte sich kühl auf der Haut an. Sie zog ein wenig daran, bis sich die Ofenklappe einen Spaltbreit öffnete. Als Gwen ihre Finger an der seitlichen Apparatur entlanggleiten ließ, über die Hitze- und Feuchtigkeitssensoren zu den verstellbaren Blechhaltern, empfand sie ein ähnlich prickelndes Gefühl wie vor dem ersten Kuss mit Kenu, als seine vollen Lippen direkt vor ihren geschwebt waren.

Nachdenklich starrte Gwen in die dunkle Höhle des Ofens. Mit den Fingern trommelte sie auf der Arbeitsfläche. Auf einmal konnte sie den Duft von frischer Vanille förmlich riechen. Sie schloss die Augen. Und Zimt! Oh ja, Zimt! Gwen lächelte.

Dann hüpfte sie von der Kücheninsel hinunter und begann, in den langen Küchenschubladen zu wühlen. Nacheinander zog sie Bourbon-Vanille, Zimtstangen, Nougat, Schokoplätzchen, geraspelte Mandeln und Haselnüsse, Kardamon und Pottasche, Hefe, Lebkuchengewürz sowie Marzipan und Erdnussbutter hervor. Wie gut, dass ihr Vater aus alter Gewohnheit immer noch die allerfeinsten Backzutaten kaufte!

Mit einem zufriedenen Grinsen schob Gwen alles in die Mitte der großen Ablage und zog sich einen der Rattanstühle aus der Ecke heran. Sie rückte mit ihrem Stuhl so dicht an die Kücheninsel, dass sie ihre Arme auf die Ablage legen und das Gesicht in die Hände stützen konnte. Der Duft all der feinen Zutaten stieg ihr in die Nase. Sie öffnete das Glas mit der Vanilleschote und schnupperte daran. Der Duft berauschte sie und machte ihr Lust auf mehr.

Plötzlich kam richtig Leben in Gwen. Sie griff in die Hosentasche und band sich ihr Haar mit einem Gummiband auf dem Kopf zu einem Turm zusammen. Die Ärmel ihres Longsleeves schob sie bis zu den Ellbogen hoch. Und schon wirbelte sie durch die Küche wie in einem genau einstudierten Tanz. Abmessen, abfüllen, vermengen, probieren, nachwürzen, dekorieren.

Wie hatte sie das vermisst! Der Duft nach Ananas-Cupcakes erfüllte die Küche. Zwölf Stück backten im Ofen goldbraun. In aller Ruhe bereitete Gwen das Topping aus weißer Schokolade, Frischkäse, Butter und Kokosraspeln zu.

»Gwen? Gwenni? Bist du da?« Ein Poltern erklang aus dem Flur. Das mussten die Schuhe ihres Vaters sein, die er mal wieder unsanft in Richtung der Schuhablage gepfeffert hatte. Ein vertrautes Geräusch, wenn er aus dem Büro nach Hause kam. Die angestaute Energie durch das lange Sitzen vor dem Schreibtisch wäre daran schuld, behauptete er. Gwen und ihre Mutter bezweifelten allerdings, dass das der alleinige Grund war, denn am Wochenende war er kaum ordentlicher.

»Was riecht hier denn so gut?« Gwens Vater stieß die Küchentür auf.

»Rate mal!« Gwen lächelte und öffnete die Ofentür.

Als ihr Vater sah, wie sie das Blech mit den köstlich duftenden Cupcakes aus dem Ofen zog, begannen seine Augen zu leuchten. »Du hast doch nicht etwa *gebacken*? Das heißt, doofe

Frage, natürlich hast du gebacken – das seh ich ja! Wie schön!« Er trat neben Gwen und strich ihr übers Haar.

Typisch ihr Vater! Sie hatte einfach nur ihre »Glücksblitze« gebacken, wie schon tausend Mal zuvor, und er tat, als hätte sie das Empire State Building aus Kuchenteig nachgebaut. Zugegeben, die letzten Cupcakes waren lange her. Sehr lange. Das waren sozusagen Vor-Kenu-Cupcakes gewesen. Aber darüber wollte sie jetzt nicht nachdenken.

»Vorsicht, heiß!« Gwen duckte sich unter der Hand ihres Vaters weg und stellte das Blech in die Mitte des Küchentisches. Zwei Cupcakes nahm sie heraus und verteilte mit einem Plastikspachtel nacheinander das Topping – eine Weiße-Schokolade-Kokos-Creme – wie Sahnehäubchen darauf.

»Die müssen zwar eigentlich erst auskühlen«, murmelte sie, »aber wir müssen ja sichergehen, dass die auch gelungen sind …« Sie streute ein paar Kokosraspel auf die Creme und schob ihrem Vater einen der Cupcakes hin.

Der ließ sich nicht zweimal bitten und biss herzhaft hinein. Gwen beobachtete zufrieden, wie er die Augen schloss und langsam nickte.

Mit möglichst unbeteiligter Stimme fragte sie: »Na, kann ich's noch?« Als Antwort stöhnte ihr Vater nur. Gwen grinste und biss ebenfalls in den fluffigen Teig. Wie hatte sie nur so lange darauf verzichten können?

»Muss noch was für den Flyer machen.« Mit diesen Worten war Gwen in ihr Zimmer geflüchtet. Kurz nach dem Cupcake-Testessen war auch ihre Mutter nach Hause gekommen und hatte direkt einen der kleinen Kuchen probiert. Danach hatten sie und ihr Vater sich mit Lobeshymnen übertroffen, sodass es Gwen fast die Luft abgeschnürt hatte. Ihre Erleichterung darüber, dass Gwen seit dem Umzug wieder Interesse an etwas zeigte, war nicht zu übersehen.

Jetzt saß sie wieder vor dem leeren Bildschirm. Wenn sie es schon angekündigt hatte, konnte sie genauso gut wirklich weiter an dem Flyer arbeiten. Nur dass ihr nichts einfallen wollte.

K-E-N-U, tippte sie und starrte auf den blinkenden Cursor hinter dem U. Was er wohl gerade machte? Wahrscheinlich traf er sich mit Tanja aus der 8c. Die immer gute Laune hatte, jeden kannte und der nie die Worte ausgingen.

Energisch hämmerte Gwen mit dem Zeigefinger auf die Löschtaste, bis von Kenu nichts mehr übrig blieb. Wenn das doch in ihrem Kopf auch so einfach wäre!

Aber ihre Eltern hatten schon recht. Das Backen hatte ihr wirklich gutgetan. Nachher, wenn die Küche elternfrei war, würde sie noch das restliche Topping auf den Cupcakes verteilen.

Sie hatte ihr Lieblingsrezept heute mal etwas variiert und deutlich mehr Kokosraspel genommen sowie Vanille hinzugefügt. Ohne darüber nachzudenken, flogen ihre Finger plötzlich über die Tasten. Sie schrieb alles auf, korrigierte hier mal eine Mengenangabe, schmiss dort mal einen allzu komplizierten Satz raus. Bis sie das ganze Rezept runtergeschrieben hatte. So würden ihre neuen Ideen nicht verloren gehen. Eigentlich könnte sie auch noch ein paar Fotos von den Cupcakes einfügen. Dann wirkte das Rezept nicht so öde.

Zufrieden lehnte sie sich zurück und las sich ihren Text noch einmal durch. Eine herrliche Wärme breitete sich in ihr aus. Jetzt und hier stimmte gerade alles. Am liebsten hätte sie immer weiter geschrieben. Gleich alle ihre Rezepte verewigt und dabei den Duft von tausend leckeren Sachen in der Nase und deren Geschmack auf der Zunge gehabt.

Sie machte ein Foto und schickte es an ihre Freundin Charlene:

GUCK MAL, WAS ICH HEUTE ENDLICH
MAL WIEDER GEBACKEN HABE!

Die Antwort kam prompt.

NEID!!! BRING MIR SOFORT EINEN VORBEI.
DAS SIND EINFACH DIE BESTEN CUPCAKES ALLER ZEITEN!

HAHAHA, DAS WIRD SCHWER.

DA IST WAS DRAN. :-D UMSO BESSER,
DASS ICH JETZT DAS REZEPT HABE! ;-)

☺

EIGENTLICH BIST DU'S DER MENSCHHEIT SCHULDIG,
DEIN REZEPT ZU VERÖFFENTLICHEN.

JA, GENAU. :-P

OHNE MIST. VERFEINDETE STAATSPRÄSIDENTEN WÜRDEN GEMEINSAM KAFFEEKLATSCH MACHEN, JEDER WÄRE JEDERZEIT NUR NOCH GLÜCKLICH. UND DU STEINREICH.

QUATSCHKOPF! :-*

JEDENFALLS WURDE ES MAL WIEDER ZEIT, DASS DU BACKST.

JETZT KLINGST DU WIE MEINE ELTERN.

VIELLEICHT, WEIL SIE RECHT HABEN?

;-P DA FÄLLT MIR DOCH GLATT EIN, DASS ICH WAS DRINGENDES ZU ERLEDIGEN HABE.

ICH BIN JA SCHON RUHIG. BIS BALD, GWENNISCHNECKE! :-*

Nachdenklich legte Gwen ihr Handy zur Seite. Was Charlene gesagt hatte, ging ihr nicht aus dem Kopf. Natürlich nicht der Quatsch, aber das mit der Veröffentlichung. Lust hätte sie schon. Sie hatte sofort tausend Ideen, welche Rezepte sie aufschreiben könnte und wie.

Aber wo sollte sie das veröffentlichen? Und wer bitte sollte das lesen wollen? Mal für sich ein Rezept zusammenzustellen, war etwas anderes, als ein Backbuch zu schreiben.

Da schoss Gwen ihr alter Traum durch den Kopf. Der musste irgendwo unter ihrer ganzen Traurigkeit begraben gelegen haben. Welcome back!

Zum ersten Mal dachte sie ganz konkret darüber nach. Der Plan nahm vor ihrem geistigen Auge immer deutlicher Gestalt an. Und plötzlich war der Name da: marla.keks.

Sie wusste, dass er in nächster Zeit eine große Rolle für sie spielen würde.

4

Als Gwen am nächsten Morgen die Augen aufschlug, fiel ihr zunächst siedend heiß ein, dass sie ihrer Mutter versprochen hatte, den Flyer bis zum Abend fertig zu haben. Schnell fuhr sie ihr Tablet hoch und begann, nach passenden Layout-Vorlagen zu suchen. Sie hüpfte von einer Gestaltungsidee zur nächsten, bis ihr der Kopf derart schwirrte, dass sie eine Pause einlegen musste. Und dann konnte sie leider der Versuchung nicht widerstehen, Kenu zu googeln.

Sie versuchte es erst mit »Rudermeisterschaften der Einer« und dann mit »Kenu Karlkes« und fand ihn tatsächlich. Wie es aussah, hatte er die hamburgische Rudermeisterschaft vor einer Woche in seiner Altersklasse gewonnen. Er war Leistungssportler, und zwar ungeheuer erfolgreich.

Als sie dann auch noch ein Foto von ihm sah, auf dem er neben zwei Vereinskameraden in die Kamera strahlte und überglücklich wirkte, traf sie der Anblick mitten ins Herz.

Gwen schluckte und schloss die Seite. Hastig trat sie an das große Fenster, das zum Garten hinausging. Sie legte ihren Kopf an die kühle Scheibe und betrachtete das feine Zittern, das durch die Krone der Birke vor ihrem Fenster ging.

Aber die Erinnerungen, die auf sie einprasselten, ließen sich nicht verdrängen: Kenus tiefes Lachen, bei dem sie immer eine Gänsehaut bekommen hatte. Sein Geruch nach Pfeffer und frischem Holz, wenn er sie umarmt hatte, und wie sie immer hatte lachen müssen, wenn ...

Apropos Lachen: Gwen meinte, draußen ein Mädchen lachen gehört zu haben. Doch ehe sie das Fenster öffnen konnte, um nachzusehen, hörte sie auch schon einen Schlüssel in der Haustür. Was zur ...

Sie war gerade auf der Mitte der Treppe, als zwei lachende Frauenstimmen zu ihr hochdrangen.

Mit einem Ruck zog Gwen ihren alten Kapuzenpulli in die Länge, sodass er das Loch in ihrer Pyjamahose einigermaßen verdeckte. Wer war das? Es konnte sich hierbei doch nur um einen Irrtum handeln, oder? Die Nachbarinnen, die sich im Haus geirrt hatten? Nur wieso passte ihr Schlüssel? Die zwei Frauen unterhielten sich angeregt. Aber Gwen verstand kein Wort. War das Spanisch? Spanisch oder Portugiesisch. Deutsch war es jedenfalls nicht.

Gwen rührte sich immer noch nicht von der Stelle und starrte auf die beiden Fremden, die nun aus dem Eingangsbereich in den Flur traten und sich suchend umsahen.

»Was ... was bitte machen Sie hier?« Gwen hörte selbst, dass ihre Stimme viel höher klang als sonst.

»Oh, Entschuldigung. Frau Larsson sagt, dass wir sollen sauber machen hier.« Die ältere Frau mit den kurzen schwarzen Haaren zuckte entschuldigend mit den Schultern, während das Mädchen – das ungefähr in Gwens Alter sein musste –

Gwen nur aus großen Augen ansah. Ihr dickes schwarzes Haar hatte sie zu einem Pferdeschwanz gebunden. Die beiden sahen einander sehr ähnlich, nur dass das Mädchen fröhlicher guckte.

»Wie, Sie sollen hier sauber machen? Das hätte mir meine Mutter doch gesagt! Einen Moment!« Gwen stürmte die restlichen Treppenstufen nach unten, an den beiden Frauen vorbei ins Wohnzimmer. Dort schnappte sie sich das Telefon und rief ihre Mutter im Architekturbüro an. Während Gwen flüsternd von ihrer Begegnung erzählte, ließ sie die beiden Frauen nicht aus den Augen.

»Oh, Gwen, entschuldige! Du meinst, Frau Cordoba ist endlich da? Um Himmels willen, sei bloß nett zu ihr, es hat mich eine Unmenge von Anrufen gekostet, eine Putzhilfe zu finden, die einen so guten Ruf hat. Du weißt schon, wegen der Hausbesichtigungen muss es bei uns natürlich immer tippi-toppi ...«

Doch weiter kam Frau Larsson nicht, da hatte Gwen das Telefon schon wieder in die Ladestation gestellt. Es gelang ihr gerade noch ein »Hallo, alles in Ordnung ... Sie finden sich ja bestimmt zurecht« in Richtung der beiden Frauen zu murmeln. Dann stürmte sie die Treppe wieder nach oben.

Den Wind in den Haaren, die Stille um sie herum, das Kitzeln in ihrem Bauch bei jeder Abwärtsbewegung. Schon ging es Gwen besser!

Sie hatte sich blitzschnell angezogen und war dann direkt zu ihrem Lieblingsort im Wald gefahren. Oder besser gesagt, geflüchtet.

Sie war noch immer etwas aufgewühlt von der Begegnung. Jetzt gingen schon jenseits der Besichtigungen Fremde in ihrem Haus ein und aus. Und dann verstand sie sie noch nicht einmal!

Zum Glück konnte sie sich wenigstens hier heute wieder ungestört fühlen. Nichts Verdächtiges war aus dem Dickicht um sie herum zu hören.

Sie nutzte die Auszeit, um ihre neue alte Idee weiter zu durchdenken. Dass sie das überhaupt so lange vor sich hergeschoben hatte! Als sie mit Kenu zusammen war, gab es neben ihm irgendwie für nichts anderes Platz in ihrem Leben, und danach war es eine Weile so gewesen, als könnte sie sich an gar nichts mehr erinnern, was sie sonst noch gewollt hatte.

Wenn sie die Beine beim Ausholen weit nach vorne streckte, sah sie jedes Mal kurz ihre Gecko-Fußkette aufblitzen. An ihrem vierzehnten Geburtstag hatte sie sie sich endlich von einem Goldschmied nach ihrer Zeichnung anfertigen lassen dürfen, nachdem sie jahrelang davon geträumt hatte. Seitdem trug sie die Kette jeden Tag.

Geckos waren Gwens Lieblingstiere. Als sie mit sechs mit ihren Eltern in Südfrankreich Urlaub gemacht hatte, hatte sie zum ersten Mal einen gesehen. Seitdem war es um sie geschehen. Sie war fasziniert von der Gelassenheit, die sie ausstrahlten, und von ihrer Geschicklichkeit – wie sie sich überall bewegen konnten, ob steil bergauf, kopfüber oder ebenerdig. Die Kette sollte sie daran erinnern, für ihre Träume zu kämpfen, dranzubleiben, bloß nicht so schnell aufzugeben – im Notfall auch die Wände hochzugehen.

Also los jetzt! Sie wusste wieder, was sie wollte, und sie würde sich von niemandem mehr davon abbringen lassen!

Wie schreibe ich einen Blog?

Mit zittrigen Fingern tippte Gwen die Worte in das Google-Suchfenster.

Ihr Entschluss stand fest: Sie wollte zukünftig nicht nur spannende Back-Experimente ausprobieren, so wie früher, sondern auch davon berichten und den einen oder anderen Leser ihres Blogs zur Nachahmung anregen. Sie wollte sozusagen offizielle Cupcake-und-Torten-Erfinderin werden. Ihre Backwerke sollten stylish werden, in minimalistischem Design oder im Retro- und Vintage-Stil. Richtige Backkunst eben! Und vor allem nicht altbacken.

Und sie könnte sich mit anderen zu ihrer Leidenschaft austauschen! Darauf freute sie sich besonders. Denn einsam fühlte sie sich schon, seit sie ihre Freunde in Hamburg hatte zurücklassen müssen. Das war doch viel besser, als irgendeinem blöden Fahrradclub beizutreten. Sie konnte selbst bestimmen, wann sie wem schrieb, und niemand würde merken, ob ihr direkt etwas Schlagfertiges einfiel oder sie vielleicht lange über die passende Antwort nachgedacht hatte.

Nachdem sie sich einen Anbieter gesucht und die nötigen Angaben gemacht hatte, setzte Gwen als Profilbild das witzige Kuh-Tortenbild ein, das sie auch als Bildschirmschoner benutzte. Zwei Kühe aus Marzipan von hinten, die auf einem Kuchen mit grüner Glasur standen. Die winzigen Cake-Pop-Herzen, die auf kleinen Drähten zwischen ihnen schwebten, wiesen auf ein romantisches Kuh-Date hin. Eines ihrer Tortenwerke aus dem letzten Jahr, noch vor dem Kenu-Desaster. Sie hatte die Torte damals für Charlene zum Geburtstag gebacken, die sie so geliebt hatte, dass sie sich erst geweigert hatte, sie anzuschneiden.

Gwen betrachtete ihr Profilbild zufrieden und richtete ihre Blogseite weiter ein. Und das fühlte sich so gut und richtig an wie schon lange nichts mehr.

Als sie tatsächlich mit ihrem ersten Eintrag begann, flogen ihre Finger über die Tasten, als hätten die Worte nur darauf gewartet, herausgeschrieben zu werden.

Schließlich starrte Gwen mit klopfendem Herzen auf den Bildschirm und holte noch einmal tief Luft. Dann drückte sie auf *Veröffentlichen*.

Nie hätte ich gedacht, dass tatsächlich *ich* einmal einen Back-Blog schreiben würde. Eigentlich hatte ich früher zwei linke Hände, und schon in der Sandkiste waren die Sandkuchen meiner Freundinnen fest und schön und trugen akkurat das Muster ihrer Förmchen. Nur meine sahen aus, als hätte ich nicht Sand, sondern unformbaren Zement oder eher noch Trockenpulver benutzt. Die Ergebnisse glichen eher einem zerschellten Ufo oder einem von Menschenhand unberührten Sandberg als einem Kuchen. Nicht mal annähernd gelang es mir, den Sand in so einer ausgewogenen Konsistenz anzumischen, dass an Bauen auch nur zu denken war. ☹☺

Schon früh nahm mir meine Mutter Werkzeuge wie Scheren mit einem wohlmeinenden Lächeln aus der Hand und meinte: »Lass mal, ich kaufe lieber eine, die vorne stumpfer ist!«

Da war es für uns alle fast wie ein Wunder, als ich eines Tages an einem Grundschulkochkurs teilnahm und dabei nicht die Schulküche abfackelte. ☺ Sogar ganz im Gegenteil: Meine Lehrerin bescheinigte mir »ein außergewöhnlich gutes Gefühl für Aromen und deren Mischungen«. Und es machte mir auch noch einen Riesenspaß!

Tja, und deshalb – dümdidüm – konnte ich durchsetzen, meine neuen Künste auch zu Hause anwenden zu dürfen. Wie es halt oft so ist, wenn einen etwas wirklich interessiert, wurde ich dabei tatsächlich richtig geschickt. ☺

Und so trainierte ich mich viele Jahre im Umgang mit Schoki, Zimt, Vanille, Sahne, Karamell und Kokosflocken, Nougat, Marzipan und Kardamom – im Übrigen einfach das beste Material ever. ☺

Da das ja nun wirklich und wahrhaftig ein Back-Blog werden soll (ich muss gestehen, ich bin etwas aufgeregt), stelle ich euch heute eine meiner ersten Cupcake-Kreationen vor, die ich *Glücksblitze* getauft habe. Es war meine erste wirklich leckere Erfindung, und ich habe sie nach Rosmarin Glyck benannt, der Protagonistin aus *Die Glücksbäckerei*, die mich sehr beeindruckt hat mit ihrem Forscherdrang und ihrer unstillbaren Neugier. Die irgendwie schüchtern, aber auch irgendwie mutig ist.

Gut, es ist mir nicht gelungen, echte Blitze mit einzubacken, was die Cupcakes allerdings auch leichter nachbackbar macht. ☺

Im Gegenteil, sie sind aus Zutaten gemacht, die in jedem Supermarkt zu bekommen sind. Der Blitz im Titel bezieht sich bei mir also nicht auf eingebackene Wettererscheinungen. ☺ Meine Cupcakes sollen eher wie kleine »Glücksblitze« in Magen und Seele einschlagen.

Es ist ein Ananas-Cupcake mit Weiße-Schokolade-Kokos-Creme als Topping.

Du brauchst dafür:

Für den Cupcake-Teig:

150 g Zucker
2 Eier
120 g Butter
175 g Mehl
2 TL Backpulver
1 Prise Salz
½ Fläschchen Vanille-Butter-Aroma (kann man auch weglassen. Ich bin einfach vanillesüchtig ☺)
120 ml Milch
100 g Ananasstücke

Für die Creme obendrauf:

200 g weiße Schokolade
200 g Doppelrahmfrischkäse

40 g Butter

30 g Kokosraspel

Und: 20 g Kokosraspel zum Verzieren

Du musst zuerst für den Cupcake-Teig den Zucker und die Eier schaumig schlagen. Gib dann die (möglichst weiche) Butter dazu und vermische sie gut damit. Rühre nun das Mehl, das Backpulver, das Salz und das ½ Fläschchen Vanille-Butter-Aroma kurz unter und gib dann langsam die Milch dazu. Lass die Ananasstücke gut abtropfen (falls aus der Dose) und hebe sie unter.
Fülle den Teig in eine mit Papierbackförmchen ausgelegte Muffinform. Backe alles im vorgeheizten Backofen bei 160 Grad (Umluft) ca. 20–30 Minuten lang. (Je nach Backofen kann die Backzeit etwas unterschiedlich sein. Wenn du mit einem dünnen Holzstäbchen hineinstichst und kein Teig hängen bleibt, sind sie gut.)

Für die Creme obendrauf musst du nun die weiße Schokolade im kochenden Wasserbad schmelzen. Dafür brichst du die Schokolade in Stückchen und legst diese in eine kochfeste Schüssel. Dann erhitzt du Wasser in einem Topf und stellst die Schüssel hinein. Rühre die Schokolade gelegentlich um, damit sich eine gleichmäßige Masse ergibt. Nimm die Schüssel dann aus dem Wasserbad und lass die Schokomasse darin 15 Minuten abkühlen. Aber sei echt vorsichtig, dass du dich nicht verbrennst. Das ist alles superheiß!

Rühre den Frischkäse und die (möglichst weiche) Butter schaumig. Gib die lauwarme Schokolade dazu und vermenge alles gut. Nun können die Kokosraspel untergehoben werden.

Lass die Cupcakes jetzt etwas auskühlen – nicht so wie ich manchmal, wenn ich voller Ungeduld das Topping zu früh verteile und die Cupcakes dann leicht stonewashed aussehen. ☺
Verteile nun die Schoko-Kokos-Creme mit einem Spachtel auf den Cupcakes, sodass sich ein kleiner Hügel daraus bildet. Perfekt ist er, wenn er wie ein robustes Sahnehäubchen aussieht.
Am Ende streust du zur Deko noch Kokosraspel über das Topping. Lagen-Look liebe ich einfach. In der Küche wie beim Styling. ;-)
Natürlich kannst du die Creme auch in kleinen Tupfen auf der Oberfläche verteilen oder ein Herz tupfen oder was ganz anderes – was auch immer du magst.
Und dann: Lass es dir schmecken! Oder/und lade Leute ein. Egal, wie du und mit wem du sie isst, Hauptsache, es fühlt sich an wie essbares Glück. ☺
Eure

marla.keks

marla.keks.backkunst

5

Drei Tage, einen mittelmäßig gelungenen Flyer und zwei experimentelle Cupcakes später war es so weit: Gwens neuer Blog *marla.keks.backkunst* hatte den ersten Kommentar eines Besuchers. Na ja, zumindest den ersten nach Charlenes Kommentar: »Beste Cupcakes ever!! Beste Freundin ever!!«

Aufgeregt fing Gwen an zu lesen:

> eyecatcher
> Hi marlakeks!
> Wieso ist in den zugegeben leckeren Glücksblitz-Cupcakes nichts drin oder dran, was von der Form her einem Blitz gleicht? Dein Blog heißt marla.keks.backkunst. Unter Backkunst stelle ich mir etwas mehr vor als das sinnlose Zusammenstellen von Namen für Kuchen. Enttäuschten Gruß

Was sollte das denn? So hatte sich Gwen ihren Blog nicht vorgestellt. Als Auffangbecken von dummen Bemerkungen. Der hatte ja nicht einmal den Blogtext zum Rezept gelesen!

Weitere Kommentare gab es nicht. Mit einem Seufzer schob Gwen das Tablet zur Seite. Egal! Sie beschloss, dass sie heute trotzdem die Idee probieren würde, die ihr schon länger im Kopf herumspukte. Sie war ihr einmal im Kunstunterricht gekommen, als sie den Maler Arcimboldo durchgenommen hatten: eine Nougat-Buttercreme-Torte mit einem Kirsch-Sahne-Mantel und dann zur Dekoration einem Gesicht darauf, das sie aus Marzipan in Obstform zusammensetzen wollte, in Anlehnung an eines der berühmtesten Gemälde des Malers. Etwas für echte Feinschmecker und Kunstkenner, wie Gwen hoffte.

Bei diesem Gedanken kribbelte ihr die Vorfreude in den Fingern. Sie stand schwungvoll auf und ging die Treppe hinunter in die Küche.

»Qué seras …?«

Oh nein! Gwen hörte schon wieder Frau Cordoba, die sich mit ihrer Tochter Bonni unterhielt. Es klang, als wären die beiden gerade im Wohnzimmer zugange. Sie kamen jetzt tatsächlich jeden dritten Tag. Gwen hatte das Haus kaum noch für sich allein.

Leise schloss sie die Küchentür hinter sich, suchte im Radio ihren Lieblingssender und ließ sich von dem Takt des Liedes zu tanzenden Bewegungen zwischen den Schubladen und Schränken hinreißen. Backen war für sie, wie in eine andere Welt einzutauchen. Hier war alles leicht und warm.

Innerhalb kürzester Zeit hatte sie mit routinierten Griffen einen Teig auf Mehl-Eier-Öl-Basis für einen Tortenboden hergestellt. Zügig fettete sie eine Springform ein, strich den Teig hinein und schob alles in den Ofen. Dabei strömte ihr die Hitze wie ein zarter, warmer Sommerwind gegen die Beine.

Plötzlich fiel ihr ein, dass sie sich ja Notizen hatte machen wollen, um den Lesern ihres Blogs besser berichten zu können, wie sie beim Backen Schritt für Schritt vorgegangen war.

Also eilte sie wieder die Treppe hoch. Dabei wäre sie fast mit Bonni zusammengestoßen, die gerade auf dem oberen Treppenabsatz begonnen hatte zu wischen.

»'tschuldigung«, murmelte Gwen vor sich hin und drückte sich an Bonni vorbei in ihr Zimmer.

Papier und Bleistift in der Hand, konnte sie der Versuchung nicht widerstehen, noch einmal online nachzusehen, ob es einen weiteren Kommentar zu ihren neu veröffentlichten Kuchen gab.

Tatsächlich, ein weiterer Besucher hatte eine Bemerkung hinterlassen. Als Gwen den Namen sah, hätte sie das Tablet allerdings am liebsten weit weggeschleudert. Was wollte der denn hier?

kenukarlkes
Hi, marlakeks,
das ist ja erstaunlich. Eine Exfreundin von mir hat sich ganz ähnliche Cupcakes mit demselben Namen ausgedacht wie du. Nun frage ich mich allerdings, ob das hier alles wirklich von dir erfunden ist oder ob es das Rezept ganz einfach schon immer gab und ihr beide es nur als euer geistiges Eigentum ausgebt. Na ja, wäre mir auch egal. Freu mich jedenfalls, dass ich das Rezept für die Glücksblitze hier gefunden habe. Übermorgen hat meine Freundin Geburtstag, und ich wollte sie mit etwas Besonderem überraschen. ☺ Also, danke dir und viel Spaß weiterhin, marlakeks!
Ciao vom Glücksblitze-Fan

Gwens Herz klopfte bis zum Hals, und sie ließ sich auf ihren Schreibtischstuhl sinken. *Eine* Ex*freundin*? Wie eine von vielen …

Und er hatte sich tatsächlich schon mit jemand Neuem getröstet. Bestimmt mit der redseligen Tanja. Gwen schluckte.

Er traute ihr anscheinend so wenig zu, dass er noch nicht mal auf die Idee gekommen war, sie könnte hinter marla.keks stecken! Stattdessen glaubte er eher, sie hätte sich ihre Eigenkreationen gar nicht selbst ausgedacht.

Aber am allerschlimmsten war für Gwen der Gedanke, dass er die Cupcakes, die sie für *ihr* erstes Picknick mit ihm gemacht hatte, nun für seine *neue Freundin(!)* »benutzen« wollte. Als wären ihre gemeinsamen Erlebnisse einfach austauschbar! Wo sie für sie einzigartig gewesen waren.

Sie konnte nicht anders, als sich Kenu und Tanja zusammen vorzustellen. Bestimmt würde sie ihm um den Hals fallen, wenn er sie mit den Muffins überraschte. Vielleicht würden sie sich gegenseitig füttern. Vielleicht …

Gwen zog die Strickjacke enger um sich. In ihrem Magen machte sich wieder ein leichtes Ziehen bemerkbar, und am liebsten hätte sie sich in ihrem Bett zusammengerollt.

In diesem Moment ertönte ein leises *Pling*, und unter Kenus Bemerkung erschien ein neuer Kommentar.

Ben-der-Bäcker
Gestern nachgebacken, und jetzt musste ich kurz meine Begeisterung hierlassen: Deine Cupcakes sind eine Sensation! Auch ohne Blitz im Teig. ;-)
Gruß, Ben-der-Bäcker

Gwen holte tief Luft. Sie konnte das. Sie würde sich nicht von Kenu und Tanja unterkriegen lassen! Nicht schon wieder. Dann würde sie ihre Sachen eben für die netten Menschen da draußen backen, nicht für die eyecatcher und die Kenus dieser Welt.

»Marla.keks.« Sie sagte es einmal laut. Das war ihr Projekt, *sie* war marla.keks! Schon der Name beruhigte ihren Magen ein wenig. Das zumindest konnte sie nämlich: sich Neues ausdenken, backen und darüber schreiben.

Nun war ausgerechnet Kenu auf ihren Blog aufmerksam geworden und hatte diese blöden Sachen von sich gegeben, die sie gar nicht hören wollte! Am besten benannte sie ihre Cupcakes und Kuchen ab sofort anders, sodass Kenu keine vertrauten Kuchen mehr googeln und bei ihr finden konnte. Also keine Kuchennamen mehr, die eine Hommage an ihre Lieblingsbücher waren, wie *Laykenliebe, Rubinrot* oder die *Panem-Torte*!

Plötzlich hörte sie aufgeregtes Rufen aus dem Flur, und der Geruch nach Verbranntem stieg ihr in die Nase.

Verdammt, der Tortenboden! Den hatte sie ganz vergessen.

Gwen schoss die Treppe herunter. Aus der Küche zog ihr

schon feiner Dunst entgegen. Vor der Küchentür standen Frau Cordoba, die sich die Nase zuhielt, sowie Bonni, die Gwen hektisch herbeiwinkte.

Gwen stieß die Küchentür auf. Sofort stand sie in Rauchschwaden, die ihr in den Augen brannten. Mit zusammengekniffenen Augen drang sie bis zum Ofen vor und schaltete ihn aus. Dann öffnete sie die Ofenklappe. Sie konnte ein Husten kaum unterdrücken, als ihr eine dichte Rauchwolke und der scharfe Geruch von Verbranntem entgegenschlugen. Sie stürzte zum Fenster und riss es weit auf. Erst dann wagte sie einen Blick in den Ofen.

In der Springform, in die Gwen vorhin den goldgelben Teig gedrückt hatte, lag nur noch ein Stück Kohle.

»So ein verdammter Mist!«, entfuhr es ihr, während sie das Kohlestück entsorgte. Das war ihr bisher noch nie passiert und nun ausgerechnet mit dem neuen schicken Ofen, der jetzt nach verbranntem Teig stank und außen leichte Rauchspuren trug. Dabei spielte die Kücheninsel doch erfahrungsgemäß bei den Führungen immer eine besonders wichtige Rolle.

Oh nein, die Führungen! Ein schneller Blick auf den Kalender an der Wand sagte Gwen, dass in einer halben Stunde die nächsten Interessenten aufschlagen würden. Interessenten für eine Räucherkammer? Was jetzt?

Da zeigte Bonni auch schon auf ihre Uhr. »Die Besucher kommen gleich, sollen wir noch die Küche machen?!«

Gwen konnte fast nicht aufhören zu nicken, so erleichtert war sie über diese Frage. Zusammen konnten sie es vielleicht schaffen.

Nachdem Gwen den Ofen gemeinsam mit den beiden Putzprofis in einer atemberaubenden Geschwindigkeit geschrubbt hatte, blitzte das Gerät wie neu.

»Oje, es stinkt hier immer noch nach Verbranntem, obwohl ihr schon alle Fenster geöffnet habt. Wenn ich hier reinkäme als Besucher, würde ich sofort wieder rückwärts rausgehen«, stöhnte Gwen.

Doch Bonnis Augen begannen zu funkeln, als hätte jemand darin eine Kerze entzündet.

Sie griff sich zwei große Trinkgläser sowie ein Messer aus dem Küchenschrank und murmelte: »Einen Moment, das haben wir gleich – ningún problema!«, und verschwand aus der Küche. Kurz darauf hörte Gwen laute Klopfgeräusche und Wasserrauschen, die aus dem Gäste-WC zu kommen schienen. Mit hochgezogenen Augenbrauen sah sie Frau Cordoba an. Die zuckte nur mit den Schultern und lächelte etwas hilflos.

Kurze Zeit später kam Bonni wieder in die Küche und stellte eines der Gläser in den geöffneten Ofen und das zweite neben das Fenster. Gwen reckte die Nase in die Höhe. Diesmal zog ein undefinierbarer Duft nach Citrus-Tanne-Chlor durch die Luft. Ein wenig wie im Schwimmbad.

Je dichter Gwen dem Glas am Fenster kam, desto intensiver wurde der Geruch. Mit einer Mischung aus Ekel und Bewunderung starrte Gwen in das Glas und auf die blauen Brösel, die sich langsam in dem Wasser auflösten. »Bonni, was, bitte, schwimmt denn da? Ist es das, wonach es aussieht? Ein zertrümmerter WC-Spülstein? Das war ja wohl hoffentlich ein neuer! Toilettensteinduft in der Küche?« Gwen runzelte die Stirn.

Bonni nickte nur und grinste Gwen schelmisch an.

Da schallte auch schon die Klingel durchs Haus.

Gwen sah gehetzt auf ihre Uhr. Tatsächlich: fünf Uhr, die ersten Besucher standen vor der Tür.

Um die Interessenten von dem merkwürdigen Geruch in Flur und Küche abzulenken, begrüßte Gwen die beiden Frauen und den älteren Herrn besonders herzlich. Sie verstrickte sie in ein Gespräch über ihre Anreise und die Vorteile der ländlichen Lage und vergaß darüber fast ihre übliche Schüchternheit. Bonni und Frau Cordoba verabschiedeten sich unauffällig.

Als Gwen den Rundgang mit den Besuchern beendet hatte, wandte sich die Ältere der beiden ihr zu und meinte: »Du verstehst es wirklich, Werbung für dieses Haus zu machen. Deine Mutter kann stolz auf dich sein. Kann sein, dass wir zusammenkommen. Und was ist eigentlich dieser Duft hier? Kommt das durch die exzellenten Naturmaterialien, die beim Bau verwendet wurden? Holzrauch, Tannenduft, Gäste ... oder so ähnlich. Ich fühle mich direkt wie zu Hause! Irgendwie kommt mir der Duft sehr bekannt vor!«

Gwen konnte ein Grinsen nicht unterdrücken. Sie konnte Bonni zwar nur *im Geiste* danken. Das tat sie dafür aber umso herzlicher.

6

Gwen feuerte die Broschüren in die Ecke. Nur weil ihre Mutter so ein Networking-Ass war, brauchte sie doch nicht zu erwarten, dass ihre Tochter Freundschaften im Turbo-Durchlauf schloss.

Ihre Eltern hatten ihr die Programme der Sportvereine eben beim Frühstück in die Hand gedrückt und gemeint, sie solle »mehr auf andere zugehen«, sollte sich mindestens einen Sport suchen (»Du brauchst Anschluss«!) sowie seltener im Wald verschwinden (»Wie willst du da denn jemanden kennenlernen?«).

Dass Gwen nur noch halb so viel Zeit im Wald verbrachte wie vor eineinhalb Wochen, war ihnen nicht aufgefallen. Wie auch, sie waren tagsüber ja gar nicht zu Hause. Und das, obwohl jetzt hin und wieder Kuchen und Quiches beim Abendbrot auf dem Tisch standen. Ganz zu schweigen von den kleinen Cupcakes, die Gwen manchmal Frau Cordoba und Bonni schenkte und die diese stets vorsichtig wie Kuchenbabys nach Hause trugen.

Ein plötzliches Geräusch riss Gwen aus ihren Gedanken. Weinte da jemand? Leise öffnete sie ihre Zimmertür und lauschte.

Und wirklich: Von unten war Bonnis Stimme zu hören, die ihrer Mutter etwas auf Spanisch erzählte, ständig unterbrochen von heftigen Schluchzern.

Gwen streckte ihren Kopf über das Treppengeländer und sah, wie Frau Cordoba ihrer weinenden Tochter immer wieder über das Haar strich und leise auf sie einredete. Gwen konnte kein Wort verstehen, aber sie merkte, dass beide zutiefst unglücklich waren. Was sollte sie tun? Es war ihr sehr unangenehm, Zeugin einer so privaten Szene zu werden.

Leise schloss Gwen die Tür wieder hinter sich. Sie lehnte ihren Kopf gegen die Tür und spürte, dass es ihr näherging, als sie wollte, Bonni so traurig zu sehen. Sie hatte in den letzten Wochen auch viel geweint. Schon der Gedanke an Kenu brachte Gwen den vertrauten Kloß im Hals zurück.

Aber wie sollte sie helfen? Sie kannte Bonni ja noch nicht einmal richtig. Vielleicht wäre es ihr sogar unangenehm, wenn sie wüsste, dass Gwen alles beobachtet hatte.

Mit einem Seufzen ließ Gwen sich auf ihren Schreibtischstuhl fallen und fuhr das Tablet hoch, um zur Ablenkung ihren Blog zu checken:

CorbusierColie
Nicht schlecht, marlakeks, bin Designstudentin und muss sagen, wenn Cupcakes Stil haben, dann deine. Da kann man sich was abgucken!

Mit einem zufriedenen Lächeln las Gwen den zweiten Kommentar:

Medusas-enkelin
Cupcake mit Ananas? Hätte nicht gedacht, dass das besonders schmeckt. Habe mich geirrt, Rezept bereits nachgebacken und damit den Familiendrachen (Oma mütterlicherseits) an die Wand gebacken (im übertragenen Sinne natürlich). Irgendwie Modern Style, was du machst.

Gerade als Gwen den Blog schließen wollte, ploppte ein neuer Kommentar auf:

GaultierFan
»Lagen-Look oder stonewashed? Kenne ich vor allem aus dem Modedesign. Aber bei Kuchen? Du hast wohl zu viel Zeit, was? Gucke aber trotzdem gern mal wieder rein.«

Hmmm … Gwen zwirbelte eine Locke zwischen den Fingern, bis sie fast aussah wie eine Rasta-Franse.

Modern Style, Design. Design und Backen. *Genau* das wollte sie. Nicht zu verbissen. Eher witzig und humorvoll, aber mit Anspruch.

Berühmte Designermöbel backen? Zum Beispiel diesen Meilenstein der modernen Möbelgeschichte, die Corbusier-Liege aus Lebkuchen nachbauen? Nein, das wäre farblich viel zu fade.

Ausgefallene Architektur nachbacken? Wohl kaum!

Ausgefallene hochmoderne Gebäude à la Teherani? Musste nicht sein … aber warte mal …

Genau! Warum nicht wirklich *Kleidung* aus Teig designen? Als Plätzchen vielleicht. Das wäre lecker *und* trendig!

Wieder stieg diese wohlige Wärme in Gwen hoch, die sich immer ausbreitete, wenn sie Lust bekam, etwas Neues auszuprobieren.

Schnell googelte sie ein wenig und bestellte sich ein Kleid und eine Handtasche als Plätzchenausstecher. Als sie auch noch einen Ausstecher in Form eines Pumps fand, konnte sie nicht widerstehen und machte den zukünftigen Keks-Look komplett. Wie schade, dass sie erst auf die Bestellung warten musste!

Kokosfett, Puderzucker, echtes Kakaopulver sowie gehobelte Mandeln standen auf der Arbeitsplatte bereit. Aus dem Kühlschrank holte Gwen fünf Eier.

Das ganze Nachdenken über Styling-Kekse hatte ihr Lust aufs Backen gemacht. Ein Kekskuchen sollte es werden, den liebte Gwen, seit sie ein Kind war. Für sie schmeckte er nach Zuhause.

Gwen röstete die Mandeln in einer Pfanne und stellte sie zur Seite. Dann erhitzte sie das Fett auf dem Herd, ließ es wieder leicht abkühlen und rührte alles andere hinein, bis sich eine zähflüssige Creme ergab.

Fehlten nur noch die Butterkekse. Wo hatte ihr Vater die wohl verstaut? Sie hatte immer noch nicht raus, wo in der neuen Küche alles war. Nach kurzem Suchen fand Gwen die Kekse in dem Küchenschrank neben der Spüle, und das »Bauen« konnte beginnen.

Nachdem sie die längliche Backform mit Alufolie ausgelegt hatte, goss sie ein wenig von der süßen Creme auf den Boden der Form und bedeckte die Schicht komplett mit Butterkeksen. Darauf goss sie wieder eine Schicht Creme. Diesen Ablauf wiederholte sie einige Male. Am Ende füllte Gwen den Rest der Creme in die Form, sodass alle verbliebenen Lücken ausgefüllt wurden, und streute die gerösteten Mandelblätter darüber.

Zufrieden blickte sie auf ihr Werk und leckte sich die Finger ab. Dann erst schob sie den Kuchen in den Kühlschrank. Dieser Kuchen würde wenigstens nicht anbrennen!

Gwen war ganz feierlich zumute. Das Zubereiten ihres Lieblingskuchens fühlte sich an wie eine Einweihungszeremonie. Zum ersten Mal seit dem Umzug fühlte sie sich zu Hause.

Hach, ich freue mich wie früher! Wenn ich heulend nach Hause gekommen bin, die Strümpfe zerrissen, weil die Nachbarjungs mich vom Baum geschüttelt haben, dann gab es nämlich erst einmal KEKSKUCHEN, yeah! Schon allein die Zubereitung (und das Naschen natürlich) mit meiner Mutter waren das beste Trostpflaster der Welt.
Als ich älter war, habe ich den Kuchen gern in Würfel geschnitten und erst in Alufolie und dann in farbig schimmerndes Transparentpapier eingewickelt. So konnte ich spielen, dass ich die kostbarsten Pralinen der Welt besitze. ☺
Tja, und heute verfeinere ich den Kekskuchen noch mit ge-

rösteten Mandeln obendrauf (ich liebe sie!) ☺ und mache mir den Kekskuchen immer dann, wenn ich mich mal wieder richtig verwöhnen will. So wie früher. ☺

Wenn du das auch möchtest, dann nimm Folgendes:

Frischhalte- oder Alufolie und eine Kastenform sowie

500 g Kokosfett
200 g Puderzucker
85 g Kakaopulver, echt
5 Eier
etwas Rum (54 %)
2 Pckg. Butterkekse (je 200 g)
(50 g gehobelte Mandeln, nur wahlweise)

Zubereitung:

Lass zunächst das Kokosfett in einem Topf schmelzen und anschließend wieder etwas abkühlen.
Füge dann Kakao, Eier, Puderzucker und Rum hinzu und verrühre das Ganze zu einer leckeren Schokomasse. Das Kokosfett verleiht dem Kuchen später einen tollen Glanz.
Lege die Kastenform mit der Alufolie aus und schichte nun abwechselnd Schokocreme und Kekse in die Form. Wahrscheinlich musst du dir für den Rand immer noch welche zurechtbrechen, um die Schicht komplett zu machen. Achte darauf, dass du mit einer Schokoschicht beginnst und auch wieder endest.

Jetzt musst du den Kuchen für mindestens 3 Stunden zum Abkühlen in den Kühlschrank stellen und anschließend aus der Kastenform stürzen.
Für mich sind die Mandeln obendrauf dabei übrigens ein Muss: Allein den Anblick finde ich kultig! (Ja, okay, dafür steht der Kuchen dann anders herum als bei den meisten ... aber gerade das mag ich. ☺)
Guten Appetit vom

marla.keks

Gwen schob ihr Tablet weg und verließ summend ihr Zimmer. Wenn sie nicht alles täuschte, war gerade ihre Mutter nach Hause gekommen.

Im Flur stieß sie fast mit Bonni zusammen, die mit verweinten Augen an ihr vorbeistürmte und, bevor Gwen irgendetwas sagen konnte, die Haustür laut hinter sich zuschlug.

Oje. Hatte sie sich jetzt auch noch mit ihrer Mutter gestritten? Seitdem sie die beiden vorhin im Flur beobachtet hatte, hatte sie sie nicht mehr gesehen. Ganz offensichtlich ging es Bonni immer noch nicht besser.

Da kam Frau Cordoba die Kellertreppe hochgehastet und blieb stehen, als sie Gwen entdeckte.

»Bonni ist schon los«, sagte Gwen. Die Situation war ihr unangenehm.

Die Argentinierin stemmte die Hände in die Taille und sah Gwen an. »Entschuldigung! Mein Tochter haben Kummer. Kommt nicht wieder vor.«

Frau Cordobas Augen sahen bei diesen Worten so niedergeschlagen aus, dass Gwen nicht anders konnte, als nachzufragen: »Was hat sie denn?«

Frau Cordoba seufzte. »Ach, das ist traurige Geschichte. Sie haben Bonni heute geschrieben, dass sie nicht kann bleiben auf Gymnasium. Sie soll 9. Klasse auf Realschule machen. Zu große Probleme in Rechtschreibung Deutsch. Sie aber Dickkopf, will Gymnasium, will studieren. Hat sich Design in Kopf gesetzt.« Frau Cordoba schüttelte langsam den Kopf.

»Und nun sie sich gar nicht mehr will geben Mühe. Sie sagt, dann sie kann gleich für immer putzen gehen. Wenn nicht studieren, dann nichts anderes. Dann putzen. Oh nein, sie starker Charakter, wenn sie nicht mehr will, dann nicht mehr geben Mühe …«

Frau Cordobas Stimme hatte bei den letzten Worten gezittert, und Gwen schob ihr schnell einen der beiden großen Rattansessel aus dem Flur hin.

In diesem Moment erschien Gwens Mutter im Rahmen der Küchentür. »Ich dachte doch, ich hätte Stimmen gehört. Oh, Frau Cordoba – ist Ihnen nicht gut?«

»Was? Nein, nur kurze Pause. Alles gut.« Frau Cordoba

straffte den Rücken und versuchte, sich nichts weiter anmerken zu lassen.

»Dann ist's ja gut. Gwen, ich habe auf dem Weg Pizza geholt. Wir können essen, kommst du? Papa müsste auch gleich hier sein.«

Gwen wollte Frau Cordoba jetzt nicht alleine lassen. Immerhin hatte die ihr gerade ihr Herz ausgeschüttet.

»Möchten Sie nicht vielleicht mitessen?«, platzte es aus ihr heraus, bevor sie weiter darüber nachdenken konnte, und dann fragte sie an ihre Mutter gewandt: »Das ist doch okay, oder?«

»Klar!« Ihre Mutter wirkte sichtlich überrascht, hielt aber sofort einladend die Küchentür auf.

»Puh, wenn ich noch ein Stück esse, dann platze ich!« Gwens Vater schob stöhnend seinen Teller von sich.

Sie hatten zusammen drei Riesenpizzen verdrückt und sich dabei so angeregt unterhalten, als würde Frau Cordoba schon immer abends mit ihnen am Küchentisch sitzen.

»Stellt euch vor, ein Kollege von mir hat heute Glücksblitz-Cupcakes zu seinem Geburtstag ausgegeben!«, sagte Gwens Vater jetzt. »Er meinte, das Rezept hätte seine Tochter aus dem Internet ... Die schmeckten genau wie deine! Seine ganze Familie ist ganz verrückt danach. Hast du das Rezept irgendwo gepostet?«

»So ähnlich.« Gwen grinste.

Ihre Mutter blickte von Gwen zu ihrem Mann und zurück. »Erzähl schon, was es damit auf sich hat!«

So erfuhren Gwens Eltern von dem Back-Blog mit künstlerischem Anspruch und ihrem neuesten Projekt. Anschließend servierte Gwen ihren Eltern und Frau Cordoba ihren Lieblingskekskuchen aus Kinderzeiten. Für einen kurzen Moment trat eine zufriedene Stille in der Küche ein, die nur von leisen Kaugeräuschen unterbrochen wurde.

»Eine tolle Idee! Ich freue mich so, dass du wieder etwas gefunden hast, das dir Spaß macht ...«, Gwens Mutter räusperte sich, »und natürlich werde ich ab jetzt dein treuester Follower. Das sagt man doch so, oder?«

»Wehe, du schreibst mir peinliche Kommentare! ›Wie sieht denn die Küche aus?!‹ oder so.« Gwen lachte. Aber sie war gerührt, wie viel es ihren Eltern zu bedeuten schien.

Und ein Blick auf Frau Cordoba, die mit dem Zeigefinger die letzten Kuchenkrümel von ihrem Teller pickte, sagte ihr, dass der Kekskuchen auch bei ihr seinen Zauber nicht verfehlt hatte.

7

Wie machen andere das eigentlich? Ich meine, nach so einem Umzug? Da verliert man einfach mal so mir nichts, dir nichts sein kleines Universum an Freunden, Lieblingswegen, Lieblingsbäumen, Lieblingslehrern (auch wenn ich Letztere am wenigsten vermisse), Lieblingsläden … und prallt in einem anderen Kosmos wieder auf. Und dabei spricht man hier wenigstens noch dieselbe Sprache. Wie es ist, wenn man sogar in ein anderes Land zieht, will ich mir gerade gar nicht vorstellen! Ich kann mich ja schon in meinem Land wie auf einem anderen Kontinent fühlen. Na gut, mein Lieblingsgefühl hab ich auch grade verloren, aber das ist ein anderes Thema ☹ …

Zumindest etwas Gutes hat es dann doch: *Lieblingskuchenrezepte* kann man mitnehmen! ☺ Und Zutaten gibt es auch überall. Also schnell wieder rein ins Back-All.

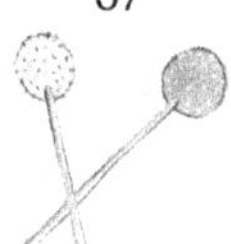

Heute möchte ich euch nämlich von meinem neuesten Keks-Projekt berichten: Kleider, Schuhe und Taschen für den Laufsteg. ☺ Ja, ihr habt richtig gelesen, ich möchte mich als Mini-Designerin versuchen. Dafür habe ich gestern einen schönen Butterplätzchenteig (Mürbeteig) vorbereitet, der noch im Kühlschrank ruht. Ich habe festgestellt, dass der Teig nicht so an der Arbeitsfläche klebt und sich besser ausrollen lässt, wenn man ihn am Tag zuvor macht.
Und nun sollen endlich meine coolen neuen Ausstecher zum Einsatz kommen! Ein Pumps, ein Kleid und eine Handtasche konnte ich ergattern. Ein ganzes Outfit also. ☺ Ich bin schon total gespannt, was für Looks ich einfach nur durch den Einsatz unterschiedlicher Farben kreieren kann! Lagerfeld wird (noch) blass(er) werden. ;-)
Vielleicht nehme ich irgendwann auch Bestellungen von Dolce & Gabbana entgegen: der passende Keks zur Modenschau in Paris … Das nennt man Perfektion, hihi … ☺

Okay, Quatsch beiseite. Entscheidend werden bei den Keksen neben einem leckeren Teig die Farben der Glasur sein. Man könnte zum Beispiel einmal eine feine Haselnussglasur sowie einen kräftigen Schokoüberzug, abgetrennt von einem dünnen Pistaziengrün-Streifen, ausprobieren. Ich werde euch demnächst ein Foto davon einstellen, damit ihr eine Vorstellung bekommt, was ich meine. Zuerst wollte ich

Ding-Dong-Ding.

Gwens Finger erstarrten in der Luft wie die Klauen eines Vogels, der im Landeanflug gestoppt worden war. Unschlüssig blieben sie über der Tastatur hängen. Dann sah sie auf die Uhr. Es war halb fünf. Wer konnte das sein? Es war keiner der Besichtigungstage.

Zögernd ging sie die Treppen hinunter und strich sich ihre Locken aus dem Gesicht. Sie öffnete die Tür. Niemand war zu sehen. Gwen trat einen Schritt nach draußen und sah sich um. Fehlanzeige.

Gerade als sie die Haustür wieder schließen wollte, hörte sie jemanden rufen: »Gwen, huhuuu, warte mal!« Und sie sah, wie Bonni sich auf dem Weg näherte. Erstaunt blieb Gwen auf der Türschwelle stehen. »Hi, Bonni!?«

»Dios mio, was für ein Typ ist denn da eben von eurem Grundstück in den Wald geschossen? Der hatte es aber eilig!« Bonni hatte das Gartentor erreicht.

»Ein Typ ist in den Wald geschossen?«, fragte Gwen ungläubig nach. Ihr wurden die Knie weich. »Hier hat es eben geklingelt! Warst du das?«

»Ich? Nein, ich bin doch eben erst gekommen. Ich soll etwas für Mama holen. Sie hat ihre Uhr gestern vergessen. Habt ihr sie schon gefunden?«

Aber Gwen konnte sich nicht richtig darauf konzentrieren, was Bonni sagte. Wer, bitte, war der Typ gewesen, der offensichtlich erst bei ihr geklingelt hatte und dann in den Wald gestürmt war? Ein Klingelstreich? Oder doch was anderes?

»Gwe-hen! Ob ihr die Uhr gefunden habt? Was ist denn mit dir los? Hola, Gwen?!«

Gwen seufzte und zog Bonni zur Tür hinein. »Tut mir leid, ich bin etwas wirr. Es gefällt mir nicht, dass hier irgendwelche Typen herumschleichen. Neulich im Wald hatte ich auch schon das Gefühl, dass mich jemand beobachtet.«

»Echt? Oh!« Bonnis Augen waren ganz groß. »Soll ich ein bisschen hierbleiben? Falls er wiederkommt?«

Gwen sah Bonni überrascht an. »Das würdest du tun?«

»Klar, ich habe heute frei, kein Putzen. Ich kenne auch deinen Blog, Mama hat mir davon erzählt. *marla.keks.backkunst*, sehr cool kreativ! Vielleicht kannst du mir was Tolles zeigen?«

Zum ersten Mal sah Gwen Bonni richtig an. Sie trug ein Kleid mit leuchtenden pinken und lila Streifen. Ihre braunen Haare waren so dick, dass ihr Pony wie ein dichter Vorhang ihre Stirn bedeckte.

War es wirklich nötig, dass Bonni blieb? Einerseits würde Gwen sich sicherer fühlen, andererseits hatte sie auch Angst, dass Bonni ihre Backkünste doch nicht so beeindruckend finden könnte. Und was sollte sie überhaupt mit ihr reden?

Eigentlich hatte Gwen ihren Beitrag über die Modekekse beenden und dann die Idee selbst ausprobieren wollen.

Aber vielleicht war es sowieso professioneller, die Kekse erst auszuprobieren und den Blogbeitrag später direkt mit Fotos ins Netz zu stellen. Und ein wenig Ablenkung von dem merkwürdigen Ereignis eben konnte sie wirklich gebrauchen. Außerdem leuchteten Bonnis Augen so erwartungsvoll, dass Gwen keinen Rückzieher machen wollte.

»Ähm, ich wollte Kekse machen ...«, begann sie stockend und beobachtete Bonnis Miene genau. Warum war ihr nichts Besseres eingefallen? »Kekse machen« hörte sich nun wirklich nicht gerade glamourös an. Als Bonni sie aber weiterhin anstrahlte und nur kurz »Cool!« sagte, atmete Gwen tief durch und winkte Bonni, ihr in die Küche zu folgen.

»Das sind die Ausstecher, die ich verwenden will.« Gwen hielt Bonni ihre neuesten Errungenschaften hin.

Bonni nahm sie ihr aus der Hand und betrachtete sie von allen Seiten.

Gwen wurde erst heiß, dann kalt, nervös knetete sie ihre Hände. Sollte sie dazu noch etwas erklären? War die Idee vielleicht doch blöd?

»Wow – das werden Schuhe und Handtaschen zum Essen – qué buena idea!«, sagte Bonni da. »So werden Sie Modedesigner in zehn Minuten!«

Verblüfft sah Gwen sie an. Genau. Absolut genau das! Bonni hatte es sofort verstanden! Bonni hatte sie, Gwen, *sofort* verstanden!

»Und dann gib deiner gefräßigen Tante unauffällig Styling-Tipps, während du sie mit Keksen fütterst«, setzte Bonni noch nach und grinste Gwen breit an.

Gwen musste ebenfalls grinsen. Vor ihrem geistigen Auge sah sie gerade ihre eigene Tante mit einem Keks in der Hand auf einen verzweifelten Verkäufer einreden, ihr endlich ein Kleid in dem Stil des Kekses zu besorgen.

Und als Bonni fragte: »Zeigst du mir, wie du es dir genau gedacht hast?«, da konnte Gwen sich beim besten Willen nicht mehr erklären, warum sie gezögert hatte, Bonni einzuladen.

Das Prinzip war schnell erklärt, und Bonni stellte sich tatsächlich als eine fantastische Assistentin heraus.

Nachdem sie das Blech mit den Keksen in den Ofen geschoben hatten, diskutierten sie über die Glasuren. Sie kamen aus dem Lachen gar nicht mehr heraus, denn Bonni hatte die abstrusesten Ideen, womit man einer weißen Zuckerglasur Farbe geben könnte.

»Also, ich finde den Saft von Kiwis wunderschön, wie Palmen in der Karibik, magnificamente!« Bonni sah Gwen verträumt an.

»Ja, das ist eine tolle Idee. Leider haben wir keine Kiwis da!« Gwen war überrascht, dass sie nicht selbst auf eine so einfache, aber geniale Lösung gekommen war.

Bonni überlegte kurz, dann fuhr sie mit ihrem Brainstorming fort: »Ich finde auch die Farbe von Rotkohl sehr schön. Der Saft hat so unterschiedliche Blau-Lila-Töne. Und dazu dann silberne Perlen als Handtaschenschnallen.«

»Stimmt. Aber Rotkohl haben wir natürlich auch nicht da. Und meinst du nicht, dass man den Rotkohl rausschmecken könnte? Bäh, das stell ich mir abartig vor!« Gwen musste wieder lachen.

Bonnis Ideen waren einfallsreich, aber vielleicht auch ein bisschen durchgeknallt. Egal – mit Bonni wurde es jedenfalls nicht langweilig!

Am Ende entschieden sie sich dann doch dafür, den Zuckerguss mit Lebensmittelfarben einzufärben, und bereiteten alles dafür vor. Nachdem sie die Kekse noch kurz hatten abkühlen lassen, wechselten sie sich bei den Modekreationen auf den Plätzchen ab. Gwen bewunderte dabei Bonnis auffallend gutes Gespür für Farben und Formen. Ihr Einsatz von kleinen Perlen als Handtaschenschnallen sah total chic aus.

Im Stillen nahm Gwen sich vor, beim nächsten Mal statt Zuckerglasur auch einmal ein festes Fondant einzusetzen. Auch wenn das etwas komplizierter in der Herstellung war, würden die Farben dadurch vielleicht noch leuchtender werden und sich schärfer voneinander abgrenzen lassen. Aber man musste sich ja immer noch steigern können, fand sie.

Nachdem sie alle Kekse in farbliche Hingucker verwandelt hatten, kam Gwen plötzlich eine Idee, wie sie Bonni vielleicht auch helfen könnte. »Sag mal, Bonni, während ich hier alles wegräume, könntest du eben mal aufschreiben, wie wir die Kekse genau gemacht haben? Das brauche ich unbedingt für meinen Blog.«

Gwen sah Bonni gespannt an. Ihr erschien der Gedanke geradezu genial, wenn Bonni mehr Übung in Rechtschreibung bekommen sollte.

»Ach, lass mal, ich muss so langsam los.« Das Lächeln war aus Bonnis Gesicht verschwunden. Mit roten Wangen wandte sie sich ab und murmelte: »Wo liegt denn die Uhr?«

Gwen zeigte neben den Kühlschrank, wo ihre Mutter die Uhr hingelegt hatte. »Bonni, ich …«

»Danke. War schön, mit dir Kekse zu backen!« Bonni schnappte sich die Uhr und verschwand im Flur. Durch die

Küchentür sah Gwen, wie sie sich die Schuhe anzog. Sollte sie hinterher? Aber da hatte Bonni schon die Haustür geöffnet.

»Wir sehen uns, ciao!«, rief sie, dann war sie verschwunden.

Sofort bereute Gwen ihre Frage. Sie hatte nicht trampelig sein wollen.

Trotzdem war der Nachmittag mit Bonni schön gewesen. Und Gwen hatte nicht ein einziges Mal an den unheimlichen Besucher gedacht!

Also, vier Stunden und eine verwüstete Küche später. ☺ Hier kommt nun das versprochene *Fashion-Plätzchen*-Rezept: Handtaschen, Pumps und Kleider zum Vernaschen!

Du brauchst dafür einen schönen **Mürbeteig** aus:

300 g Mehl
200 g Butter
100 g Zucker
1 Ei
1 kleiner TL Backpulver

(Zusatz nach Wahl, muss aber nicht sein: Du kannst noch gemahlene Nüsse dazugeben. Mit gemahlenen Nüssen bleibt der Teig gleichmäßig zart. Gehackt oder gehobelt, bringen sie Biss in die Plätzchen. Und durch Zugabe von Marzipan kannst du die Plätzchen veredeln. Aromatisieren kannst du das Ganze natürlich auch noch. Einfach in der Verarbeitung und intensiv im Geschmack sind fein gemahlene Vanillescho-

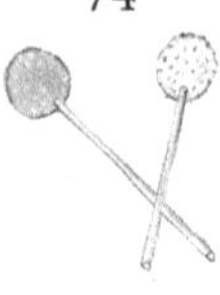

ten. Etwas abgeriebene Schale von einer Bio-Zitrone dagegen sorgt für angenehme Frische.)

Und dann brauchst du **Materialien zum »Anziehen«** der Kekse. Da sind deiner Fantasie im Grunde keine Grenzen gesetzt. Such dir die Farben und die Verzierungen aus, die am besten zu deinem Style passen. Ich habe hiermit angefangen: Puderzucker und ein paar Tropfen Zitronensaft mischen. Lebensmittelfarben deiner Wahl dazugeben. Auch Gold- und Silberperlen können übrigens schick auf den Plätzchen aussehen, zum Beispiel als Handtaschenschnallen. ☺
Ein Überraschungsbesuch hat mir heute Nachmittag gezeigt, wie toll silber- und goldfarbene Perlen eine Farbe unterstreichen, zurücknehmen oder leuchten lassen können. Und irgendwie hat besagter Besuch gleich mitgeleuchtet, während sie Farben so sicher kombiniert hat, als hätte sie einen inneren Farbkompass. ☺ Und ich habe dabei vor lauter Zusammen-Probieren und -Leuchten ganz vergessen, dass ich mit Fremden eigentlich nicht kreativ sein kann.
Rätselhaft, aber: wow!

Wie auch immer, jetzt mal weiter im Text:
Mit einem superfeinen Pinsel oder einem Schaschlikspieß kann man dann die Farbe und Muster auf die Designstücke »malen« (und ganz seinem eigenen Farbkompass folgen ☺).

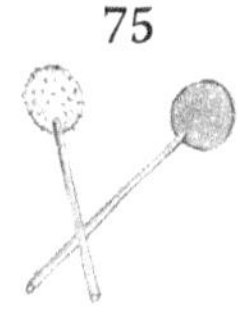

Zubereitung:

Verknete alle Zutaten des Mürbeteigrezeptes zu einem homogenen Teig (hier muss man echt geduldig kneten, bis sich die Zutaten gut miteinander verbinden. Wichtig ist auch, dass die Zutaten nicht zu warm sind!). Lass den Teig dann mindestens eine Stunde im Kühlschrank ruhen.

Rolle den Teig auf einer bemehlten Arbeitsfläche aus (denk dran, auch das Nudelholz mit Mehl zu bestäuben, damit der Teig nicht kleben bleibt). Ich schneide den Teig übrigens in der Regel in der Mitte durch und bekomme dann zwei ganz gut ausrollbare Massen. (Rolle nicht zu dünn aus. Die Kekse schmecken besser, wenn sie eine gewisse Dicke haben.)

Jetzt stichst du die Plätzchen aus und legst sie auf ein mit Backpapier belegtes Blech. Übrigens: Mein Handtaschenhenkel ist immer abgebrochen beim Ausstechen, sodass ich jeden einzelnen wieder »ranoperiert« habe. ☺ Hat aber auch seinen Vorteil: Jede Handtasche sieht anders aus, denn ich habe natürlich mit der Form gespielt. ☺☺

Backe die Kekse nun im vorgeheizten Ofen ca. 10 Minuten bei 180–200 °C (Ober- und Unterhitze). Beobachte die Kekse gut, denn die Temperaturen variieren von Ofen zu Ofen.

Sie sollten hellgoldbraun sein, wenn du sie aus dem Ofen holst, damit sie schön weich bleiben.

Jetzt lässt du die Plätzchen auskühlen, und dann: Taraaaa und Tadaaaaa! Werde zum Designer und mische dir die Farben aus Puderzucker, Zitronensaft und Lebensmittelfarben. Und los geht es mit den Mustern. ☺

Denk dran: Dein Style darf auch einen eigenen Namen bekommen. ☺

Und falls dir bestimmte Kreationen nicht gefallen, kein Problem. Schmecken werden sie trotzdem!

Bis bald, dein

marla.keks

8

Ben-der-Bäcker
Hey, marlakeks,
was soll ich sagen? Dein Kekskuchen funktioniert! Ich hatte einen echt miesen Tag, und ich dachte, nichts kann den mehr retten. Aber siehe da: Kekskuchen gebacken, Kekskuchen gegessen (jaaaa, viel davon!), und schon war irgendwie alles ein bisschen mehr in Ordnung. Deine Geschichte dazu war auch eher hilfreich. ☺
Danke dafür!
Sagt Ben-der-Bäcker

Gwen ließ sich von der Schaukel hin und her wiegen und steckte lächelnd ihr Handy wieder weg. Was für ein schönes Gefühl, dass ihr Lieblingskuchen auch auf andere eine gute Wirkung hatte!

Ben-der-Bäcker – irgendwie kam ihr der Name bekannt vor. Sie zog ihr Handy direkt wieder aus der Jeanstasche.

Tatsächlich! Er hatte auch schon ihr allererstes Rezept kommentiert. Es gab also wirklich Leute, die nicht nur ein Mal auf ihrem Blog vorbeischauten, sondern denen das, was sie tat, so gefiel, dass sie wiederkamen. Gwen stieß sich kräftig mit den Füßen ab und genoss den Wind in ihren Haaren.

Sie hatte schon eine Idee, was sie als Nächstes ausprobieren könnte. Gestern hatte sie eine Doku über die französische Künstlerin Niki de Saint Phalle gesehen. Deren knallbunte, voluminöse Frauenfiguren hatten ihr gefallen.

Ob sie sich eine Tarte in diesem Stil ausdenken konnte? Das hieße allerdings, dass sie die Torte mit großen, bunt verzierten Brüsten ausstatten müsste, um den Stil deutlich erkennbar zu machen. Gwen musste grinsen, als sie sich ihre Eltern dabei vorstellte, wie sie das Kunstgebilde beim Kaffeetrinken anschnitten. Ihre Mutter würde wahrscheinlich puterrot im Gesicht werden, und ihr Vater würde krampfhaft versuchen, sich ein Grinsen zu verkneifen. Vielleicht war das mit den sinnlichen Figuren für ihre Torten nicht gerade die beste Idee. Zumindest nicht, solange sie noch in der Küche ihrer Eltern backen musste.

Zum Glück war ihre Schaukel wirklich ein Ort der Inspiration. Denn schon schoss ihr eine neue Idee in den Kopf, was sie als Nächstes für ihren Blog backen konnte. Und das war garantiert jugendfrei.

Gwen rührte gerade den Teig für ihr neues Projekt, einen Maulwurfskuchen, an, als sie plötzlich eine Bewegung vor dem Fenster wahrnahm.

Sie ließ die Teigschüssel aus ihren Händen auf die Ablage gleiten und schlich zum Fenster. Ihr Magen fühlte sich an, als hüpften darin winzige Vögel umher. Doch so angestrengt sie auch aus dem Fenster starrte, sie konnte nichts Auffälliges erkennen. Weder im Garten noch an der Waldgrenze. Mit einem resignierten Schulterzucken drehte sie sich um und fuhr erschrocken zusammen!

Doch es war nur Bonni, die gerade zur Küchentür hereingekommen war.

»Du, Gwen, ich wollte mich …« Bonni riss vor Schreck die Augen weit auf, starrte aus dem Fenster und rief: »Da, da! Da ist jemand!«

Also doch! Gwen schnellte herum, doch niemand war zu sehen. Wer auch immer es gewesen war, er war schon wieder weg.

Für einen Augenblick schwiegen sie beide.

Bonni löste sich als Erste aus ihrer Schockstarre, riss das Küchenfenster auf und lehnte sich hinaus. »Nichts. Aber weit kann er nicht sein. Komm, lass uns schnell ums Haus laufen, vielleicht erwischen wir ihn noch!«

Auch Gwen hatte sich wieder gefasst, und gemeinsam suchten sie rund ums Haus. Doch sie konnten nichts entdecken.

Kopfschüttelnd standen die beiden schließlich vor der Haustür und sahen zum angrenzenden Wald hinüber. Es schien naheliegend, dass der Unbekannte in die Baumreihen geflüchtet war. Damit war für Gwen klar, dass sie sich das neulich im Wald nicht nur eingebildet hatte. Da war wirklich jemand gewesen! Aber wer? Kenu ja wohl ganz sicher nicht. Gwens Problem mit ihm war ja weniger, dass er sie verfolgt hätte … Also was war hier los?

Langsamen Schrittes gingen die Mädchen zurück ins Haus.

Im Flur legte Bonni Gwen die Hand auf die Schulter. »Es könnte jemand gewesen sein, den das Öko-Haus interessiert und der es sich erst einmal nur von außen ansehen wollte.«

»Ja, aber langsam kommt mir das schon komisch vor. Erst das Ding im Wald, wo ich mich schon beobachtet gefühlt habe, dann der Typ, der hier vorgestern geklingelt hat. Und jetzt das! Allerdings weiß ich auch, dass ich im Moment besonders empfindlich bin. Ich kann mich manchmal ganz schön in etwas hineinsteigern.«

»Hm, ich weiß nicht ...« Bonni sah Gwen nachdenklich an. »Wir sollten auf alle Fälle Augen und Ohren offen halten. Und die Eingangstür schließ ich mal richtig ab jetzt!« Energisch drehte sie den Schlüssel im Schloss und drückte dann zweimal die Klinke herunter, um auch ganz sicherzugehen, dass die Tür wirklich zu war. »So!«

Gwen atmete hörbar aus.

»Mehr können wir jetzt nicht machen. Los, lass uns auf andere Gedanken kommen! Ich habe nämlich eine Idee, wie dein Blog noch bekannter werden kann! Und er muss noch viel mehr Follower bekommen, wenn du dich für den Wettbewerb qualifizieren willst! Das wäre magnificamente!« Bei den letzten Worten begannen Bonnis Augen zu leuchten wie blank polierte Kastanien.

»Wettbewerb?!«

Eins musste man Bonni lassen: Sie wusste, wie sie einen auf andere Gedanken bringen konnte! Allerdings verstand Gwen nicht wirklich, was Bonni meinte. Und sie konnte sich auch nicht vorstellen, dass irgendeine Form von Wettkampf, ein

Sich-Messen, ein Sich-*öffentlich*-Präsentieren, dass so etwas auch nur im Geringsten interessant für sie sein könnte!

Weil Gwen aber nichts erwiderte, fuhr Bonni fort: »Außerdem musst du den Besuchern bei den Besichtigungen hier in eurem Haus erzählen, dass in diesem Ofen deine stylishe Cupcake- und Kuchenkunst entsteht, die du auf deinem Blog vorstellst. Man darf deinen Blog nicht nur zufällig entdecken können!« Bonni lächelte. »Am besten, ihr nehmt die Blogadresse gleich in den Flyer für das Haus auf! Das ist auch Werbung für die tolle Küche hier.«

Gwen sah Bonni verblüfft an. Die Idee war tatsächlich clever, aber …

Da redete Bonni schon weiter: »Und sobald du genug Follower auf deinem Blog hast, kannst du dich für den Backwettbewerb bewerben.«

»Stopp! Langsamer, Bonni.« Endlich hatte Gwen ihre Sprache wiedergefunden. »Ich verstehe nur Bahnhof. Was denn überhaupt für ein Wettbewerb?«

»Oh. Ach so. Also: Der heißt *Kunst und Backen.* Habe ich zufällig entdeckt, als ich nach neuesten Designtrends im Internet gegoogelt habe. Der Gewinn ist eine zweiwöchige Reise nach Argentinien zu dem berühmtesten Backmeister bei uns in Patagonien. Piedro Sancharez. Der ist echt Kult bei uns!« Bonni strahlte, was immer den Eindruck erweckte, als ginge plötzlich ein warmes Leuchten von ihrem Gesicht aus.

Kunst und Backen? Das waren ja ähnliche Gedanken, wie Gwen sie zurzeit hatte. Immerhin suchte sie selbst nach Ideen, wie sie witzige Elemente aus der Welt der Kunst ins Backen übertragen konnte. Es hörte sich also wirklich an, als wäre es genau ihr Thema. Und einmal Piedro Sancharez gegenüberzustehen, wäre natürlich der Wahnsinn! Seine Tartes waren legendär.

Blieb aber immer noch die Tatsache, dass sie sich einem echten Wettbewerb aussetzen müsste. Vielleicht in einem anderen Leben, in diesem mit Sicherheit nicht!

»Mal sehen – und danke!«, murmelte Gwen vor sich hin. Sie hoffte, dass Bonni ihre fixe Idee schnell wieder vergessen würde. Sie hatte keine Lust, ihr ihre verdammte Schüchternheit zu gestehen.

Schnell widmete sich Gwen wieder dem Teig und tat so, als müsste sie die Konsistenz prüfen.

Als sie hochsah, bemerkte sie, dass Bonni immer noch in der Küchentür stand und sie beobachtete. Sie wirkte auf einmal so verloren.

»Okay, ich bin ja eigentlich zum Badputzen gekommen«, sagte sie. »Ich mach mich mal dran!« Schon wieder war das Strahlen, das Bonni sonst umgab, mit einem Schlag verschwunden.

Gwen versetzte es einen Stich bei dem Anblick. Bevor sie länger darüber nachdenken konnte, rief sie: »Warte! Ähm, deine Mutter ist doch noch lange nicht fertig, und du hast nur noch das Bad, oder? Meinst du nicht, dass du da zwischendurch etwas Backzeit an der Kücheninsel verbringen solltest? So als Mini-Back-Urlaub quasi?« Verlegen hob Gwen die Schultern.

Und das Leuchten kehrte in Bonnis Augen zurück.

Es war wie letztes Mal. Schon nach kurzer Zeit waren die beiden in eine lebhafte Diskussion verstrickt. Diesmal ging es darum, was man am besten oben auf den leckeren braunen Kuchen setzen sollte, der aussah, als wäre er ein frisch aufgeworfener Erdhügel.

»Wir legen auch noch verkohlte Kuchenstücke darauf, dann könnte man denken, da unten würde jemand Kohle fördern, das ist doch cool!«, war Bonnis spontaner Einfall.

»Du meinst Kohlestücke, hundertprozentig krebserregend?! Na super, welchen Preis wollen wir denn damit gewinnen? Anschlagstorten für sehbehinderte, ungeliebte Schwiegermütter, oder wie?«

Gleichzeitig fingen sie beide an zu kichern. Es tat so gut, mit Bonni albern zu sein!

»Okay, und einen Männerkopf aus Marzipan, der so eine Sauerstoffmaske trägt und aus dem Haufen herausklettert, als würde er einem Berg Schutt entsteigen, findest du wohl auch nicht lecker, oder?« Ein Zucken um Bonnis Mundwinkel verriet, dass sie selbst großen Spaß an ihren Nonsens-Vorschlägen hatte.

Gwen hob nur gespielt verzweifelt die Schultern, bevor sie sich wieder mit grüblerischer Miene über ihren Kuchenteig beugte.

»Na gut, dann kommt hier nun eine echte Idee: Wir lassen das wirklich einen Maulwurfshügel sein, sieht ja auch so aus, allerdings klettert da nicht nur ein Maulwurf raus, sondern der hat noch ein minischnuckeliges Maulwurfsbaby im Arm. Soll ich mal eins aus dem Marzipan hier versuchen zu kneten?«

Gwen sah Bonni anerkennend an. Sie war echt ein Quell verrückter, witziger, aber auch schöner Ideen! Natürlich war es umso leckerer, je mehr Marzipangestalten auf dem Kuchenhügel hockten.

Deshalb kneteten und formten die beiden kurze Zeit später lauter Figuren, die allerdings nur entfernte Ähnlichkeit mit den kleinen Erdtunnelgräbern hatten und über die sie sich ausgiebig schlapplachten. Bis sie im Internet das Bild eines Maulwurfes raussuchten und als Vorlage benutzten, um schließlich mit feierlicher Miene ein etwas schiefes, aber niedliches Mutter-Baby-Maulwurfgespann auf den Kuchen zu setzen.

Unser neuer Garten ist übrigens superschön. Seit einigen Tagen allerdings treibt dort ein kleiner unterirdischer Bewohner sein Unwesen. Maulwurfi wirft und wirft die Erde hoch. Resultat: Unser Garten ähnelt einer Mondlandschaft! Meine Eltern sind natürlich nicht begeistert.

Ich muss aber immer daran denken, dass es vielleicht andersrum ist und WIR das Zuhause des Maulwurfes (und seiner Familie?) besetzt haben. Der wohnt hier vielleicht schon seit einer Ewigkeit, und dann kommen wir und bauen einfach so einen Riesenwürfel auf seine Heimat. Und nun versucht er ganz friedlich, sich das Terrain mit uns zu teilen – wir

die Fläche, auf der das Haus steht, und er den Rest drum herum. Aber statt dankbar zu sein, meckern wir auch noch. Bei dem Gedanken komme ich mir immer ein bisschen schäbig vor … Auf alle Fälle werde ich verhindern, dass mein Vater irgendein fieses Gift in die Hügel schüttet. Versprochen, Maulwurfi! ☺
Alle diese Überlegen haben mich heute Nachmittag dann auf die Idee gebracht, meinen Eltern einen leckeren Maulwurfskuchen zu backen und einen Deal mit ihnen zu machen: Sie bekommen den »Kuchenhügel« und lassen dafür den Maulwurf erst einmal in Ruhe. Nach kurzem Zögern konnten sie meinem Angebot glücklicherweise nicht widerstehen. ☺ Natürlich haben wir den Kuchen auch gleich gegessen. Wegen der Sahne funktioniert der nämlich nur frisch so richtig.
Falls du auch Lust hast, dir so einen leckeren Hügel ins Haus zu holen (oder Eltern-Verhandlungs-Material brauchst ☺), kannst du jetzt loslegen. Du brauchst:

150 g Zartbitter-Schokolade
(oder 100 g Zartbitter und 50 g fein geraspelte dunkle Schoki, wenn du Zeit sparen willst)
100 g Haselnüsse (ganze)
75 g Butter (weiche)
100 g Rohrzucker (brauner)
6 Eier (Größe M)
1 Päckchen Backpulver
1 Prise Salz
1–2 Päckchen Vanillezucker

4-5 Bananen (reife)
1-2 EL Zitronensaft (frisch gepresst)
300 g Sahne (kalte)
1 ½ Päckchen Sahnesteif
20 g Zucker
Fett (für die Form)
Semmelbrösel (für die Form)
150 g Marzipan-Rohmasse (für die Marzipanfigur)
Lebensmittelfarben für Rosa und Dunkelgrau
(für die Marzipanfigur)

Für den Maulwurfshügelkuchen musst du von der Schokolade 100 g grob hacken und die Nüsse zerkleinern. Heize den Backofen auf Umluft 160 °C vor.
Fette eine Springform gut ein und streue sie mit Semmelbröseln aus. Rühre jetzt die Butter in einer Schüssel mit dem Rohrzucker schaumig, bis sich der Zucker aufgelöst hat. Trenne die Eier und rühre die Eigelbe nach und nach unter die Buttermischung. Mische die gehackte Schokolade, die Nüsse und das Backpulver unter. Schlage die Eiweiße mit 1 Prise Salz und 1 Päckchen Vanillezucker zu steifem Schnee und ziehe sie langsam unter den Teig. Fülle den Teig in die Form und backe ihn im Ofen (mittlere Schiene, Umluft 160 °C) ca. 50 Minuten, bis an einem hineingesteckten Holzstäbchen kein Teig mehr kleben bleibt. Lass den Kuchen kurz in der Form ruhen, stürze ihn dann auf ein Kuchengitter und lass ihn dort ganz auskühlen.
Lege den erkalteten Boden verkehrt herum auf eine passende

Platte. Höhle ihn mit einem Esslöffel nun bis auf ungefähr 5 mm tief aus, spare dabei aber rundherum einen Rand von 2 cm aus. Die entnommene Masse solltest du in einer Schüssel grob zerkrümeln.
Schäle die Bananen und schneide sie in Würfel. Beträufele sie mit Zitronensaft, damit sie nicht braun werden. Schlage die kalte Sahne mit Sahnesteif, Zucker und 1 Päckchen Vanillezucker sehr steif. Reibe nun die restlichen 50 g Schokolade fein und mische sie in die steife Sahne. (Hier ist die Hilfe von einer Freundin super. ☺ Ansonsten braucht man etwas länger.) Vermische nun ⅓ dieser Sahne mit den Bananenwürfeln und fülle den Kuchen damit. In der Mitte darf es schon leicht getürmt aussehen. Häufe die übrige Schokosahne kuppelförmig auf den Kuchen, sodass er jetzt richtig wie ein Hügel aussieht. Überstreue alles gleichmäßig mit den dunklen Kuchenbröseln. Wenn du den Gag perfekt machen willst, knete dir noch einen Maulwurfkopf mit Armen und Schaufelhänden daran sowie gerne auch ein Baby dazu. ☺ Siebe dafür 30 g Puderzucker auf eine Arbeitsfläche und verknete ihn mit 150 g Marzipan-Rohmasse. So bekommt die weiche Rohmasse mehr Stand, und die Marzipanfiguren bleiben länger in Form. Mit Speisefarbe kannst du die Masse für die Figur einfärben. Gib einige Tropfen Farbe zum Marzipan und verknete es gut, bis keine Schlieren mehr zu sehen sind. Ziehe zum Kneten am besten Handschuhe an. Für den Maulwurf brauchst du vor allem dunkelbraune Speisefarbe und für die Nase und die kleinen Schaufelhände ein wenig Rosa. ☺ Setze deinen Maulwurf (und evtl. das Baby) vor-

sichtig oben auf den Haufen. Fertig und herzlichen Glückwunsch! Wenn du dich bis hierhin vorgearbeitet hast, dann bist du echt ein richtiger Bäcker ☺ (mit echter Bäcker-Geduld). Serviere den Maulwurfshügelkuchen am besten jemandem, den du besonders magst. ☺

Lieben Gruß aus dem Hügel

marla.keks

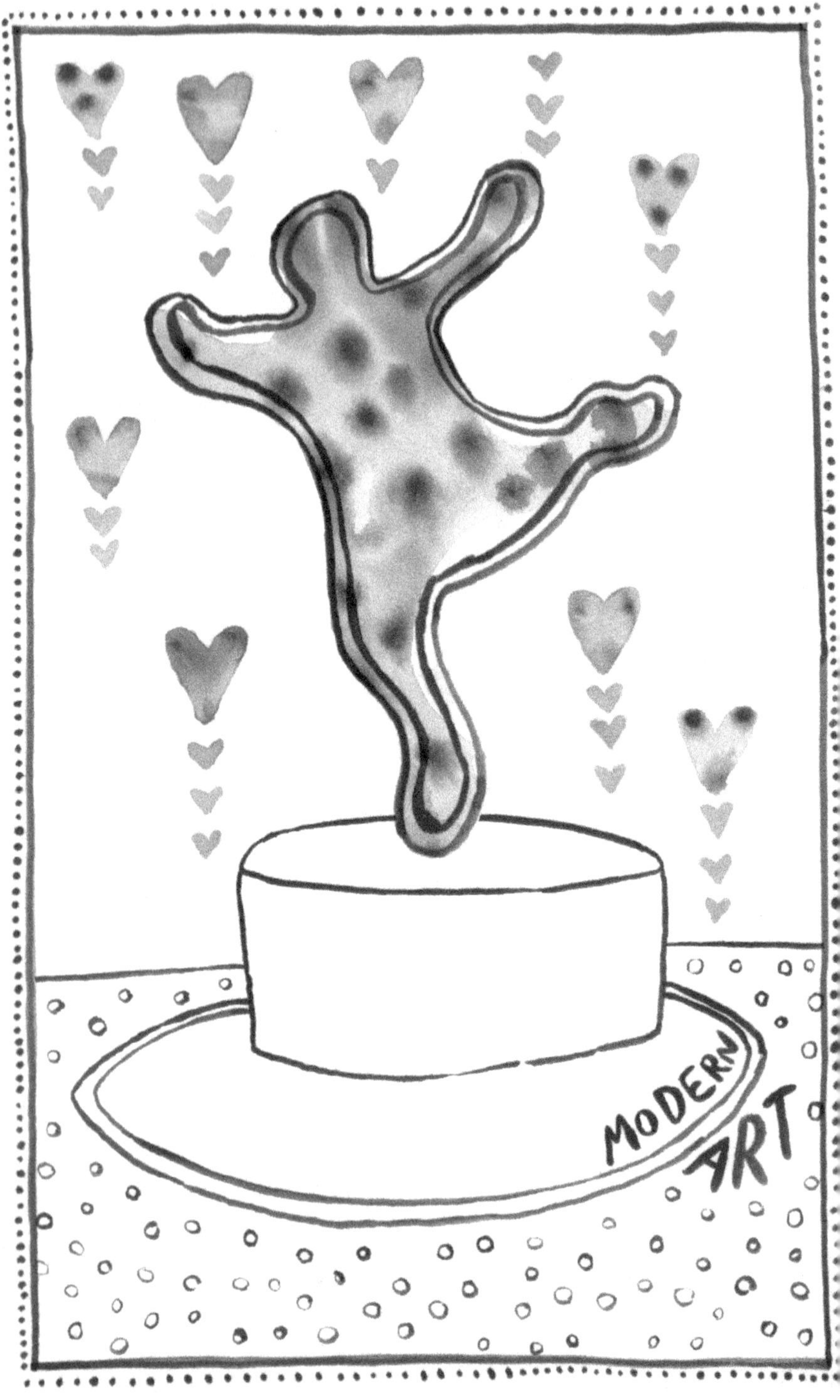
MODERN
ART

9

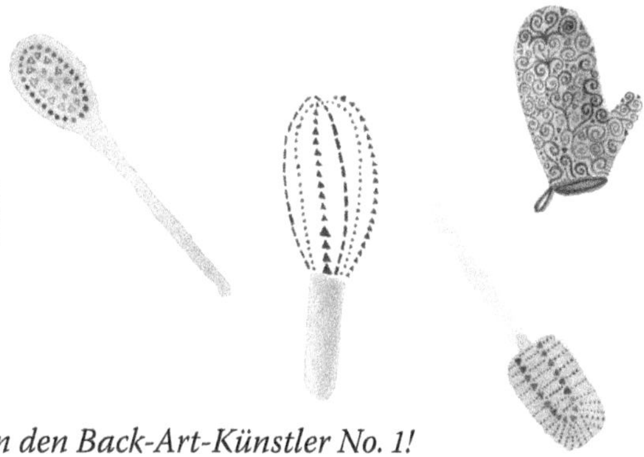

Wir suchen den Back-Art-Künstler No. 1!

Kunst und Backen – näher beieinander als vermutet? Wer erfindet das Backwerk von morgen? Gesucht wird die perfekte Synthese aus Backen und klassischen Künsten, die das neue Jahrhundert würdig repräsentiert!

Wir wollen diejenigen Back-Virtuosen unter euch, die schon jetzt ihr Publikum mit einem Blog begeistern, zu neuen Experimenten herausfordern.

Drei Bäcker kommen in die Endauswahl. Das Internetpublikum schickt die Begabtesten ins Rennen. Und diese werden sich dann in der Fernsehsendung Backträume *mit Tom Wälz dem Fernsehpublikum stellen und live mit ihren Kreationen gegeneinander antreten.*

Gwen drehte das Tablet hastig um. *Dem Fernsehpublikum stellen?!* Mist, das hörte sich eher nach einem Albtraum an. Sie lehnte sich in das dicke Polster ihres Stuhls zurück.

Es war ein Leichtes gewesen, den Backwettbewerb zu finden. Nur aus Neugier hatte Gwen sehen wollen, was es damit auf sich hatte. Was zum Thema Backen derzeit gedacht und erfunden wurde, aus rein fachlichem Interesse, wie sie sich selbst versicherte.

Sie beugte sich vor und drehte das Tablet so vorsichtig wieder um, als befände sich darunter ein gefährliches Insekt. Ihr Blick wanderte über den restlichen Ausschreibungstext. Tatsächlich, hier stand auch etwas über den argentinischen Starbäcker Piedro Sancharez.

Piedro Sancharez, der auf seiner kleinen Farm in Patagonien, im Südwesten Argentiniens, auf etwa 200 Metern Höhe eine exquisite Backstube betreibt, ist der Hauptgewinn. Natürlich nicht er persönlich, aber ein Besuch auf seiner »Back-Farm«. Von hier kommen ständig neue Konfekt-Trends, innovative Brotrezepte und nicht zuletzt die größten Torten der Welt (man erinnere sich nur an den Nachbau des Himalaja aus Nusskonfekt-Variationen, 2 Meter hoch, 4,5 Meter breit – köstlich!).

Dorthin möchte die Jury den Begabtesten unter Ihnen schicken, um so köstliches argentinisches Know-how nach Deutschland zu holen!

Altersbegrenzung: von 14 bis 104

Plötzlich spürte Gwen ein heftiges Prickeln im Bauch. Wie spannend! In Argentinien, noch besser, in dessen windigem, kargem Südzipfel feinsten Rezepten auf der Spur zu sein, nach südamerikanischer Art. Regionale Köstlichkeiten zu verarbeiten in neuen, nie gekannten Variationen. Exotische Düfte durch die Küche wehen zu lassen und feinstes Gewürzparfüm in den Kleidern zu tragen. Während sie mit glühenden Wangen neben

Piedro Sancharez in seinen bestimmt gigantischen Backofen starrte und dem Gelingen der gemeinsam kreierten Werke entgegenfieberte.

Gwen sah schon die Schlagzeilen in den argentinischen Zeitungen: *Junge Deutsche inspiriert den Meister zu außergewöhnlichen Farben und Formen – diesen Namen sollte man sich merken: Gwen Larsson!*

Mit verträumtem Blick sah Gwen aus dem Fenster und stellte fest, dass sie nichts dagegen hätte, wenn Kenu dann davon hören würde, von ihrem künstlerischen Erfolg, von ihrem kosmopolitischen Leben (immerhin Argentinien!), von ihrer Anerkennung im Internet ... Schön blöd von ihm, sie gehen zu lassen!

Das Stichwort blöd brachte sie zurück ins Jetzt. Die nächste Besichtigung stand an. Argentinien musste warten.

Eine halbe Stunde und viel unnötigen Small Talk später konnte Gwen die Führung der Besucher an ihre Mutter übergeben und entwischte in den Wald.

Sie sprach sich selbst gut zu und hoffte, dass sie hier wieder ungestört sein würde. Auf keinen Fall wollte sie sich von irgendeinem Idioten ihren Lieblingsort verderben lassen! Zum Glück schien sich außer dem Wiegen der Baumwipfel nichts zu bewegen.

Als Gwen an diesem Abend ihren Blog aufrief, war sie völlig überrascht von der Menge der neuen Besucher. Es waren innerhalb der letzten fünf Stunden 21 neue Leser dazugekommen. Das bedeutete, sie besaß nun 126 Follower. Das war der

Wahnsinn! Von diesem kleinen Hochgefühl beflügelt, ging sie noch einmal auf die Website des Wettbewerbs. Nicht, dass er für sie infrage käme. Aber es tat ihr trotzdem gut, zu sehen, dass sie nun schon fast genug Follower hatte, um theoretisch teilnehmen zu dürfen. Dafür wurden 130 benötigt.

Als Gwen sich unter ihrer Bettdecke einrollte, fiel sie direkt in einen tiefen Schlaf und träumte von windgepeitschten Schokobäumen in Patagonien.

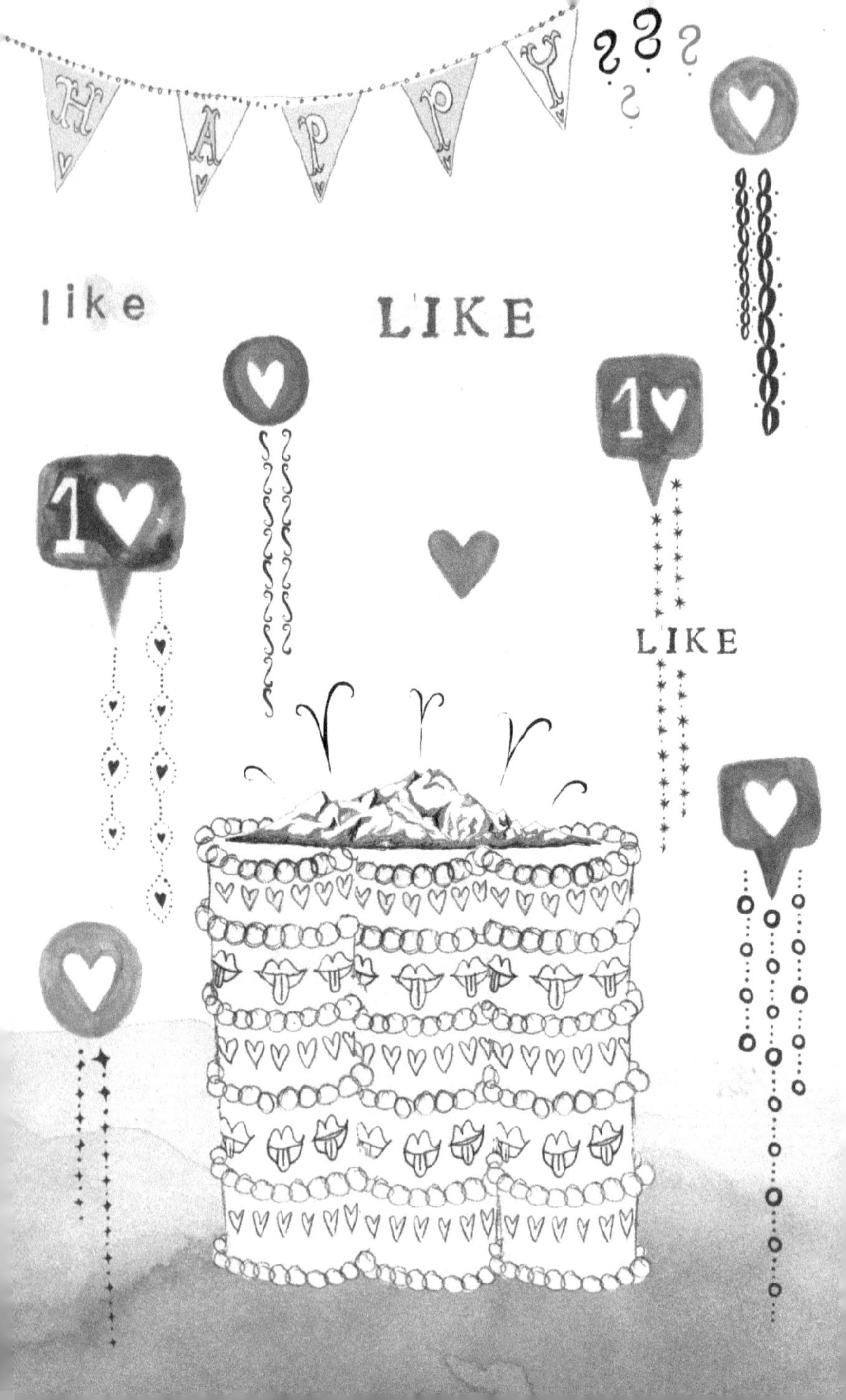
HAPPY
like
LIKE
1♥
1♥
LIKE

10

»Was soll das heißen, die Familie möchte einen Extratermin? *Ich* möchte aber keinen Extratermin!« Gwen funkelte ihre Mutter wütend an, während sie in die Ofenhandschuhe schlüpfte, um ihre neuesten Cupcakes aus dem Ofen zu ziehen.

Small Talk mit fremden Leuten zählte weiterhin nicht zu ihren Lieblingsbeschäftigungen.

»Ja, das weiß ich doch, aber die Rahms wirkten so interessiert und so positiv gestimmt, dass ich glaube, wir könnten uns hier einen Auftrag angeln. Du musst doch nur ausnahmsweise mal nicht morgen Nachmittag in den Wald verschwinden oder eine neue Erfindung backen, sondern dieses Ehepaar und ihre beiden kleinen Söhne kurz durch das Haus führen und …«

Doch weiter kam sie nicht, denn da stellte sich Gwen vor ihre Mutter und sah ihr direkt in die Augen. »Nichts da. Mir reicht diese ganze Besichtigungsgeschichte so was von, das kannst du dir gar nicht vorstellen! Ich habe das Gefühl, dass mein ganzes Leben zu einer Art Museum wird: *Aber gern, sehen Sie nur, wie die junge Gwen es sich hier gut gehen lässt, sozusagen ein wohnökologisch einwandfreies Leben führt! Ist das nicht schön?!*«

Gwen wandte sich von ihrer Mutter ab und öffnete den Ofen so ruckartig, dass die Klappe mit einem kleinen Knall nach unten schoss. Sie zerrte das Backblech heraus. Die Dinger darauf sahen ungesund schwarz-braun, flach und rissig aus. Na toll, nicht mal die Cupcakes wollten heute gelingen! Eine matschig-weiche, rosafarbene Masse lag punktuell auf den Küchlein und zu großen Teilen daneben.

Gwen knallte das Blech auf den Herd. »Sag jetzt nichts!«, knurrte sie ihre Mutter an, während sie auf die misslungenen Cupcakes starrte.

»Ähm, Pünktchen-Look ist zurzeit sehr angesagt, und reduziertes, kaum auf dem Teller zu findendes Essen auch. Ich würde sagen, du liegst mit deinem Backwerk wie immer im Trend!« Gwens Mutter versuchte vergeblich, ein Grinsen zu unterdrücken.

Gwen wollte erst nach einem Cupcake greifen, um ihn ihr an den Kopf zu schmeißen, besann sich dann aber eines Besseren und schleuderte beide Handschuhe nach ihr.

Ihre Mutter duckte sich spielerisch weg. Mit Dackelfalten auf der Stirn und einem bittenden Blick fragte sie: »Also abgemacht? Du machst es? Dann sind wir finanziell auch bald saniert, glaub mir! Und wir könnten einen neuen Ofen kaufen, falls diese Scharniere hier demnächst ihren Geist aufgeben, ich meine ja nur!«

Gwen musste wider Willen grinsen. Sie konnte es ihrer Mutter ja doch nicht abschlagen!

Um Punkt drei am nächsten Tag klingelte es.

Tief durchatmend, öffnete Gwen die Tür, darauf eingestellt, einem Ehepaar mit zwei kleinen Jungs in Pampers gegenüberzustehen. Sie staunte nicht schlecht, als sie feststellen musste, dass die beiden »Wickelkinder« deutlich über die Köpfe ihrer Eltern ragten. Die beiden waren etwas älter als sie.

Gwen sah die Ähnlichkeit zwischen den beiden Brüdern sofort: Beide hatten verstrubbelte blonde Haare. Der kleinere eher rotblond, während das Haar des größeren hellblond war. Ihre Gesichter waren kantig geschnitten. Allerdings war der Rotblonde glatt rasiert, während die blonden Stoppeln des Bartansatzes bei dem anderen so fein um den sinnlichen Mund herum designt aussahen, dass Gwen ihn sprachlos anstarrte.

»Ist mir was Seltsames im Gesicht gewachsen, oder was?!«, brummte er zu Gwen hinunter. Dann jedoch zwinkerte er ihr aus hellblauen Augen zu, und Gwen bemühte sich, die Bemerkung nicht ernst zu nehmen. Sie nahm an, dass er daran gewöhnt war, hin und wieder angestarrt zu werden. Schnell wandte sie den Blick ab.

Nun begann Herr Rahm hastig zu sprechen, und es kam Gwen so vor, als hätte er Angst vor weiteren Unhöflichkeiten seines Sohnes. »Es ist sehr freundlich, dass du uns heute noch einmal extra empfängst! Wir wollen dich auch nicht lange stören.«

Gwen nickte nur stumm, da sie befürchtete, zum Ziel weiterer Spötteleien zu werden. Eilig führte sie die Familie in die Küche, wie sie es von den vorherigen Besichtigungen kannte.

»Wow, was ist das denn?« Der kleinere der beiden Brüder, den Gwen auf fünfzehn oder sechzehn Jahre schätzte, trat vor und starrte auf die riesige Kücheninsel mit dem überdimensionierten Ofen samt Herd, die zusammen der Größe eines mittleren Arbeitszimmers entsprachen. »Wahnsinn!«

»Die Küche gefällt uns wirklich sehr gut. Aber vor allem würde uns noch einmal das erste Stockwerk mit den Schlafzimmern interessieren. Als wir vorgestern da waren, war es hier voller Leute, sodass ich mir nicht alles in Ruhe ansehen konnte.« Die Mutter der Jungs sah Gwen hinter ihrer dicken Hornbrille auffordernd an.

In Ruhe ansehen? Gwen bekam bei dieser Vorstellung einen unangenehmen Geschmack im Mund. Das war es, was sie meinte, wenn sie sich hier wie ein seltenes Tier vorkam, das von anderen bestaunt wurde. Trotzdem lief sie tapfer vor der Familie die Treppe nach oben.

»Oh ja, vielleicht kannst du uns zuerst dein Zimmer ... Autsch – Mann, was soll das?«

Als Gwen sich erschrocken umdrehte, sah sie nur noch, wie Leo seinem Bruder den Mund zuhielt. Der versuchte wiederum Leo loszuwerden, indem er seinen Arm wegdrückte.

Tolle Mannschaft, schoss es Gwen durch den Kopf, und Herr Rahm schien ähnliche Gedanken zu haben. Mit einem genervten Blick rief er lauter als nötig: »Jungs, muss das sein?!«

Die Besichtigung zog sich für Gwen eine gefühlte Ewigkeit hin.

Der Eindruck, den die Jungs von Anfang an auf sie gemacht

hatten, blieb: Lasse war schön und etwas frech. Leo dagegen versuchte vergeblich, seinen Bruder zu steuern, und war sonst eher schüchtern. Kurz nachdem sie die Besucher mit einem laschen »Ciao dann, den Rest müssen Sie mit meiner Mutter besprechen« verabschiedet hatte, ließ sie sich auf ihren Schreibtischstuhl plumpsen und fuhr gespannt das Tablet hoch.

Ob sie inzwischen genug Follower hatte, um sich theoretisch für den Wettbewerb zu qualifizieren? Natürlich würde sie das nie im Traum wirklich machen wollen! Aber Gwen empfand es schon als Auszeichnung, so schnell so viele Fans für ihre Backideen gefunden zu haben.

Doch kaum hatte sie ihren Blog aufgerufen, konnte sie ihren Blick nicht mehr von dem neuesten Kommentar abwenden.

Der Milchmann
Hey, marlakeks,
welchen Beweis willst du denn antreten? Vielleicht den: Hässliche Kuchen müssen nicht unbedingt schmecken! Oder eher: Zur besten Diät verhilft Selbstgebackenes, denn wer nichts davon essen mag, nimmt auch nicht zu! Keiner deiner Cupcakes und Kuchen ist mir gelungen, und das, obwohl ich ein Backprofi bin. Also meine große Bitte: keine neuen marlakeks-Ideen mehr. Das wäre reine Umwelt- oder besser Netzverschmutzung.

Gwen schoss das Blut ins Gesicht. Es rauschte in ihren Ohren. Ja, klar, sie wusste, dass sich ab und zu komische Typen in den sozialen Netzwerken herumtrieben. Aber dass jetzt tatsächlich einer auf ihrem Back-Blog wütete …! Hier hatte sie sich sicher gefühlt, weil sie gedacht hatte, hier würden wirklich nur interessierte Backfreaks vorbeisehen.

So was hatte ihr gerade noch gefehlt. Erst hatte Kenu sie fallen gelassen wie eine heiße Kartoffel, und jetzt enttäuschte sie ihre Follower. Konnte sie nicht *ein Mal* etwas richtig machen?

Gwen ging zum Bett und ließ sich langsam daraufsinken. In ihrem Kopf setzte sich das Gedankenkarussell in Bewegung.

Hatte sie bei Kenu irgendetwas falsch gemacht? Warum hatte sie überhaupt vorher schon so lange um ihn kämpfen müssen? Und waren ihre Backsachen doch nicht so gut, wie sie dachte? Aber alle anderen ihrer Follower waren doch begeistert und ihre Mitschüler früher auch ...

Schließlich sank sie erschöpft in einen Halbschlaf. Vage nahm sie wahr, dass ihre Mutter irgendwann reinkam, eine Decke über sie legte und leise seufzte.

B
VS.
VS.

11

Am nächsten Morgen tat Gwen jede Faser ihres Körpers weh, so als wäre in der Nacht ein Jeep über sie hinweggerollt. Beim Frühstück bekam sie nichts runter. Sie biss lediglich auf ihrer Unterlippe herum, bis diese ganz angeschwollen war. Ihre Eltern nahm sie kaum wahr. Traurigkeit hatte sich wieder in ihr breitgemacht.

»Hey, Gwen! Da hat dieses Ekel aber ordentlich einen auf den Deckel bekommen! Das hast du hoffentlich schon gesehen?«

Bonni stand mit leuchtenden Augen vor Gwen, kaum dass sie mit ihrer Mutter am Nachmittag gekommen war. Aber ihre Worte drangen nicht bis zu Gwen durch. Braune Kastanienaugen im Nebel, dachte Gwen zerstreut, trotz allem waren ihr wieder Bonnis unwahrscheinlich warme Augen aufgefallen.

Die Argentinierin sah sie fragend an. »Oje, nein! Du hast es noch nicht gesehen. Ich hab mich gestern auch erst erschreckt.«

Schnell schälte sie sich aus der Jeansjacke, fasste Gwen mit beiden Händen an den Schultern. »Komm, setz dich mal hin, ich will dir was zeigen!« Sie schob Gwen auf einen Küchenstuhl und holte ihr Smartphone heraus.

Gwen hatte die Berührung gutgetan, es war, als würde sich der Nebel lichten und die Farben um sie herum wieder ein wenig klarer werden.

Trotzdem wollte Gwen sich gerade lieber von ihrem Blog fernhalten. »Ach, Bonni, lass mal! Ich muss das nicht noch einmal sehen.«

»Nein, guck mal, bitte!« Bonni legte noch eine Schmelzblick-Stufe zu.

Gwen schielte auf das Display ihrer Freundin. Die hatte Gwens Blog schon geöffnet. Hastig scrollte Bonni nach unten, bis der neueste Kommentar auf dem Bildschirm zu sehen war.

»Hier, lies!«

Misstrauisch beugte sich Gwen über den Text.

Ben-der-Bäcker
Liebe marlakeks,
von Anfang an verfolge ich deinen Blog. Seitdem backe ich deine Torten, Cupcakes und Kuchen bis auf jede kleinste Einzelheit nach. Unsere Familie ist seit Jahrzehnten im Backgeschäft. Trotzdem konntest du uns bis jetzt immer angenehm überraschen. Was du machst, ist irgendwie trendig, hat Stil. Bitte hör nicht auf, was sollte ich sonst demnächst an meinen Nachmittagen tun? ☺
Und vergiss den Milchmann, solche Typen gibt es überall, leider auch im Netz. Keine Ahnung von nichts, aber das mit Kraft!
Tortigen Gruß von Ben-der-Bäcker

Gwen atmete zum ersten Mal an diesem Tag bis tief in den Bauch hinein.

Sie las den Kommentar erneut. Hier hatte jemand Stellung für sie bezogen, sich für sie eingesetzt, einfach so. Und dann auch noch jemand, den sie nur aus seinen Kommentaren kannte. Sie wusste noch nicht, wie, aber sie wollte sich bei ihm bedanken.

In den nächsten Tagen meldeten sich noch andere treue Follower, aber auch einige neue, und unterstützten Bens Kommentar. Es schien, als wäre der Milchmann angesichts dieser Gegenwehr erst einmal verstummt. Das hoffte Gwen jedenfalls.

Einen Tag später entdeckte sie einen neuen Kommentar von Ben-der-Bäcker auf ihrem Blog, der ihr einen Riesenkloß im Hals bescherte.

Ben-der-Bäcker
Hey, marlakeks,
hast du schon vom Backwettbewerb »Kunst und Backen« gehört? Bestimmt, so wie ich dich einschätze. Ich habe mich gerade eben angemeldet. Hiermit fordere ich dich heraus. Melde dich an, und wir werden sehen, wer der Bessere ist! ;-)
Ben-der-Bäcker (in Wettkampfvorbereitungen ☺)

Nervös strich sich Gwen eine Strähne hinter das Ohr und googelte »Ben-der-Bäcker«. Wer war dieser Typ, und was wollte er wirklich von ihr?

Und tatsächlich fand sie ihn. Auch er hatte einen Blog. Mit schon mehr als 150 Followern.

Gwen stellte fest, dass seine Spezialität die Konsistenz war, also wie weich, hart, matschig, saftig oder trocken ein Kuchen war. Diese unterschiedlichen Festigkeiten wusste er so einzusetzen, dass er Kuchen backen konnte, die an verschiedenen Stellen eine jeweils andere Konsistenz hatten.

Besonders faszinierend fand Gwen den »Punkte-Kuchen«. Dabei handelte es sich um einen Zitronenkuchen, dessen Massezustand an acht Stellen variierte. Punkteweise fühlte sich der Kuchenteig also matschig, trocken, saftig, mehlig, hart und mittelhart, cremig oder porös an. Wie, bitte, machte er das? Er konnte den Teig ja nicht unterschiedlich lange im Ofen lassen. Oder puzzelte er den Kuchen am Ende gekonnt aus einzeln gebacken Teilen zusammen? Bei dem Gedanken musste Gwen schmunzeln. Wahrscheinlicher war wohl, dass er verschiedenartige Teigmassen zusammenfüllte. Erstaunlich!

Neugierig versuchte Gwen nun, ein Foto von Ben-der-Bäcker auf seiner Seite zu finden. Aber Fehlanzeige! Es stand auch nirgendwo, wie alt er war. Oder *sie*? Im Internet wusste man ja nie so genau, wer sich hinter einem Namen verbarg.

Gwen beschloss, ihm zu antworten. Sie war ihm immer noch mehr als dankbar für die klaren Worte neulich und wollte nicht unhöflich erscheinen.

Also schrieb sie einen kurzen Kommentar auf seinem Blog:

marlakeks
Lieber Ben,
danke für die Einladung. Und Kompliment für deine Kuchenkreationen. Allerdings bin ich besser im Daumendrücken als im Heldin-Spielen. Aber ich werde den Wettbewerb verfolgen und kann dir sagen: Ein Daumen gehört bereits dir! ☺
Tartigen Gruß von marlakeks

Oder war das jetzt etwas zu persönlich gewesen mit dem Daumen? Wer weiß, was für ein Typ dieser Ben überhaupt war. Plötzlich wollte Gwen ihren Daumen zurück.

»Nicht albern werden!«, ermahnte sie sich selbst.

Als Gwen einen Schlüssel im Schloss hörte, lief sie die Treppe hinunter und Bonni und Frau Cordoba entgegen. Sie wusste, was jetzt am besten half, um sich abzulenken: Backen natürlich. Und mit Bonni machte es sowieso am meisten Spaß. Gut, dass Frau Cordoba Bonnis Pensum ein wenig verringert hatte. Sie schien zu merken, dass auch Bonni die Zeit an der Kücheninsel guttat.

Aber kaum in der Küche angekommen, schloss Bonni die Tür hinter sich und verkündete mit Grabesstimme: »Heute kam ein Brief an meine Mutter. Nun ist es entschieden. Ich soll runter vom Gymnasium und die 9. Klasse gleich nach den Sommerferien in der Realschule beginnen.«

»Was? Können sie das einfach machen?« Gwen sah Bonni besorgt an, die mit hängenden Schultern vor ihr stand.

»Sie meinen, ich hätte dann bessere Chancen auf einen guten Abschluss auch in Deutsch. Man hatte mich vor eineinhalb

Jahren, als wir hergekommen sind, nur probeweise auf dem Gymnasium aufgenommen, weil das der Schule entsprach, auf die ich zu Hause gegangen bin. Aber nun meinen sie, die deutsche Sprache würde mich im Schriftlichen noch überfordern, man müsste es mir einfacher machen. Ich will aber nicht runter vom Gymnasium! Ich will später doch studieren! Und ich will in meiner Klasse bleiben! Wären wir nur nicht aus Argentinien weggegangen! Ich bin da immer gut in der Schule gewesen.« Bonni setzte sich auf die Küchenbank und vergrub ihr Gesicht in den Händen.

»Oh nein! Mann, Bonni, das ist ja total bescheuert! Auch wenn *ich* sehr froh bin, dass du aus Argentinien weggegangen und jetzt hier bist!« Gwen berührte sie an der Schulter. »Wie kam das denn eigentlich?«

Bonni saß immer noch zusammengesunken da und antwortete, ohne hochzusehen. »Nur weil mein blöder Vater sich plötzlich und unsterblich«, bei den letzten Worten malte Bonni Gänsefüßchen in die Luft, »in eine viel jüngere Frau verliebt hat und ausgezogen ist, um ein lustiges Leben mit wenig Arbeit mit ihr zu führen!« Ihre Stimme wurde noch leiser. »Wir konnten unser Haus nicht halten, Mama war schon zu lange aus ihrem Beruf raus, sie hat in Argentinien keinen Job mehr gefunden. Und jetzt muss sie uns beide allein ernähren. Da erschien es ihr als eine gute Idee, zu meinem alten Großonkel Alfonso hier nach Deutschland zu kommen und erst einmal bei ihm zu wohnen. Er hat ein großes Haus, und wir helfen ihm damit. So haben alle was davon.« Bonni schluckte schwer.

»Ich vermisse meine Freunde, mein Zimmer, die Weite und sogar den irren Wind ganz schrecklich, und außerdem«, sie sah mit tränenverhangenen Augen zu Gwen hoch, »will ich hier einfach nicht als Putzhilfe versauern! Ich übe ja schon, so viel ich kann! Auf Deutsch zu schreiben, ist viel schwerer, als wir dachten.«

Reglos stand Gwen vor ihr. Sie fand es nie ganz leicht, hilfreiche Worte zu finden, wenn jemand unglücklich war. Sie war zutiefst erschrocken darüber, wie plötzlich Bonni alles verloren hatte, was ihr Zuhause ausgemacht hatte, sogar ihre Sprache!

Gwen ließ sich auf die Bank neben Bonni gleiten und legte ihr behutsam den Arm um die Schultern. Sie hatte Angst, ihre Freundin durch irgendeine banale Äußerung zu verletzen oder den Eindruck zu erwecken, sie würde die Tiefe ihres Kummers nicht verstehen.

Nach mehrmaligem Räuspern brachte sie endlich über die Lippen: »Soll ich mal mit deinen Lehrern reden? Ich meine, die wissen ja noch gar nicht, dass du in den Ferien Rezepte formuliert und geschrieben hast! Nach den Startschwierigkeiten lief das ja super! Das muss doch was gebracht haben. Ich finde, du bist um einiges besser geworden!« Vorsichtig strich sie Bonni das Haar aus dem Gesicht.

»Das würdest du wirklich machen?«

Als Gwen das begeisterte Glühen in Bonnis Augen sah, wurde ihr erst richtig klar, was sie da gerade angeboten hatte. Und sie konnte es selbst kaum fassen. Sie wollte ernsthaft in eine Schule fahren, die nicht einmal ihre eigene war? Und dort wollte sie ihr völlig unbekannte Lehrer ansprechen, um die davon zu überzeugen, dass sie die falsche Entscheidung getroffen hatten?

Oha! Warum hatte sie überhaupt was gesagt? Wie kam sie da jetzt wieder raus?

Aber Bonni war schon Feuer und Flamme für die Idee, und ihre Augen drohten abzubrennen wie zwei Wunderkerzen. Jetzt gab es kein Zurück mehr.

12

Was hatte sie sich da nur eingebrockt?

Gwen stand im 94er-Bus und zupfte pausenlos an sich herum. Sie band sich ihre Haare zu einem Zopf, nur um sie gleich darauf wieder zu öffnen und freizuschütteln. Ihre Jacke erschien ihr zu kurz, ihre Jeans zu eng und die Bluse zu lang. Also zog und stopfte sie permanent Kleidungsstücke in die Länge oder Breite und steckte andere irgendwo fest. Zwei Frauen, die neben ihr standen, suchten sich augenrollend einen anderen Platz.

Zwei Tage lang hatte Gwen sich vorgenommen, Bonni schonend beizubringen, dass das eine Schnapsidee von ihr gewesen war. Dass sie sich das überhaupt nicht trauen würde. Aber jedes Mal, wenn das Thema aufkam, hatte Bonni sie so dankbar angestrahlt, dass Gwen die Worte im Halse stecken geblieben waren.

Und sie wollte Bonni ja auch helfen. Sie hatte ihr so viel zu verdanken.

Also hatte sie schließlich zitternd den Hörer in die Hand genommen und Bonnis Klassenlehrerin angerufen. Und obwohl es noch gut drei Wochen bis Schulbeginn war, hatte die Frau sie zu einem Gespräch in Bonnis Klassenraum gebeten, wo sie offensichtlich schon Unterrichtsmaterialien sichten und für den Unterricht aufarbeiten wollte. Sie hatte allerdings ganz schön verwundert geklungen. Was würde sie erst sagen, wenn sie hörte, was Gwen von ihr wollte?

Gwen lief die Treppen des großen Altbaus hinauf und sah sich nach dem richtigen Raum um. Irgendwo musste die 9c doch sein!

Da öffnete sich neben ihr eine Tür, und ein paar Schüler und Schülerinnen in Gwens Alter strömten lachend heraus. Was machten die denn in den Ferien hier? War das so eine Ferien-AG?

Zügig wollte sie an der Gruppe vorbeilaufen, als sie plötzlich einen unsanften Knuff an der Schulter verspürte. Dann lachte jemand. Gwens sah verblüfft hoch.

»Hey, das ist doch Fräulein Beeilen-Sie-sich-Sie-klauen-mir-die-Zeit von neulich aus dem schicken Öko-Haus! Schön, dich zu sehen!«

Gwen blickte in unglaublich blaue Augen. Lasse!

Er legte ihr die Hand auf die Schulter und zog sie sanft von der Gruppe weg, zu einem nahe gelegenen Sprossenfenster. Das hereinfallende Licht ließ seine Haare goldblond glänzen.

Seine Hand lag noch immer auf Gwens Schulter, und ihre Haut fühlte sich dort plötzlich glühend heiß an. Mit einer leichten Bewegung drehte sie sich unter seiner Hand weg, konnte jedoch den Blick nicht von seinen Lippen nehmen, die genau auf ihrer Augenhöhe schwebten. Jetzt lachte Lasse, und Gwen sah strahlend weiße Zähne. Er hielt ihren Blick mit seinem fest, und Gwen konnte nichts dagegen tun. Die feinen Härchen auf ihren Unterarmen stellten sich auf, und ein leichtes Prickeln lief ihre Wirbelsäule hinunter.

»Lasse, komm schon, wir müssen los!«

Und als würde Gwen erst jetzt wieder wahrnehmen, wo sie eigentlich war, drang der intensive Bohnergeruch des Treppenhauses in ihr Bewusstsein und mit ihm das Wissen, warum sie hier war.

Langsam drehte sie sich zu der Stimme hinter sich um und stand auf einmal vor Leo.

Bevor sie aber auch nur einen klaren Gedanken fassen konnte, bemerkte sie eine Frau im Türrahmen ein paar Räume weiter, die suchend den Kopf hin und her drehte und sich dann in den Klassenraum zurückzog.

»'tschuldigung.« Hastig drängte sich Gwen an Leo vorbei und lief der Lehrerin hinterher.

Auf Lasses »Ey, hallo!?« konnte sie nicht mehr reagieren.

»Äh, Frau Graulingen? Warten Sie, ich wollte doch ...« Weiter kam Gwen nicht, denn da winkte die Lehrerin Gwen schon in den Raum und forderte sie mit tiefer Stimme auf, sich zu setzen.

Zunächst wurde Gwen unter dem strengen Blick von Frau Graulingen etwas mulmig. In ihrem Kopf herrschte Leere. Was hatte sie hier noch einmal gewollt?

Aber dann erschien Bonnis unglückliches Gesicht vor ihrem inneren Auge, und stockend begann Gwen zu erzählen. Von Bonni und dem vielen Putzen mit ihrer Mutter und dem Backen mit Gwen sowie ihren Rechtschreibübungen beim Rezepte-Erstellen in der letzten Zeit. Von ihrer Kreativität und ihrem exzellenten Blick für Farben und Formen, ihrem größten Wunsch, Grafikdesign zu studieren, und davon, wie unglücklich sie war, die deutsche Sprache noch nicht perfekt zu beherrschen.

Frau Graulingen sah nur hin und wieder zu Gwen hoch. Die meiste Zeit hatte sie ihren Kopf über ein Blatt Papier gebeugt und machte sich mit einem Bleistift Notizen. Gwen war sich nicht einmal sicher, ob die Lehrerin sich wirklich zu ihren Ausführungen Stichworte machte oder ob sie in Wahrheit eine Einkaufsliste notierte oder vielleicht eine Klassenarbeit korrigierte. Sie wirkte auf Gwen ziemlich distanziert und unbeteiligt.

Trotzdem wollte Gwen nichts unversucht lassen, und so sprach sie sich am Ende noch einmal inbrünstig dafür aus, dass Bonni auf dieser Schule bleiben konnte. Und versprach, weiter mit ihr zu üben.

Bei Gwens letzten Worten sah Frau Graulingen endgültig hoch, aber Gwen war sich nicht sicher, ob ihr Blick eher anerkennend oder mitleidig war.

Und nun?

Frau Graulingen faltete das Blatt Papier sorgfältig zusammen, bis es zu einem winzigen Quadrat zusammengeknickt vor ihr lag, räusperte sich und meinte: »Wie du dich kümmerst, beeindruckt mich! Ich darf dir allerdings nichts dazu sagen. Das unterliegt der Schweigepflicht. Ich kann dir nur versichern, dass wir uns unsere Entscheidung nicht leicht gemacht haben.

Wir sind nach langem Ringen zu der Überzeugung gekommen, dass wir Bonni keinen Gefallen damit tun, sie zu überfordern. Sie muss sich ja in fast allen Fächern schriftlich ausdrücken können. Auch komplizierte biologische Sachverhalte müssen formuliert werden können. Sie ist mit dem schriftlichen Ausdruck immer noch heillos überfordert. Die Anforderungen steigen in der Oberstufe noch, und das würde ihr nicht guttun. Von zu Hause hat sie kaum Hilfe zu erwarten, denn ihre alleinerziehende Mutter spricht nur gebrochen Deutsch, wie du ja vielleicht weißt.« Sie seufzte und schob den Zettel in eine lederne Umhängetasche. »Ich werde deine Argumente aber an den Direktor weitergeben. Und nun entschuldige mich bitte, ich habe noch eine größere Unterrichtseinheit vorzubereiten.«

Mit diesen Worten erhob sich Frau Graulingen und begleitete Gwen zur Tür. Sie verabschiedete sie mit einem sanften Kopfnicken.

Dann stand Gwen wieder in dem langen Flur, der nun allerdings menschenleer und still dalag.

Sie konnte das Schlagen ihres Herzens hören, während sie die ausgetretene Linoleumtreppe nach unten stieg. Es war, als klopfte es pausenlos »um-sonst, um-sonst, um-sonst«.

So hatte sie sich das Gespräch nicht vorgestellt. Sie hatte gehofft, dass sie mit der Klassenlehrerin ins Gespräch über Bonni und ihre Sprachfähigkeiten kommen würde. Aber es war, als hätte die Lehrerin die ganze Zeit nur darauf gewartet, dass Gwen mit ihrem Text fertig wurde, um dann ihre abschließenden Worte zu sprechen. So ein verdammter Mist! Gwen schlug auf das Treppengeländer, dass es in der Aufhängung quietschte.

Noch einmal. Und wieder. Und wieder. Das Geländer zeigte wenigstens eine Reaktion, ganz im Gegensatz zu dieser Frau Graulingen. Und noch ein Schlag!

Gwen hätte so gern mehr für Bonni getan.

»Na, was hat sie zu dir gesagt?«

Bonni stand so strahlend und erwartungsvoll vor Gwen, als wäre sie sich sicher, dass alles, was Gwen in die Hand nahm, funktionierte.

Unmöglich konnte Gwen ihr die Wahrheit sagen. Stumm sah sie Bonni an, bis sie deren Blick nicht mehr aushielt. Schnell legte sie den Arm um Bonni und sagte mit rauer Stimme: »Komm, lass uns backen.«

»Verstehe«, flüsterte Bonni. Sie krempelte die Ärmel hoch und band sich ihr Haar zu einem straffen Knoten zusammen. Als sie Gwen wieder ansah, blinzelte sie eine Träne weg.

Gwen schluckte bei dem Anblick, dann sagte sie forscher, als ihr zumute war: »Komm, lass uns heute irgendetwas Verrücktes backen!«

Damit schien sie genau den richtigen Nerv bei Bonni getroffen zu haben.

»An was denkst du da so?« Bonni grinste.

»Na, irgendwas Spaciges, Ultramodernes, wie zum Beispiel den Tunnel unter dem Meer zwischen Frankreich und England.«

»Einen Tunnel backen? Müsste man nicht erst einmal das Meer dafür kreieren? Stell dir das mal vor: ein ganzes Blech mit dickem, blau glasiertem Kuchen, Überzug natürlich in Wellenform ...«, spann Bonni Gwens Einfall weiter. »Und dann graben wir einen Tunnel hinein: Baureste dürfen dabei gegessen werden, lecker! Und in einer von deinen langen, schmalen Kuchenformen backen wir einen dünnen Mürbeteigbogen, den wir später hineinschieben, um den Hohlraum rum.«

»Richtig, und Marzipanautos fahren durch den Tunnel!«

Bonni und Gwen sahen sich begeistert an. Nun waren sie auf den Geschmack gekommen, und kein Gebäude, das sie kannten, war ihnen zu hoch, ausgefallen oder bunt, um es nicht einmal kurz hinsichtlich seiner »Kuchenmodell-Tauglichkeit« unter die Lupe zu nehmen.

Gwen saß auf der Anrichte und baumelte mit den Beinen. Bonni lief währenddessen aufgeregt in der Küche auf und ab und unterstrich ihre Worte mit wilden Handbewegungen. Hin und wieder, wenn sie gespannt auf Gwens Reaktion war, stellte sie sich vor sie, stützte sich auf Gwens Knien ab und sah sie erwartungsvoll an. Gefiel ihr, was Gwen sagte, kniff sie ihr ins Bein und lachte. Ansonsten fing sie wieder an zu stromern.

»Und sag mal, ich liebe ja auch Modenschauen – kann man so etwas nicht backen?« Bonni hielt mitten in der Küche an.

Gwen sah sie überrascht an. Wie war sie denn jetzt so schnell von Architektur auf Modenschauen gekommen?

»Na ja, ich meine ja nur, immerhin haben wir schon Modekekse. Irgendwo muss man die doch auch ausstellen, oder?« Bonni hob die Schultern.

»Kekslaufen?«, fragte Gwen und grinste.

Aber Bonni hatte natürlich recht. Gwen zog ihr Handy hervor und googelte die Modenschauen in Paris, Mailand und New York. Die zeigten einen Glamour, der Gwens Wangen vor

Begeisterung heiß werden ließ. Damit musste sich doch etwas machen lassen! »Ich hab's: Wir glasieren Kekse im Stil von Versace oder Calvin Klein oder Chanel, das ist cool!«, entfuhr es Gwen.

»Okay, und die Kekse liegen dann auf einer Torte rum, oder wie? Das wäre Keks-Sumpf statt Modenschau, würde ich sagen.« Bonni schien im Geiste schon designtes Gebäck in Sahnecreme versinken zu sehen.

»Nein, man müsste wirklich so eine Art ... Laufsteg bauen ... irgendwie ...« Gwen runzelte die Stirn. »Laufsteg als Kuchen ... hm, da müsste ein Gerüst her. Zeig noch mal die Laufstegbilder!«

Gwen und Bonni steckten ihre Köpfe über dem Handy zusammen.

»Guck mal, da unten gibt es oft so eine Art Gestänge«, murmelte Gwen.

»Ja, mit einer langen Auflage darauf quasi«, ergänzte Bonni.

Gwen packte die Aufregung. »Oh Mann, das hört sich verdammt nach Backkunst an, wenn wir das hinbekommen. Genau dafür habe ich meinen Back-Blog ins Leben gerufen!«

»*Wenn* wir das hinbekommen.« Bonni starrte Gwen an, als würden in ihrem Kopf die Planungen bereits auf Hochtouren laufen. »Ich muss jetzt los, meine Mutter hat eben schon gerufen. Aber lass uns dranbleiben!«

»Und ob wir da dranbleiben!«, meinte Gwen. »Bonni, du bist echt der Hammer!«

Sie nahm Bonni fest in den Arm. Das sah nach einem Riesenspaß aus – hoffentlich!

Ben-der-Bäcker
Hallo, marlakeks,
dass ich einen Daumen von dir bekomme, freut mich. ☺ Nur, warum willst du nicht selbst Heldin spielen? Ich glaube gar nicht, dass du sie nur spielen würdest, ich denke ja, du würdest sie werden, Gewinnerin eines der interessantesten Wettbewerbe seit Jahren. Ich habe noch nie jemanden kennengelernt, der sich so leidenschaftlich mit Backen beschäftigt und so gerne rumprobiert wie du. Genau die Voraussetzungen, die es braucht, um Besonderes zu schaffen ... So wie es der Wettbewerb will! Na, komm schon! ☺
Falls du dich aber entschließen solltest, wirklich nicht teilzunehmen (was ich eigentlich hoffen sollte, ich weiß auch nicht genau, warum ich das hier mache ... männliche Logik!), dann tu mir einen Gefallen: Hilf mir! Ich meine, würdest du mit mir eine Art Workshop machen und mich beraten? Ich möchte nämlich unbedingt am Wettbewerb teilnehmen und es meiner »begabten« Familie einmal zeigen. Hier, unter den eingefleischten Bäckern mit jahrhundertealtem Bäcker-Stammbaum, gelte ich als das schwarze Schaf, mit »neumodischem Kram« wie einem Blog und derart merkwürdigen, angeblich irrelevanten Themen wie Konsistenz und Ähnlichem. Also, melde dich schnell und gib mir eine positive Antwort, so oder so.
Gruß vom Ben

Gwen hatte den Text nun drei Mal gelesen und starrte immer noch auf den Bildschirm. Workshop? Wie sollte das denn aussehen? Das ging ja gar nicht! Trotzdem gelang es ihr nicht, ihren Blog gleich wieder zu schließen. Es fühlte sich schön an, dass Ben so begeistert von ihren Kuchen war und ihr so viel zutraute.

Aber wenn er sie als Konkurrenz sah, wieso ermutigte er sie immer wieder, an dem Wettbewerb teilzunehmen? Das verstand sie nicht.

Mit einem lauten Gähnen streckte Gwen ihre Beine aus. Es wurde höchste Zeit, ins Bett zu gehen! Am besten vergaß sie Ben und seine Ideen. Vielleicht sollte sie ihm einfach nicht antworten.

mhhhh
yummy
dieser
Duft
Lecker

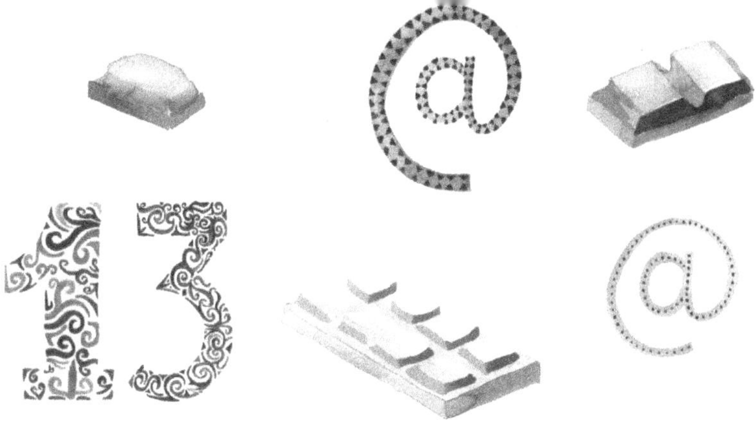

13

»Hey, darf ich vorstellen: Laufsteg-Baby im Frühstadium!« Mit diesen Worten hielt Bonni Gwen noch in der Haustür ein klebrig wirkendes, dunkles Ding unter die Nase.

Prüfend starrte Gwen darauf, konnte sich aber keinen Reim auf den Klumpen machen.

Heute war eigentlich keiner der Putztage, trotzdem war Bonni offensichtlich direkt nach dem Frühstück zu ihr geeilt, um ihr das undefinierbare Ding zu präsentieren.

Schnell zog Gwen ihre Freundin ins Haus und schob sie in die Küche. Hier legte Bonni das Gebilde auf der Anrichte ab und fragte gespannt: »Na, was denkst du?«

Gwen konnte die Augen nicht von dem bizarr geformten Klumpen abwenden. »Äh, was ist das denn genau?«

»Erkennt man das nicht? Ein Schokogerüst für den Laufsteg! Oder zumindest ein Anfang. Das sollen die tragenden Stützen des Laufsteges werden. Man muss sie vielleicht aneinanderlegen, aber sie müssen unten frei bleiben, als Stützen sichtbar, sonst sieht es nicht cool aus.«

»Du meinst, in der Art bauen wir das Laufsteggerüst? Mit vielen langen Schokostangen? Nicht schlecht! Dann könnte man am Ende eine dünne Kuchenschicht drauflegen. Cool!« Gwen nickte. »Äh, das hier sieht allerdings eher aus wie ein Berg oder Stein, ehrlich gesagt.«

»Ja, ich weiß. Als ich zu Hause losgegangen bin, sah es noch weniger aus wie aus den Alpen rausgeschnitten, ehrlich, da hatte es eine bessere Form. Die Schoki war wohl zu weich.« Ratlos zuckte Bonni mit den Schultern.

»Wenn wir es aus Schokolade machen wollen, dann brauchen wir festere, widerstandsfähigere Schokolade.« Gwen kniff die Augen zusammen. »Wir müssen eine Schokolade erfinden, die besonders tragfähig ist.«

»Es gibt doch schon diese ›Modellierschokolade‹, kennst du die?«

»Ja, klar. Aber die Modellierschokolade, die du im Supermarkt kaufen kannst, wird im festen Zustand schnell brüchig. Also, jedenfalls, wenn man daraus feine, lange Strukturen baut. Und das sollen unsere Stützen zumindest stellenweise ja werden.«

»Immer her mit den wilden Experimenten!« Bonni klatschte in die Hände. »Was können wir in Schokolade reinmixen, dass sie auch dann stabil bleibt und nicht bricht, wenn sie hart geworden ist?«

Gwen musste lachen. »Wilde Experimente, hört sich typisch nach dir an! Lass uns erst einmal dunkle Schokolade im Wasserbad verflüssigen, ich müsste noch welche haben, und dann könnten wir …« Gwen fuhr sich mit den Fingern durchs Haar und sah sich in der Küche um.

Plötzlich rief Bonni: »Da sind zwei Typen! Einer hat Ähnlichkeit mit dem Typen von neulich, der in den Wald gerannt ist.« Bonni zeigte aufs Fenster.

Ohne ein einziges Wort zu verlieren, raste Gwen vor die Haustür, dicht gefolgt von Bonni.

Dabei sprangen sie den zwei Jungs, die gerade klingeln wollten, fast in die Arme.

»Lasse und Leo?« Gwen starrte die beiden Jungs verwirrt an. »Was wollt ihr denn hier?«

»Ach, wir haben neulich nur den Flyer bei der Hausbesichtigung vergessen. Können wir noch einen haben?« Lasse strahlte erst Gwen, dann Bonni an.

»In dem Flyer stand ja auch, dass du einen Back-Blog hast. Backt ihr etwa gerade?« Leo sah an ihnen vorbei Richtung Küche.

Als Gwen nichts entgegnete, antwortete Bonni für sie: »Noch nicht. Wir tüfteln gerade an einem Problem mit der Statik von unserem Kuchen.«

»Das ist, glaube ich, jetzt nicht so interessant für die beiden. Wartet mal, ich hole eben schnell einen Flyer.« Gwen lief ins Wohnzimmer, um welche zu holen.

Sie wollte die beiden Jungs schnellstmöglich wieder loswerden. Auch wenn sie bei Lasses Anblick ein leichtes Prickeln im Magen verspürte. Aber auf so etwas hatte sie wirklich erst einmal keine Lust mehr.

Als sie wieder in den Flur kam, war die Haustür geschlossen, und sie hörte die Stimmen der drei anderen aus der Küche. Oh nein!

Bonni erzählte gerade mit Händen und Füßen, wie der Klumpen, der vor ihnen lag, eigentlich aussehen sollte. Gwen stellte sich neben Bonni, und Lasse und Leo lächelten ihr zu.

»Mann, Bonni, das braucht doch sonst niemand zu wissen!«, fuhr Gwen ihre Freundin schärfer an als beabsichtigt.

»'tschuldigung, aber vielleicht haben die beiden eine Idee? Sie sind übrigens in meiner Parallelklasse. Jedenfalls waren sie es.« Bonnis Stimme war bei den letzten Worten leise geworden. Doch dann gab sie sich einen sichtlichen Ruck und sprach weiter: »Bekannt als die unterschiedlichsten Zwillinge, die es gibt. Zweiäugig oder so.«

»Zweieiig«, korrigierte Gwen etwas genervt.

Das hätte sie allerdings nicht gedacht! Lasse sah wegen seiner Größe älter aus. Aber unterschiedlichste Zwillinge hin oder her, sie fand es jedenfalls nicht lustig, dass die beiden Kerle ausgerechnet in ihrer Küche standen! Doch dann machte Leo eine Bemerkung, die Gwen aufhorchen ließ.

»Bei meiner Mutter habe ich schon einmal gesehen, dass sie mit Soßenbindemitteln experimentiert, wenn ihr die Konsistenz einer Masse nicht gefällt. Ich weiß ja nicht, ob das auch bei Schokolade ...?« Mit seinen braunen Augen sah er Gwen an, und seine Wangen wurden von einem leichten Rot überzogen.

Gwen hielt seinen Blick einige Sekunden lang, während sie über die Idee nachdachte. Als sie Leo wieder bewusst wahrnahm, waren seine Wangen bereits knallrot. Er fuhr sich durch das leicht wellige Haar und löste seinen Blick von ihrem.

Da mischte sich Lasse ein: »Ach, Brüderchen, du immer mit deinen halb garen Tipps. Weißt du noch, wie du uns Weihnachten geraten hattest, die Gans vor dem ...«

»Ja, ja, du musst jetzt nicht wieder die Weihnachtsgans-Geschichte aufwärmen. Wir haben's schon deutlich nach Ostern!« Und mit einem finsteren Blick, den man Leo gar nicht zugetraut hätte, bremste er seinen Bruder zusätzlich aus.

Lasse zuckte mit den Schultern und sah Gwen an, der schlagartig heiß wurde. Doch dann drehte er sich zu Bonni um und fragte sie: »Du gehörst also zu dieser Back-Blog-Crew dazu?«

Bonni kam ins Stottern. »Ja. Äh, nein. Also, vielleicht doch. Nein, nicht direkt, eher … ähm.«

Sein Charme verfehlte ganz offensichtlich auch bei Bonni seine Wirkung nicht. Lasse strahlte Bonni weiterhin an. Versuchte er jetzt etwa, mit ihr zu flirten?

Es wurde höchste Zeit, dass die beiden hier verschwanden! Für Jungs hatte Gwen zurzeit keinen Platz in ihrem Leben. Es war schon schwer genug, den einen wieder aus ihrem Herzen zu vertreiben.

Sie wandte sich an Leo, das erschien ihr sicherer. Er drehte irgendetwas zwischen seinen Fingern, vorsichtig wie ein rohes Ei. Jetzt erkannte Gwen es: Es waren drei der teuren Vanillestangen. Gedankenverloren roch er daran. Die mussten noch von gestern neben dem Kühlschrank gelegen haben.

»Ähm, wenn ich jetzt bitte einmal die Stangen wiederhaben dürfte!« Gwen streckte ihm ihre Hand entgegen.

Ertappt sah Leo sie an, dann rollte er die Stangen in ihre Hände und fragte: »Soll ich meine Tante, die super backen kann, einmal fragen, womit du die Schokolade gleichzeitig elastisch und stabiler bekommst?«

»Nein, aber vielen Dank. Wir werden einfach so lange experimentieren, bis wir es wissen. Das ist ja der halbe Spaß! Und dafür brauchen wir Zeit. Also tut mir leid, wir müssen jetzt langsam weitermachen.«

»Alles klar! Lasse, komm, lass uns abhauen.« Leo packte seinen Zwillingsbruder am Ärmel und zog ihn hinter sich her Richtung Küchentür. Ganz offensichtlich hatte er Angst, den Mädchen lästig zu sein. »Ciao, Gwen, ciao, Bonni, und viel Erfolg!«, murmelte er noch.

Lasse hingegen zuckte nur lachend mit den Schultern und zwinkerte Gwen und Bonni zu. Kaum waren die beiden aus der Küchentür, entzog er sich allerdings dem Griff seines Bruders und zischte leise: »Schon gut, lass los, Leo, was soll das?!«

Kurz darauf fiel die Haustür hinter ihnen zu, und Gwen seufzte laut auf. Geschafft!

Bonni seufzte auch, aber in einer höheren Tonlage, so als würde ihr ein lang ersehntes Juwel wieder entzogen. Erstaunt sah sich Gwen zu ihr um.

Als Bonni ihren Blick spürte, meinte sie: »Verdammt hübscher Kerl, der Lasse.«

Hatte Gwen es sich doch gedacht! Aber sie musste zugeben, dass es ihr nicht anders ging. Lasses Blick schoss ihr auch bis ins Mark.

An diesem Nachmittag stellten Bonni und Gwen noch die halbe Küche auf den Kopf bei dem Versuch, irgendetwas zu finden, das sich ideal in flüssige Schokolade mischen ließ, um ihr erkaltet die gewünschte Festigkeit und Formbarkeit zu geben. Und lecker musste es natürlich auch noch sein!

Aber stets blieb eines der Ziele unerreicht. Entweder brach die Schokolade bei dem Versuch, sie zu biegen. Oder sie brach, wenn sie bereits fest war, bei der kleinsten Berührung durch.

Einmal hatten die beiden Bäckerinnen das Gefühl, es geschafft zu haben: Die Schokolade ließ sich wie eine Knetgummimasse in jede erdenkliche Form biegen und blieb auch im erkalteten Zustand sehr stabil. Mit leuchtenden Augen sahen sie sich an. Feierlich naschte Gwen ein Stückchen davon. Leider schaffte sie es nicht, die Masse hinunterzuschlucken. Selten hatte sie etwas so Bitteres gegessen. Also doch wieder Fehlanzeige!

Enttäuscht räumten die beiden auf.

Am Abend fand Gwen eine E-Mail von Ben-der-Bäcker in ihrem Postfach.

Liebe marla.keks,

heute schreibe ich lieber nicht öffentlich auf deinem Blog, sondern benutze mal die angegebene E-Mail-Adresse. Vielleicht sollten das nicht alle mitlesen.

Da du dich nicht meldest, tue ich es eben. Ich sehe schon, du willst keinen Workshop mit mir und auch keinen Wettbewerb. Auch okay. Aber ich wüsste gern, wieso jemand wie du, der wirklich etwas Besonderes kann, sich nicht traut, sein Können zu zeigen.

Wenn jemand Grund hätte, sich zu verstecken, dann bin ja wohl ich das. Meine Familie ist fest davon überzeugt, dass ich der reinste Back-Analphabet bin, und lässt keine Gelegenheit aus, mir das klarzumachen. Ich weiß, dass Konsistenzforschung bei Kuchen etwas weitestgehend Unnützes ist. Aber ich weiß auch, dass ich damit demnächst noch etwas Besonderes erfinden werde. Und dann werden sie Augen machen!

Na ja, das ist für dich wahrscheinlich nicht wirklich interessant. Also mach's mal gut!

Ben-der-Bäcker

Jetzt konnte Gwen gar nicht anders, als zu antworten.

Lieber Ben-der-Bäcker,

und ob das für mich interessant ist! Konsistenzforschung erscheint mir zurzeit als eines der interessantesten Gebiete überhaupt, vor allem in Bezug auf Schokokonsistenz! ☺

Unglaublich, aber wahr: Genau daran scheitern nämlich gerade meine Baupläne. Wie würdest du es denn machen, wenn du ein schmales Konstrukt vor allem aus langen, dünnen Schokostangen bauen wolltest?

Und so schilderte Gwen in einer ausführlichen Mail ihren Plan, einen Laufsteg zu bauen, und beschrieb die Probleme, die sich dabei aufgetan hatten.

Wer auch immer sich hinter dem Nickname »Ben-der-Bäcker« verbarg, es könnte sein, dass er genau der Richtige für ihr neuestes Projekt war.

Vielleicht war er ein dicker, Pfeife rauchender Mann im Lehnstuhl. Gwen musste grinsen.

Vielleicht war er aber auch nur ein Fake, ein kranker Typ, der sich einen Spaß daraus machte, andere im Internet zu verarschen. In jedem Fall würde Gwen an seiner Antwort merken, ob Ben nur eine Täuschung war oder wirklich etwas draufhatte. Sie wünschte sich inbrünstig Letzteres!

14

Gwens Gesicht glühte. Sie rannte wie angestochen durch den Wald, aber das Karussell in ihrem Kopf wollte nicht zur Ruhe kommen. Sie hatte einfach nicht damit gerechnet, dass ihr sein Name immer noch solche Bauchschmerzen machen würde.

Vorhin hatte sie im Netz nach guten Schokorezepten gesucht, und irgendein Kenu hatte in einem Backforum eine Idee zu einer Schoko-Sahne-Mischung gepostet. Es war eigentlich sofort glasklar gewesen, dass es niemals »ihr« Kenu sein konnte. Kenu hatte so viele kreative Ideen zum Backen gehabt, wie ein Nilpferd anmutige Bewegungen machte.

Aber allein der Name brachte alles wieder zurück, und auch jetzt hörte es nicht auf. Bei jedem Schritt hörte sie seine Stimme in ihrem Kopf: »Ich brauche Nähe im Alltag.« »Ich bin kein Typ für Fernbeziehungen.« »Ich hoffe, du nimmst es nicht allzu schwer.« Sie konnte sein mitleidiges Gesicht bei ihren Tränen wieder sehen, spürte seine unerträglich warme Hand auf ihrer Schulter.

Gwen legte die letzten Schritte bis zu ihrer Buche zurück. Sie hatte einen schalen Geschmack im Mund. Wieso konnte ihr Hirn nicht begreifen, dass das mit Kenu vorbei war? Oder besser noch: Ihr Hirn verstand das ja, aber wieso konnte es den Bauch oder das Herz, oder wo auch immer die Gefühle saßen, nicht davon überzeugen?

Mit kraftlosen Bewegungen schwang sie auf der Schaukel vor und zurück. Ihre Finger verkrampften sich um das Tau. Selbst der Waldgeruch und die Vogelstimmen konnten ihr heute nicht das Herz leichter machen. Gwen hielt die Schaukel abrupt an. Sie schob sich herunter und begann, hin und her zu stromern. Schließlich verließ sie den Waldweg und lief eine Weile über Wurzeln, Moos und Pilze, bis sie an einen Hochsitz kam. Ohne darüber nachzudenken, stieg sie Schritt für Schritt die knarzende Leiter hinauf. Überrascht stellte sie fest, dass man von hier aus sogar ihre Schaukel sehen konnte.

Plötzlich hörte sie Jungenstimmen. Leise, aber deutlich zu verstehen.

»Mir reicht es jetzt! Entweder traust du dich endlich, sie anzusprechen, oder nicht! Aber ich werde ganz sicher nicht mehr dein Kindermädchen spielen und irgendetwas einfädeln. Du hast ja sowieso nicht den Mumm, wenn es dich echt ins Herz getroffen hat. Es ist wie immer. Du findest jemanden wirklich mal umwerfend, was selten genug vorkommt, und dann bleibst du paralysiert wie das Kaninchen vor der Schlange stehen und sagst tausend Sachen. Aber nicht das, was du wirklich denkst.«

Gwen sank erschrocken runter auf die Bohlen des Hochsitzes, um möglichst nicht entdeckt zu werden. Vorsichtig blinzelte sie durch die Ritzen des Holzbaus.

Sie konnte nicht orten, woher die Stimmen genau kamen. Sie schienen sich allerdings dem Hochsitz zu nähern.

Gwen schob sich in die hinterste Ecke und verharrte. Kurz darauf waren Schritte genau unter ihr zu hören. Dann erklang eine andere Stimme, es war nicht mehr als ein Flüstern.

»Du hast ja recht. Aber immer wenn ich sie sehe, wird mir abwechselnd heiß und kalt. Kein vernünftiges Wort kommt über meine Lippen, außer banalen Fragen oder Bemerkungen. Irgendwelche Sprüche sind eben echt einfacher. Vielleicht sollte ich nur noch gucken und gar nichts mehr sagen, vielleicht versteht sie das besser.«

Gwen hätte fast aufgeschrien, denn sie bekam einen Krampf in ihrem rechten Fuß. Im letzten Moment hielt sie sich die Hand vor den Mund und versuchte mit der anderen Hand, den Fuß so zu drehen, dass der Schmerz erträglich wurde. Glücklicherweise schienen die Jungs sehr schnell zu gehen, denn schon hörte sie die Antwort des anderen immer leiser werden: »Nur noch gucken! Was für ein grandioser Einfall. Ich ...«

Der Rest war nur noch unverständliches Gemurmel, bis die beiden gar nicht mehr zu hören waren.

Ein paar Minuten lang wartete Gwen noch, ob die Jungs wieder umdrehen würden. Als sie sich ziemlich sicher war, dass sie verschwunden waren, kletterte sie vom Hochsitz herunter. So schnell sie konnte, sprang sie über kleine Gräben und gelangte zurück auf den Waldweg.

Das Gehörte ging ihr nicht aus dem Kopf. Der eine hatte sich fast nach Lasse angehört. Aber passte es wirklich zu ihm, dass er sich nicht traute, einem Mädchen zu signalisieren, dass er sie mochte? War er etwa ein Sprücheklopfer, Typ laute Klappe, der feige wird, wenn es darum geht zu zeigen, wie es wirklich um ihn steht?

Und wer könnte wohl das Mädchen sein? Vielleicht Bonni? Wundern würde es Gwen nicht. Bonni war superhübsch und sprühte vor Leben. Außerdem ging sie in Lasses Parallelklasse, es konnte also gut sein, dass er schon länger für sie schwärmte.

Oder … Einen kurzen, aber wirklich nur einen ganz kurzen Augenblick steigerte sich ihr Herzschlag zu einem Stakkato. Konnte Lasse vielleicht sogar sie gemeint haben? Immerhin hatte er sie auch schon mehrmals getroffen. Vielleicht hatte er dabei aber auch vor allem Bonni sehen wollen.

Mit einem heftigen Schütteln ihrer Locken versuchte Gwen, die Gedanken beiseitezuschieben. Wie unsinnig! Erstens war sie sich nicht einmal sicher, dass es Lasse gewesen war, und zweitens konnte er auch jedes andere Mädchen gemeint haben. Sie bestimmt nicht!

Da kam ihr noch ein ganz anderer Gedanke. Ob sich die beiden – der andere konnte Leo gewesen sein, oder? – wohl auch öfter im Wald aufhielten? Waren sie es gewesen, die ihr einen solchen Schrecken eingejagt hatten? Der Gedanke erleichterte und beunruhigte Gwen gleichermaßen. Sie musste herausfinden, was dahintersteckte!

Als Gwen endlich zu Hause ankam, war sie ganz erschöpft. Der Kummer, die Aufregung und das Rennen quer durchs Gehölz hatten ihr zu schaffen gemacht.

Kaum hatte sie das Haus betreten, holte sie sich ein kleines

Stück Regenbogenkuchen aus der Küche. Den hatte sie gestern spätabends noch zum Trost für die misslungenen Schokoexperimente gebacken, und der schmeckte am zweiten Tag noch genauso lecker wie frisch. Damit machte sie es sich in ihrem Zimmer bequem. Sie wusste schon, wie sie sich am besten ablenken konnte.

Habe ich das schon mal erwähnt? Ich bin nicht nur ein Backfreak, sondern auch ein kleiner Naturfreak. Meine Mutter meint ja sogar, dass ich so etwas wie waldgedopt wäre oder radfahrabhängig.☺ Aber ich denke, dass sie einfach nur ein echter Büro-Stinke-Luft-Wurm ist. ☺

Ein paar der schönsten Sachen sieht man draußen, so viel steht fest. Und dazu gehört auch der Regenbogen. Wahre Naturkunst. Kostenlos, überraschend und wunderschön. Deshalb musste ich mir natürlich auch mal einen backen. ☺☺

Passt gut zu bunter Regenbogen-Laune, hilft aber auch beim Trösten und als Lichtblick bei Gewitterlaune (die hatte ich gestern echt, weil meine Backexperimente den ganzen Nachmittag eine einzige Katastrophe waren). Aber er geht natürlich auch bei allen Stimmungen dazwischen. ☺

Falls du dich selbst davon überzeugen möchtest, kommt hier die Anleitung.

Du brauchst:

5 Eigelb
250 g Zucker
1 Pck. Vanillezucker
2 Flaschen Butter-Vanille-Aroma
125 ml warmes Wasser
4 verschiedene Lebensmittelfarben (Rot, Gelb, Grün und Blau, daraus kannst du alles mischen, was du brauchst)
Fett für die Form
Puderzucker zum Bestäuben

Zubereitung

Schlage das Eigelb und den Zucker schaumig.

Gib den Vanillezucker, das Wasser und das Aroma dazu und schlage alles noch ein bisschen weiter.

Gib dann langsam das Öl dazu und rühre dabei immer weiter.

Mixe das Mehl mit dem Backpulver und rühre das Ergebnis portionsweise unter die Eigelb-Zucker-Mischung.

Schlage das Eiweiß zu Schnee und hebe es vorsichtig unter den Teig.

Teile den Teig nun in sechs gleiche Teile auf und rühre die Farben ein.

Fette eine 26 cm große Springform ein und heize den Ofen auf ca. 160 Grad (Umluft) vor.

Gib den Teig esslöffelweise in die Mitte. (Ich halte mich gern an die Reihenfolge der Farben im Regenbogen: Rot,

Orange, Gelb, Grün, Blau, Violett. Also: 1 EL Rot, auf diesen Klecks 1 EL Orange, hier drauf 1 EL Gelb usw.) Der Teig verteilt sich von selbst in der Form.
Lass den Kuchen jetzt ca. 50 Minuten backen. Danach musst du ihn noch etwas auskühlen lassen, bevor du ihn aus der Form löst.
Nun kannst du ihn mit Puderzucker bestäuben und dich aufs Anschneiden freuen!
Ein Farbspektakel erwartet dich, yeah! ☺
Viel Spaß, deine

marla.keks

Gwen atmete aus. Das war ihr nur so aus den Fingern geflossen! Schnell, nun wollte sie aber weiterkommen mit ihrem Schokokonsistenz-Projekt.

Sie loggte sich in ihr E-Mail-Postfach ein. Tatsächlich, sie hatte Post von Ben-der-Bäcker!

Also, marla.keks, du machst mir eine Freude mit deiner Anfrage. Beweist es doch, dass meine Back-Forschung nicht so doof ist, wie meine Familie und mein Umfeld, sogar meine Freundin, immer tun!

Ich bin mir allerdings nicht sicher, ob ich dir wirklich helfen kann, denn mit Schokolade habe ich bisher noch am wenigsten experimentiert. Allerdings bin ich neulich auf ein Buch gestoßen, das unter anderem auch derartige Schokoüberlegungen ☺ enthält. Das Buch ist leider schon lange nicht mehr im Handel erhältlich. Ja, und nun denkst du vielleicht, dass ich es für dich einscannen und dir mailen könnte. Tu ich aber nicht.

Was?! Gwen begann, laut weiter zu lesen.

Das heißt, ich mache es schon. Aber nur unter einer Bedingung.

Gwen schnaubte empört aus.

Und zwar, dass du dich dann mit deiner Idee zum Wettbewerb anmeldest! Ich wünsche mir würdige Konkurrenz. Und das bist du!

Also überleg es dir gut. Sobald ich deinen Namen in der öffentlichen Anmeldeliste online lese, sende ich dir das eingescannte Buch. Deal?

Wenn du nicht in den Wettbewerb gehörst, dann keiner!

Freundlichsten Gruß, ein Fan. Der Ben.

Der hatte ja wohl ein Rad ab! Gwen stand auf und stapfte durch den Raum; vom Fenster zum Rechner und zurück. Nicht mit ihr! Das war ja Erpressung! Was dachte sich dieser Ben-der-

Bäcker überhaupt, wer er war? Und *wer* war er überhaupt?! Warum wollte er unbedingt gegen sie antreten?

Na warte! Sie könnte ihn einfach austricksen. Sich für den Wettbewerb anmelden und in letzter Minute absagen. Warum nicht? Dann würde sie zumindest das Backbuch bekommen, und das wollte sie unbedingt. Sie war ihm gegenüber zu nichts verpflichtet.

Also tippte sie zähneknirschend:

Okay, Ben, du hast gewonnen: Ich melde mich an. Und nun bitte her mit dem Buch! Grumpfigen Gruß

marla.keks

Gwen erschrak, als kurz darauf schon eine Antwort von ihm aufleuchtete.

Braves Mädchen! ☺ Mögen die Spiele beginnen! Ich gucke morgen auf der Teilnehmerliste nach. Und falls du dich wirklich getraut hast, ab mit den Daten zu dir!

Träum schön, Ben

Gwen seufzte. Der hatte Nerven! Warum nahm er das Ganze eigentlich so ernst? Na ja. Da musste sie jetzt erst mal durch.

Sie ging auf die Wettbewerbsseite und fand die Liste der Wettbewerbsteilnehmer sofort. Es hatten sich schon mehr als achtzig Teilnehmer eingetragen! So viele Menschen in Deutschland hatten einen Back-Blog mit mehr als 130 Followern *und* wollten an dem Wettbewerb teilnehmen?

Gwen klickte sich durch die Seiten, bis sie zu dem Anmeldeformular vorgedrungen war. Dann gab sie schnell ihre Angaben ein. Dabei spürte sie ein Prickeln im Bauch, das sie sich nicht recht erklären konnte.

Sollte sie *wirklich*?

Egal, sie hatte ja eh nicht vor, das durchzuziehen. Gwen atmete noch einmal tief durch, dann klickte sie auf *Senden*.

15

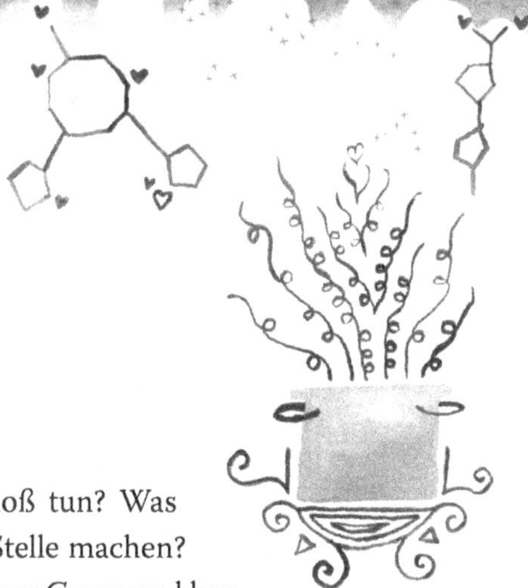

»Gwen, was soll ich bloß tun? Was würdest du an meiner Stelle machen? ¡Socorro!« Bonni stand vor Gwen und knetete wie wild ihre Hände.

Sie hatte Gwen sofort in die Küche gezogen, als sie mit ihrer Mutter angekommen war. »Er will heute Nachmittag mit mir Eis essen gehen!«

Mit heiserer Stimme fragte Gwen: »Wer denn?«

»Na, Lasse!«

Also doch! Das gestern im Wald *war* Lasse gewesen, und er hatte tatsächlich Bonni gemeint!

Gwen ließ sich auf die Küchenbank sinken. Sie wusste nicht, wie sie das finden sollte. Sollte sie sich nicht eigentlich für ihre Freundin freuen?

Lasse war ziemlich undurchschaubar. Ab und zu ließ er prollige Sprüche los. Aber was er im Wald gesagt hatte, zeigte vielleicht, dass er viel schüchterner war, als er auf den ersten Blick wirkte. Am besten, Bonni fand das selbst heraus, oder?

»Das hört sich doch gut an! Du magst ihn auch, stimmt's?«

»Ja, schon! Aber meinst du, er meint es ernst? Ich bin nicht gerade die Ballkönigin!«

Gwen sah ihre Freundin überrascht an. Dann streckte sie die Hände nach ihr aus und zog sie neben sich auf die Bank. Sie stupste Bonni leicht mit der Schulter an. »Wer dich nicht mag, ist selbst schuld. Außerdem glaube ich nicht, dass Lasse Mädchen zum Eisessen einlädt, die er besonders unattraktiv findet. Das passt einfach nicht zu ihm, oder?«

Bonni musste lachen, und ihre Augen bekamen wieder das berühmte Kastanienleuchten. »Okay, dann eine ganz andere Frage: Was ziehe ich bloß an? Ich glaube, ich habe nichts!«

Gwen rollte mit den Augen. Dann prusteten sie beide los. Gwen war selbst ein wenig aufgeregt, obwohl ihre Freundin das Date hatte.

Den restlichen Vormittag verbrachten sie damit, im Geiste die Garderobe von Bonni durchzugehen, um die optimale Date-Kluft auszuwählen. Natürlich wollte Bonni fantastisch aussehen – aber ohne dass es zu angestrengt wirkte! Kompliziert.

Schließlich standen sie vor Gwens Kleiderschrank, und Bonni schlüpfte in zu lange T-Shirts hinein und aus zu großen Hosen wieder hinaus. Bonni war deutlich kleiner und dadurch sogar noch zierlicher als Gwen, sodass alles oversized an ihr wirkte.

Schließlich fand Bonni doch noch eine schöne Bluse in Dunkelbraun mit orangefarbenen Knöpfen. Zusammen mit einer engen Jeans sah die Bluse schick, aber lässig aus. Die Übergröße betonte Bonnis schlanke Beine. Die passenden Sneakers konnte sie sich auch von Gwen leihen, glücklicherweise hatten sie dieselbe Schuhgröße.

»Hoffentlich gefällt's ihm.« Bonni drehte sich noch einmal vor dem Spiegel hin und her.

»Du siehst wunderschön aus!«, versicherte Gwen ihr. »Lasse wird gar nicht zum Eisessen kommen vor lauter gucken! Du musst mir unbedingt erzählen, was er gesagt hat.«

Und damit schien es Bonni sehr eilig zu haben. Am nächsten Samstagvormittag klingelte es Sturm bei den Larssons.

»Gwen! Bonni ist hier!«, rief kurz darauf Gwens Mutter von unten.

Mieses Timing! Gwen hatte gerade eine neue Mail von Ben entdeckt. Schnell überflog sie die Nachricht.

Hi, keks,

hier kommt auch schon das Buch. So viel Zeit hast du ja nicht mehr ... ☺

Ben

Der Anhang musste warten! Gwen schnappte sich ihr Tablet und lief damit die Treppe hinunter, den Blick auf den Bildschirm geheftet.

Und nachdem sie der rot glühenden Bonni ein schnelles Begrüßungslächeln zugeworfen und sie mit einem Kopfnicken in die Küche gebeten hatte, legte diese auch schon los.

»Es war wunderschön. Er kann sooo lieb gucken. Und er hat ausnahmsweise gar keinen blöden Spruch gemacht. Er hat nur vorsichtig meine Hand berührt. So carismático! Morgen treffen wir uns wieder. Abends in der Eiskunstlaufhalle diesmal. Ich glaub, er kann sehr gut fahren! … Gwen?« Erst jetzt merkte Gwen, dass sie nicht einmal von ihrem Tablet aufgesehen hatte. Ihr Blick hing wie festgefroren auf dem Anhangsymbol der Mail. Sie lächelte Bonni an. »Das klingt großartig!«

»Aber *ich* kann nicht wirklich gut fahren. Ist das ein Problem?«

»Ach, Bonni«, Gwen grinste, »das kann doch auch ganz nett sein, wenn du dich *aus Versehen* immer mal wieder an ihm festhalten musst …«

Bonni wurde noch röter. »Ja, ja, sehr hilfreich.« Sie seufzte. »Schon gut, du willst mir nur Mut machen. Und ich weiß, das sind ja nur meine Überlegungen, vielleicht ist es ihm völlig egal, wie ich fahre … blablabla, hör nicht auf mich!«

»Fühlst du dich nun eigentlich gut mit ihm, oder nicht?« Gwen kannte so zwiespältige Gefühle auch gut, und das war dann meistens schlecht für sie ausgegangen.

»Ich habe einfach immer zu viele Zweifel an mir. Ich weiß. Was starrst du da eigentlich dauernd auf dein Tablet?«

Gwens Blick war schon wieder magisch von der Mail angezogen worden.

»Er hat mir die Datei geschickt!«, antwortete Gwen atemlos. »Yeah! Dieser Backtyp hat mir ein Buch mit Tipps zur Schokoverarbeitung geschickt!«

»Und du lässt mich die ganze Zeit vor mich hin reden? Worauf wartest du noch?« Bonni stellte sich neben Gwen, um einen Blick auf den Bildschirm zu erhaschen. »Mach es auf!«

Ungeduldig scrollte Gwen durch das Buch.

Auch Bonni blickte gespannt auf den Bildschirm. »Was soll das sein?«

»So genau weiß ich das auch nicht. Es scheint eher chemische Formeln zu enthalten als Backrezepte. Aber warte mal, hier steht tatsächlich etwas über die Veränderung der Festigkeit von Schokolade durch unterschiedliche Bindemittel.«

Sie setzten sich auf die Küchenbank, und Gwen hatte nun ähnlich glühende Wangen wie Bonni beim Erzählen von ihrem Date. Es war, als tauchten sie in eine andere Welt ab.

»Das ist es! Ich glaube, ich hab's! Kommst du mit zur Apotheke?«, rief Gwen und sprang auf.

»Was meinst du denn? Das Rezept hier ganz unten?« Bonni zeigte auf den Bildschirm. »Das fängt spannend an, aber ich habe es noch nicht ganz gelesen …«

»Ich erkläre dir alles auf dem Weg. Komm!« Und ohne auf eine Antwort zu warten, ging Gwen zur Garderobe und zog sich Schuhe an. Ungeduldig sah sie sich nach Bonni um.

»Wo bleibst du denn? Die Apotheke macht bald zu!« Dann war sie schon aus der Haustür.

Erst an der Gartenpforte hörte sie Bonnis Schritte hinter sich. Sie wartete kurz, bis Bonni zu ihr aufgeschlossen hatte, und erzählte ihr auf dem Weg, dass sie sich tatsächlich vorgestern Abend für den Wettbewerb angemeldet hatte und warum. Und dass das Rezept, das sie eben in dem Buch entdeckt hatte, eine wahrscheinlich geniale Mischung war, um ihr Schokoladen-Projekt zu verwirklichen. Der Autor des Buches, der wohl nicht nur Hobbybäcker, sondern auch Chemiker war, hatte sie selbst entwickelt. In einer Fußnote hatte noch gestanden, dass man die Mischung nur in einer Apotheke anmischen lassen konnte. Ihr Auftrag war damit klar.

Auf dem Rückweg stieß Bonni Gwen auffordernd in die Seite: »Wieso nur zum Fake anmelden eigentlich? Gwen, das ist deine Chance, zu zeigen, was in dir steckt! Und der Gewinn wäre der Hammer!«

Gwen schüttelte nur den Kopf und hielt ihre Freundin am Arm fest. »Lass das, Bonni!«

»Versteh ich echt nicht«, murmelte Bonni. »Du verschwendest dein Talent! Ich will und kann nicht, und du kannst und willst nicht! Wie ungerecht!«

Gwen sah ihre Freundin an. Sie konnte Bonnis Sicht verstehen. Aber auf keinen Fall konnte sie ernsthaft an dem Wettbewerb teilnehmen. Auch nicht Bonni zuliebe!

In den nächsten beiden Tagen verbrauchten Gwen und Bonni ganze Berge des Apothekenpulvers. Sie vermischten es in den unterschiedlichsten Mengen mit flüssiger Schokolade. Mal um Mal standen sie mit gespannten Gesichtern vor dem Ceranfeld und starrten in den Kochtopf, während sie in der Schokoladenmasse rührten, damit diese ja nicht anbrannte. Sie brannte auch nie an. Aber leider zeigte sie nach dem Erkalten auch nie die gewünschten Eigenschaften. Sie war entweder zu wabbelig, zu fest oder zu porös.

Am zweiten Nachmittag stand Gwen ausnahmsweise alleine

in der Küche, da Bonni mit Lasse in der Glow Disco in der Eiskunstlaufhalle war. Aber auch diesmal hatte Gwen kein Glück. Mit wilden Locken und Schokoflecken im Gesicht starrte sie auf die undefinierbare Masse in ihrer Hand. Sie war hart wie Stein. Mit einem Brummen knallte Gwen den Klumpen in den Mülleimer und räumte die Küche auf. Dabei beschloss sie, dass heute der richtige Tag war, um endlich ihre Pseudoanmeldung zum Wettbewerb abzusagen.

Aber als Gwen zunächst ihren Blog aufrief, konnte sie es kaum glauben. Sie hatte ungefähr zwanzig neue Kommentare, die sich alle um ihre Teilnahme am Wettbewerb drehten.

eyes-wide-shut schrieb zum Beispiel:

marlakeks, was für eine Neuigkeit! Teilnahme am wichtigsten Wettbewerb seit Jahren! Ich bin begeistert und rechne dir hohe Chancen aus. Dein Stil ist anders, und ich steh drauf. Könnte mir vorstellen, dass es auch noch einer Menge anderer Leute so geht. Coole Sache, werde ab jetzt alles verfolgen und dir meine Stimme in jedem Fall geben. Mach was draus, ich will dich im Fernsehen sehen! Wollte schon immer mal wissen, wie du aussiehst. Back sie alle an die Wand! ☺
Gruß von der Knabber-Fraktion

Oder von gummischuh:

Versuchen kann man es ja mal. Glaube zwar, dass du echt harte Konkurrenz haben wirst. Diesmal reicht es vielleicht noch nicht

ganz für den Sieg, aber dabei sein ist ja bekanntlich alles.
Halt dich wacker!

Der Atem stockte Gwen bei dem Kommentar von realist.bancus.

Bekanntlich finden blinde Hühner ja auch mal ein Korn. Aber du wirst das Korn nicht finden. Wettbewerbsanmeldung scheint mir voll zu hoch gestapelt, sorry!

Bei der Anmerkung von ringelblume atmete Gwen wieder auf.

Richtig so! Starte durch und zeig mal, was für einen krassen Back-Style du draufhast! Bis in die Show müsstest du es mindestens schaffen. Ich bleib am Ball, da kannst du sicher sein.
Ciao, ringelblume im netz

Und so ging es vier Seiten lang, wobei die optimistischen Stimmen eindeutig überwogen.

Gwen überflog die Kommentare mit zunehmender Beklemmung. Waren die alle des Wahnsinns? Woher wussten sie überhaupt von ihrer Teilnahme? Es konnten doch nicht alle ständig auf der Pirsch nach Wettbewerben das Internet durchforsten und sämtliche Teilnehmerlisten lesen! Hatten die nichts Besseres zu tun?

Als Gwen dann aber beim ersten der neuen Kommentare angekommen war, dämmerte ihr, was passiert war. Der war nämlich von Ben-der-Bäcker. Und natürlich hatte er nichts

Besseres zu tun gehabt, als ihre Wettbewerbsteilnahme öffentlich auf ihrem Blog bekannt zu geben. Tja, und damit hatte er das Feld für Bemerkungen aller Art eröffnet. Na toll! Wie sollte sie aus der Nummer wieder herauskommen? Nachdem ihre Follower alle jetzt erfahren hatten, dass sie sich angemeldet hatte, konnte sie doch nicht einfach wieder zurücktreten. Sonst wären alle enttäuscht von ihr. Und wie sollte sie das auch erklären? Dieser Bäcker-Ben hatte sie ja wohl nicht mehr alle! In was für eine blöde Situation hatte er sie bloß gebracht?!

Aber wieso hatte sie das alles nicht vorausgesehen? Das hatte sie nun davon. Verdammter Mist!

Gwens Magen grummelte. Sie beneidete Bonni, die wahrscheinlich gerade strahlend ihre Kurven auf dem Eis drehte, die Hände eines charmanten »Verfolgers« auf den Hüften.

Hatte sie sich eigentlich schon gemeldet? Gwen sah auf ihr Handy. Und tatsächlich: eine WhatsApp von Bonni!

BRRR, MEGAKALT AUF DEM EIS – ÜBERRASCHUNG HA HA – NEUES SHIRT SCHICK, ABER DÜNN. NA JA ... UND BIN ECHT NICHT DIE EISLAUF-QUEEN. ☹ UND LASSE STELLT DAUERND SO KOMISCHE FRAGEN ... ABER NICHT ÜBER MICH. HM. ☹
JETZT IST ER KURZ KAKAO HOLEN. HOFFENTLICH WIRD'S NOCH BESSER.
SONST WÄRE ICH EIGENTLICH LIEBER AN UNSERER WARMEN SCHOKO-BACK-INSEL.
☹☺ ER KOMMT WIEDER ... CIAO

Oh nein, der Armen erging es auch nicht besser. Gwen tippte schnell eine aufmunternde Antwort.

Einen Vorteil hatte der ganze Trubel ja: Sie hatte heute tatsächlich noch kein einziges Mal an Kenu gedacht.

16

Am nächsten Tag hatte Gwen zwar immer noch keine Idee, wie sie möglichst elegant aus der Wettbewerbssache rauskommen sollte, aber gemeinsam mit Bonni gelang ihr der Durchbruch in Sachen Schoko-Forschung.

Nach vielen betriebsamen Stunden zwischen Apotheke, Herd und Kühlschrank standen Bonni und Gwen nebeneinander an der Arbeitsfläche. Ihre Haare waren mit einer weißen Pulverschicht bedeckt.

Ehrfurchtsvoll formten sie ein Stück Schokolade zu einem langen, dünnen Stab, den sie nacheinander zu einem Dreieck, Kreis und Quadrat bogen. Er machte alle Verrenkungen mit, ohne auch nur ein Mal Gefahr zu laufen, zu zerbrechen.

Dann ließen sie den Schokostab abkühlen und erhärten. Auch jetzt wirkte er noch stabil. Schließlich bissen sie ängstlich hinein. Nur der Geschmack konnte ihnen noch einen Strich durch die Rechnung machen.

Gwen war die Erste, die anfing zu strahlen, kaum dass sie die nussig-sahnige Note der Zartbitterschokolade auf der Zunge schmeckte.

Bonni lutschte ihren Bissen genüsslich, dann sagte sie mit

schelmischem Blick: »Beerig im Abgang, wie mein Großonkel, der Weinkenner, gerne sagt.«

»Wie cool!«, rief Gwen so laut, dass Bonni zusammenzuckte.

Dann lagen sich die beiden Freundinnen in den Armen. Es konnte losgehen! Das Gerüst für ihren Back-Laufsteg schien realisierbar.

Jetzt mussten sie nur noch mehrere der Stäbchen herstellen und in die richtige Form bringen. Daraus wollten sie ein stabiles Grundgerüst bauen und überlegen, mit was für leckeren, dünnen Schichten sie es belegen könnten. Möglichst realistisch sollte es natürlich auch aussehen: ein stylisher, langer Laufsteg, auf dem die Kleider-, Taschen- und Pumps-Kekse kunstvoll ausgestellt werden könnten.

»Mögen die Spiele beginnen«, murmelte Gwen vor sich hin.

»Was?«, fragte Bonni nach.

»Ach, nichts«, erwiderte Gwen.

Die Gedanken kreisten wie wild in ihrem Kopf: Sollte sie ihre Wettbewerbsteilnahme wirklich zurückziehen und sich damit bei Ben und ihren Followern unbeliebt machen? Oder sollte sie lieber die Herausforderung annehmen und zeigen, dass sie echt was draufhatte?

Ebenso gut könnte es allerdings passieren, dass sie mit Pauken und Trompeten unterging. Ihre Fans so zu enttäuschen, wäre furchtbar für sie. Aber war Kneifen nicht feige?

Hilfe suchend sah Gwen Bonni an. Doch die schien nichts von den Gedanken ihrer Freundin zu ahnen und strahlte, als wären sie jetzt schon klare Wettbewerbssieger.

Da fasste Gwen einen Entschluss: Es war peinlicher, sich

gar nicht erst zu trauen, als im Wettbewerb haushoch zu verlieren.

Gut, falls sie es irgendwie ins Finale in die Fernsehshow schaffen sollte, würde es auch peinlich werden. Angestarrt und beurteilt von vielleicht einer Million Zuschauer – ein Albtraum! Man müsste sie ohnmächtig auf die Bühne tragen, weil sie schon vorher hyperventilieren würde.

Zum Glück war das ausgeschlossen. Immerhin gab es achtzig Teilnehmer, und nur drei kamen in die letzte Runde. Ein Platz unter den Top 20 – das wär's! Eine offizielle Qualitätsbescheinigung und Selbstbewusstsein-Zurückeroberungsmethode sozusagen. Aufregend!

Morgen ging die Abstimmung los. Dreizehn Tage lang konnte auf der Wettbewerbsseite für das innovativste und künstlerischste Back-Projekt abgestimmt werden. Diese Zeit musste Gwen dazu nutzen, ihr Projekt auf ihrem Blog vorzustellen und die Besucher neugierig zu machen, worauf das Ganze hinauslaufen würde.

Am letzten Tag sollte das Werk dann vollständig mit Fotos präsentiert werden, und dafür wurden noch einmal Punkte vergeben. Und danach würde das endgültige Ranking bekannt gegeben werden.

Gwen schob ihre Ärmel hoch und sah Bonni mit klopfendem Herzen an: »Bist du bereit?«

»Ich bin schon lange bereit!«, antwortete ihre Freundin breit lächelnd.

»Ich bin eigentlich auch schon lange bereit«, murmelte Gwen.

»Die Hälfte von dir ist schon lange bereit, deine andere Hälfte hat sich bisher mit Händen und Füßen dagegen gewehrt!«, lachte Bonni.

»Oh Mann, Bonni, du kennst mich schon zu gut!« Gwen sah ihre Back-Partnerin dankbar an. Sie schien wirklich geahnt zu haben, worüber Gwen die ganze Zeit nachgrübelte.

»Wettbewerb, wir kommen!«, rief Gwen und zwickte Bonni in die Taille. Bonni schlug Gwen als Antwort auf den Kopf, sodass das feine Pulver aufstob und Gwen höllisch husten musste. Blinzelnd und mit mehlbestäubten Wimpern sahen die Mädchen sich an, dann prusteten sie gleichzeitig los.

Gwen gewann als Erste die Fassung wieder und überlegte laut: »Okay, lass uns starten. Wie findest du ein Schokogerüst, das fast durch die ganze Küche geht?«

Bonni maß mit den Augen die Küche ab. Dann meinte sie: »Das dürften um die fünf Meter sein. Wenn wir uns auf die Hälfte einigen, bin ich dabei. Wir müssen dafür immerhin auch noch genug Kekse backen und verzieren, sodass der Laufsteg voll ist!«

Gwen kicherte. »Du hast recht, vielleicht müssen wir zwischendurch auch mal schlafen.«

Sie druckten sich das Foto eines kunstvoll gestalteten Mailänder Laufstegs aus und hefteten es an die Magnetwand neben dem Ofen.

Anschließend verflüssigten sie ein Dutzend weitere Tafeln Zartbitterschokolade im Wasserbad und rührten das Pulver darunter. Als sie erkaltet war, kneteten und formten sie die Masse zu Stäben, die einen Teil des äußeren Gerüstes darstellen sollten. Das Gerüst unter der Laufstegauflage wollten sie aus vielen mittellangen Stangen zusammensetzen. Probehalber rollte Gwen auch schon ein Stück der Schokomasse zu einem flachen Boden aus. Wenn sie später mehrere davon aneinanderlegte, hatte sie die perfekte Laufstegauflage.

»Wie bekommen wir die Einzelteile eigentlich zusammengebaut? Ich glaube nicht, dass unser üblicher Zucker-Zitronen-Kleber hierfür genug Klebekraft besitzt.« Mit einem lauten Plumps ließ Gwen sich auf einen Küchenstuhl fallen und sah Bonni mit gekrauster Stirn an. »Immerhin muss es einerseits in sich halten, und andererseits muss man das Ganze sogar etwas belasten können. Und essbar muss es natürlich auch sein! Gekaufter Lebensmittelkleber geht gegen die Back-Ehre, das ist ja wohl klar!«

Die perfekte Lösung fanden sie nicht mehr. Egal, welche Klebemixtur sie ausprobierten, die Schokostangen, die sie aneinanderklebten und probeweise mit einer Schokoplatte belegten, krachten stets zusammen, sodass das hauchdünne Längseck wie ein gestrandeter Wal auf dem Tisch lag.

Kaum dass Bonni, ihren Mehlkopf schüttelnd, das Haus verlassen hatte, schrieb Gwen an Ben-der-Bäcker:

S-O-S. Brauche dringend Info zu essbarem Klebstoff, extrastark. Hast du eine Idee dazu?

Gruß von marla.keks im Kleister-Desaster

Gwen hätte es sich fast denken können, Ben schrieb schon fünf Minuten später zurück. Entweder hing er immer am Smartphone, oder er war intravenös an seinen Rechner angeschlossen.

Liebes Kleister-Desaster-Opfer,
da triffst du einen wunden Punkt. Genau das bereitet mir auch Kopfzerbrechen!

Gwen schmunzelte hoffnungsvoll, dann las sie weiter.

Mit dieser Frage – oder diesem Desaster ☺ – habe ich ehrlich gesagt das vergangene letzte Jahr verbracht. Leider ohne endgültiges Resultat. Sehr viel habe ich zunächst mit Kartoffeln und Honig herumexperimentiert. Das ergab zwar eine Klebemasse, aber leider nur eine leichte (und war geschmacklich sehr gewöhnungsbedürftig ☺). Auf den richtigen Trichter hat mich dann meine kleine Cousine gebracht, die ihre angelutschten Gummibärchen überall bei uns verteilte, unter dem Tisch, am Kühlschrank und in meinen Büchern, wo sie bombensicher klebten. ☹

Damit begann meine sogenannte Gummibärchen-Phase. Ich erhitzte die Teilchen und mixte so einiges dazu. Vor ein paar Wochen hatte ich ein Rezept, mit dem man sogar kleine Holzklötzchen festkleben konnte … Blöderweise hatte ich mir die Mengen der einzelnen Bestandteile nicht notiert, deshalb probiere ich noch heute daran herum. Die Dosierung musst du also leider selbst ergründen.

Aber die Bestandteile nenne ich dir gerne. Meine Bitte an dich: Verrate es nicht weiter!

Du brauchst: Gummibärchen, Eiweiß, Milch, Essig und Mehl.

PS: Findest du es eigentlich auch unmännlich, wenn Männer sich leidenschaftlich fürs Backen interessieren? Meine Freundin machte neulich so eine Bemerkung. Aber das ist nicht dein Problem!

Viel Erfolg und hoffentlich raus aus dem Desaster, Ben

Ausgerechnet ihr verriet Ben seine Spezialkleberzusammensetzung – wie nett! Aber dass er sich so fair verhielt, kannte sie ja schon von ihm. Und das, obwohl sie beide am selben Wettbewerb teilnahmen.

Ben wollte sie als Konkurrentin, das hatte er ihr immer wieder geschrieben. Das konnte er haben!

Als Bonni am nächsten Nachmittag von dem Gummibärchenkleber hörte, lachte sie sich schlapp. Aber schließlich konnte Gwen sie doch überreden, zehn Packungen Gummibärchen zu besorgen. In der Zwischenzeit wollte sie schon einmal die nächste Schokoladenmasse herstellen.

Summend produzierte Gwen zwei Töpfe voller Masse und formte daraus neue Plattformen. Erst nach einer Dreiviertelstunde fiel ihr auf, dass Bonni immer noch nicht zurück war.

Für den Weg zu dem winzigen Laden um die Ecke brauchte man nur zehn Minuten; ihre Freundin hätte längst wieder da sein müssen!

Hastig kramte Gwen ihr Handy hervor. Sie musste es nur dreimal klingeln lassen, dann meldete sich jemand. Allerdings nicht die, mit der sie gerechnet hatte.

»Bei Cordoba, wir kaufen alles, was kann ich für Sie tun?« Es war eine männliche, recht tiefe Stimme, Gwen setzte sich vor Schreck hin.

Dann hörte sie ein Rauschen und Knacken sowie eine Mädchenstimme im Hintergrund. »Lass das! Gib her, das ist nicht witzig!«

»Bonni!«, rief Gwen ins Telefon. »Alles okay bei dir?!«

»Si, si, äh, ja, ja, schon gut. Ich habe Lasse getroffen. Er will mich unbedingt begleiten, weil Gummibärchen ja so schwer zu tragen sind, ha, ha!«

Gwen schwieg, weil sie die Situation nicht ganz durchschaute. Freute sich Bonni, dass Lasse so anhänglich war, oder war sie genervt? Oder ahnte Bonni, dass es Gwen nicht recht wäre, wenn sie Lasse mitbrachte? Mit ihm in der Küche würden sie sich bestimmt nicht mehr richtig auf den Laufsteg konzentrieren können.

Gwen entschloss sich zu einem Kompromiss. »Lass ihn doch bis zum Haus dein Gummibärchenträger sein.« Hoffentlich würde er sich dann schnell wieder abwimmeln lassen! Das sagte Gwen aber nicht laut, Bonni verstand es hoffentlich auch so.

»Gute Idee, bis gleich!«, entgegnete Bonni.

Kurz darauf hörte Gwen Stimmen und Gelächter von draußen. Dann klingelte es Sturm.

Gwen öffnete die Haustür. Aber bevor sie auch nur irgendetwas sagen konnte, hielt Lasse ihr einen Berg Gummibärchentüten entgegen und schob sich an ihr vorbei ins Haus. Bonni stand schmunzelnd dahinter und zuckte entschuldigend mit den Schultern.

»Verdammt, was riecht hier denn schon wieder so lecker? Ihr beiden backt euch eure eigene Welt, kann das sein? Schade nur, dass ihr da niemanden reinlasst. Vielleicht würde ich mich ja auch gerne einmal künstlerisch betätigen! Bonni behauptet, du bist eine Künstlerin! Deshalb ... au, was ist denn los?« Lasse hielt sich mit gespielt schmerzverzerrtem Gesicht seine rechte Seite und blickte sich zu Bonni um. Die hatte ihm soeben einen Knuff in die Nierengegend versetzt.

»Oh, das sollte nicht so doll sein, lo sentimos!« Bonni sah Lasse bei ihren Worten mit so großen Augen an, dass Gwen sicher war, dass sich Lasse in diesem Moment einfach unsterblich in sie verlieben musste – falls er es nicht schon längst war!

»Weißt du«, Bonni schob Lasse Richtung Haustür, »jetzt müssen wir hier langsam mal wieder an die Arbeit, Gwen, oder?«

Gwen nickte zögernd. Das hatte sie sich ja eigentlich gewünscht, aber Bonnis Unterton war so komisch.

»Ich würde euch gerne noch ein bisschen zugucken!«, meinte Lasse.

»Ja, das kann ich mir vorstellen ...«, entfuhr es Bonni etwas spitz. Dann schob sie versöhnlicher hinterher: »Tut mir leid, allein kommen wir einfach besser voran. Außer natürlich, Gwen meint, du sollst bleiben, dann möchte ich mich nicht dazwischenstellen!« Fragend sah sie Gwen an.

Erschrocken trat Gwen einen Schritt zurück. Was wollte

Bonni damit denn andeuten? Dass Lasse wegen *ihr* bleiben wollte? Sie hatte sich doch immer korrekt verhalten. Und von dem Tag an, an dem sie gewusst hatte, dass Lasse für Bonni schwärmte, war die Sache für sie geklärt gewesen. Gwen wurde schwindelig, so schnell sprangen ihre Gedanken hin und her.

Auch bei Lasse schien die Botschaft angekommen zu sein. Er strich sich über die verstrubbelten Haare. Mit rauer Stimme sagte er: »Ich glaube, da geht gerade was schief. Das müssen wir ein andermal besprechen, Bonni. Ich schreib dir später. Ciao.«

Dann war er, so schnell, wie er sich ins Haus hineingedrängt hatte, auch wieder hinaus.

Gwen sah ihre Freundin besorgt an.

»Jungs machen nur Ärger«, brummte Bonni.

In diesem Moment drang der Geruch nach Verbranntem aus der Küche. Oh nein!

Gwen und Bonni stürzten gleichzeitig in die Küche und stellten erleichtert fest, dass zwei Tropfen verkleckerter Schokolade auf dem Kochfeld für den Gestank verantwortlich waren. Schnell schabte Bonni sie ab. Ihre Laune schien trotzdem nicht zu retten zu sein.

»Bald habe ich wirklich das Gefühl, Lasse will sich nur mit mir treffen, um mehr von *dir* zu erfahren. Er meint gar nicht mich! Beim Eislaufen hat er mich auch die ganze Zeit nach dir ausgefragt.« Bonni sah Gwen mit traurigen Augen an. »Du bist so schön geheimnisvoll, so unnahbar! Das finden Jungs oft interessant – und ich glaube, das weißt du auch!«

Gwen schluckte. Wie konnte ihre Freundin sie so falsch einschätzen?! Sie spielte doch nicht die Unnahbare, um Bonni Konkurrenz zu machen! Das wollte sie wirklich nicht. Sie war einfach vorsichtig mit Jungs geworden. Aber sollte sie das Bonni wirklich erklären?

Gwen wusste nicht, was sie sagen sollte, was sie sagen *konnte*, und sah ihre Freundin nur hilflos an.

Bonni schnaubte und drehte sich zur Küchentür. »Keine Antwort ist auch eine Antwort. Ich gehe jetzt besser mal«

Doch ehe Bonni aus der Küche stürmen konnte, sprang Gwen zu ihr und hielt sie an den Schultern fest. »Warte …«, murmelte sie, »ich muss dir was erzählen.« Sie bat Bonni, sich mit ihr auf die Bank zu setzen.

Widerwillig nahm ihre Freundin Platz. Bonnis Fuß tippte einen nervösen, harten Rhythmus auf den Boden.

Gwen kostete es einige Überwindung, bis sie endlich hervorstieß: »Ich will nicht unnahbar sein. Ehrlich! Und schon gar nicht als Taktik. Bonni, bitte, das musst du mir glauben!« Sie schluckte und sah Bonni kurz von der Seite an. Deren Miene schien immer noch ablehnend. Stille senkte sich über den Raum, zum Schneiden schwer.

Doch als Gwen ihr mit dem Ellbogen vorsichtig in die Seite stupste, da drehte Bonni Gwen ihren Kopf zu. Zweifel waren in ihren Augen zu erkennen.

Gwen fasste sich ein Herz und redete leise weiter. »Ich war jemandem nah, sehr nah sogar. Wir waren unzertrennlich. Und ich dachte, das würde auch so bleiben. Aber für ihn schien es nicht dasselbe bedeutet zu haben wie für mich. Er hat sofort Schluss gemacht, als die erste Schwierigkeit am Horizont auftauchte, der Umzug … und jetzt hat er schon eine Neue, er hat mich einfach ausgetauscht! Seitdem frage ich mich, ob ich wirklich so uninteressant bin, dass man mich besser schnell wieder fallen lässt!« Tränen schossen Gwen in die Augen, als sie nachschob: »Aber so blöd bin ich doch gar nicht, oder?!«

Behutsam legte Bonni ihren Arm um Gwens Schultern und lehnte ihren Kopf an ihren. Dann sagte sie leise: »Wenn du blöd bist, bin ich auf alle Fälle superdämlich! Und so uninteressant, dass ich quasi unsichtbar bin – und *bin* ich das?«

Gwen grinste ihre Freundin schief an. Sie zog die Nase hoch und tat mit zusammengekniffenen Augen so, als könnte sie sie nicht erkennen.

»Du Witzbold!«, sagte Bonni grinsend und drückte Gwen fest an sich.

Endlich berichtete Gwen ausführlich von Kenu und wie tief er sie verletzt hatte.

»Deshalb brauche ich erst einmal keinen neuen Freund, das kannst du mir glauben!«, schloss sie.

»Ich komme mir total blöd vor. Ich war so verletzt, dass Lasse vielleicht gar nicht mich mag«, sagte Bonni, den Arm immer noch um Gwens Schulter geschlungen. »Das Ganze tut mir furchtbar leid! Es muss superätzend für dich gewesen sein!«

»Schon gut«, murmelte Gwen, »das konntest du ja nicht wissen.« Ihre Brust fühlte sich auf einmal viel leichter an. »Und ich bin mir übrigens ziemlich sicher, dass Lasse genau dich meint, so wie er dich anguckt!«, setzte sie noch nach.

Mit einer Mischung aus Zweifel und Dankbarkeit sah Bonni sie an.

Nach weiteren Back-Erfindungen war ihnen heute trotzdem nicht mehr zumute. Nachdem sie schnell aufgeräumt hatten, brach Bonni auf. Und Gwen tat es unendlich gut, dass ihre Freundin sie beim Abschied etwas länger als sonst drückte.

Gwen konnte nicht einschlafen. Die Sache mit Lasse ging ihr nicht aus dem Kopf. Wenn sie ganz ehrlich war, spürte sie ein leichtes Prickeln beim Gedanken daran, dass sich so ein attraktiver Typ wie Lasse ausgerechnet in sie verliebt haben könnte. Bonni zu verletzen, ginge allerdings gar nicht! Und Gwen glaubte sowieso nicht dran, so wie Lasse Bonni immer ansah.

Unruhig wälzte Gwen sich im Bett hin und her. Wenn sie doch nur mit jemandem darüber sprechen könnte! Charlene wollte sie irgendwie nicht schreiben, sie hatte ihr in den letzten Wochen schon so oft wegen Kenu die Ohren vollgeheult.

Plötzlich wusste sie genau, was sie zu tun hatte. Gwen holte sich ihr Tablet ins Bett und loggte sich in ihr E-Mail-Postfach ein.

Sie kannte doch genau den Richtigen! Er hatte genug Abstand zu alldem, manchmal konnte man Dinge dann viel klarer erkennen. Und er schien sich ganz gut in andere einfühlen zu können. Außerdem würde sie den Kontakt einfach abbrechen können, wenn er ihr zu nahegehen sollte. Deshalb schrieb sie:

Hey, Ben,

hast du das schon einmal erlebt: Du findest jemanden ein bisschen spannend, aber er mag deinen besten Freund? Und dann sieht es so aus, als könnte er vielleicht doch dich meinen, aber dein bester Freund ist unsterblich in ihn verliebt? Und du würdest ihm wahrscheinlich sehr wehtun? Und wenn du das schon einmal erlebt hast, WAS HAST DU GEMACHT? Tell me!

Gruß vom verwirrten keks

PS: Zu deiner Frage von neulich: Ich finde es männlich, wenn ein Junge sein eigenes Ding macht. Und wenn das Backen ist, ist das eben Backen. Gruß auch an deine Freundin.

Ach ja, und danke für deine Ergebnisse aus der langen Gummibärchen-Testreihe! Weiß das sehr zu schätzen. Ein Teilabschnitt meines Backwerks wird dir zu Ehren Ben-der-Bäcker heißen, versprochen. ☺

Es war bereits kurz vor Mitternacht, als Gwen die Nachricht abschickte. Sie glaubte nicht wirklich, heute noch eine Antwort zu bekommen. Trotzdem brachte sie es noch nicht über sich, das Tablet wegzulegen, und durchstöberte erst ihren, dann Bens Blog.

Sein Wettbewerbsprojekt war offensichtlich eine riesige Torte, die im Innern eine Komposition aus verschiedenen Cremes aufwies. Insgesamt waren es zwölf verschiedene Cremes unterschiedlicher Konsistenz, die wie die Zimmer eines Hauses über- und nebeneinander lagen. Ben nannte es *den Haus-Würfel mit zwölf unterschiedlichen Materialzimmern.*

Was Gwen tatsächlich innovativ und ziemlich einzigartig fand. Ben-der-Bäcker hatte mit Sicherheit große Chancen, im Ranking weit oben zu landen.

Sie las gerade die Erläuterungen zu seinen Cremes, als plötzlich eine Nachricht von ihm in ihrem Postfach aufleuchtete.

Sie fühlte sich ein bisschen ertappt. So als hätte sie Ben heimlich einen Besuch abgestattet. Hastig schloss sie seinen Blog und öffnete die Mail.

Hi, du nachtkeks,

das hört sich ja ganz schön speziell an. Und auch verworren. Du tust mir etwas leid. Habe ich einen Tipp? Ich fürchte, nicht!

Mein Fall ist ja nicht besser. Habe eine Freundin, die zwar nicht an mich glaubt, mich aber liebt. Geht das überhaupt? Und geht das, dass sie gleichzeitig auch noch jemand anderen liebt? Oder liebt sie ihn vielleicht schon ein kleines Stück mehr als mich? Ich fürchte, ja. Er backt ja auch nicht. Hätte ich mir gleich denken können. Und deshalb ist mir heute Nacht klar geworden: Uns beide, sie und mich, hat es so richtig nie gegeben, als Paar. Nur ein Wunschbild von uns. Ich habe morgen also ein wichtiges Gespräch vor mir. Drück mir die Daumen, du zweifelkeks. Aber wahrscheinlich werden wir beide, sie und ich, morgen sehr erleichtert sein.

Du siehst, ich bin selbst kein Experte in solchen Dingen. Ich steige durch dieses Gefühlsdickicht auch nicht durch. Da back ich lieber. ☺

Eines habe ich allerdings bisher gelernt: Ich glaube, man merkt es meistens schon ganz früh, es fällt einem nur so schwer, es sich einzugestehen! Das gilt bei mir für fast alles.

0.30 Uhr. Ich muss ins Bett!

Nachtgruß vom Ben

Woah! So genau hatte sie es gar nicht wissen wollen. Oder doch?

Er war überraschend offen. Und es berührte sie, wie er über sich gesprochen hatte. Wie er über sich und seine Freundin nachdachte. Seine Situation schien ja wirklich übel zu sein. Seine Freundin hatte nebenbei noch einen anderen Freund? Und so richtig verliebt waren sie nie gewesen? Oder hatte sie das falsch verstanden?

Und gab es bei ihr selbst auch etwas, was sie eigentlich schon sehr lange wusste, sich aber nicht eingestehen wollte? War sie so verknallt in Kenu gewesen, dass sie ihre eigenen Gefühle auf ihn projiziert und gar nicht bemerkt hatte, dass seine Signale vielleicht etwas verhaltener gewesen waren?

Wenn sie ganz ehrlich war, hatte es bei bestimmten Reaktionen von ihm hin und wieder so einen leichten Zweifelblitz in ihrem Herzen gegeben. Als er immer häufiger nachmittags keine Zeit gehabt hatte wegen zu vieler Hausaufgaben. Oder wenn er mal wieder so viel mit Tanja gelacht hatte. Das hatte sie aber hervorragend verdrängt. Sie hatte sich einfach aus ganzem Herzen gewünscht, dass alles passte.

Also eine echt kluge Bemerkung von Ben, irgendwie.

Und zurzeit? Gab es gerade etwa auch etwas, was sie sich nicht traute einzugestehen?

BE
FRIE
ST
END

17

Die nächsten beiden Tage vergingen wie im Flug. Bonni stand jeweils morgens um Punkt neun vor Gwens Tür. Sie half ihrer Mutter jetzt nur noch nachmittags beim Putzen, so hatte sie den Vormittag frei für »Ferien auf der Back-Insel«, wie Frau Cordoba zwinkernd gemeint hatte.

Gwen und Bonni legten an beiden Tagen sofort los. Innerhalb kürzester Zeit verwandelten sie die Küche in ein mit Mehl, Gummibärchen und Schokolade geschmücktes Chaoszimmer.

Bonni hatte den Bereich »experimentelle Küche« übernommen. Sie mixte die von Ben genannten Bestandteile für extrastarken, essbaren Kleber zusammen, wobei sie die Mengen der unterschiedlichen Bestandteile jedes Mal variierte.

Die Kleber, die sie dabei erzeugte, wurden gemeinsam getestet. Die Mädchen nannten es den »Crash-Test«: Wie lange dauerte es, bis die Schokostangen samt Laufstegplatte zusammenkrachten? Denn das hatten bisher alle Konstruktionen getan.

Immer wieder standen die Freundinnen ratlos vor zersplitterten Laufsteg-Teilstücken auf der Anrichte. Ganz offensichtlich hatten sie noch nicht das richtige Mischverhältnis für diesen besonderen Klebstoff gefunden. Ben hatte ja angedeutet, dass es nicht leicht sein würde.

Bonni zuckte mit den Achseln und sah auf den neuesten Trümmerhaufen. »Estúpido! Aber ich mach dann mal weiter!«

Und mit diesen Worten wickelte sie die grasgrüne Schürze, die sie neuerdings als sogenannte »professionelle Ausrüstung« mitbrachte, fester um sich und griff wieder zu der Gummibärchentüte. Einen großen Teil davon schüttete sie in die Schüssel im Wasserbad.

Gwen seufzte und war froh, dass Bonni sich nicht so leicht entmutigen ließ. Sie selbst überlegte gerade, womit sie den langen Laufsteg bedecken sollten.

Bonni und Gwen wollten einen dünnen Teig in mehreren Abschnitten backen und die Teilstücke mit unterschiedlichen Füllungen versehen. Jetzt mussten sie sich nur noch überlegen, welche Art Teig und was für Füllungen es werden sollten.

Und während Gwen im Geiste unterschiedliche Kuchenmassen auf Konsistenz, Farbe und Geschmack prüfte, rief Bonni plötzlich: »Wow, das hier klebt total an meinem Löffel, das bekomme ich kaum wieder ab!«

Gwen sprang sofort neben ihre Freundin, und fasziniert starrten sie auf den Klumpen, der an dem Rührlöffel klebte und sich auch mit heftigem Schütteln nicht lösen ließ.

Mit leuchtenden Augen guckten die beiden sich an. Das sah nach einem Durchbruch an der Kleberfront aus!

Endlich konnten sie mit dem Gerüst des Laufstegs beginnen! Noch am selben Tag schafften sie es, zehn um die fünfzig Zentimeter lange Schokoladenstangen herzustellen.

Fein säuberlich legten sie sie am frühen Abend auf den Küchentisch und betrachteten das Ergebnis.

Gwen sagte mit leiser Stimme: »Eigentlich sollte der Laufsteg doch noch etwas höher werden, oder? Aber wie sollen wir es schaffen, längere Stangen zu drehen? Das bricht irgendwann weg oder wird zu dick.«

Bonni sah Gwen mit hochgezogenen Augenbrauen an. »Und nun?«

»Also, ich glaube nicht, dass wir einfach zwei Stangen aneinanderkleben können, trotz des neuen Spezialklebers. Oh Mann!«

»Ich muss gleich los. Lass uns schnell aufräumen. Morgen ist ein neuer Tag!« Und mit einem Lächeln, das sie auch in schwierigen Situationen nicht verließ, gab Bonni Gwen einen Knuff in die Seite. Dann begann sie, das Chaos zu beseitigen.

Seufzend schloss Gwen sich ihr an. Dass es dauernd Schwierigkeiten geben musste! Nun, wo der Kleber funktionierte, erreichten sie die richtige Höhe nicht. Irgendwie hatte Gwen sich ihr Projekt einfacher vorgestellt.

Aber Bonnis Summen, während sie aufräumten, und der leckere Duft in der Küche brachten Gwen schnell auf andere Gedanken. Außerdem galt es, noch weitere Fragen zu lösen: Wo sollten sie die Materialien, etwa die langen Schokostützen und Rechtecke, lagern? Und wo wollten sie die Torte Stück für Stück zusammenbauen?

Wahrscheinlich konnten sie die sechs Teilstücke samt Füllungen wirklich erst am letzten Tag herstellen und auf das Laufsteggerüst aufkleben, denn sonst würden sie ja trocken werden.

Zeit, mal über etwas anderes nachzudenken, beschloss Gwen, während sie die Arbeitsfläche neben dem Herd abwischte. »Sag mal, hat sich Lasse jetzt eigentlich schon bei dir gemeldet?«

Sie zuckte erschrocken zusammen, als Bonni den Wischlappen kraftvoll in die Spüle schleuderte, sich die Schürze herunterriss und im Rausgehen murmelte: »Ich mag grad nicht darüber reden! Bis morgen!«

Gwen wusste, dass das ein sensibles Thema war, hatte aber trotz allem nicht mit einer derart heftigen Reaktion gerechnet.

Sie sah ihrer Freundin nach. Bonni war aus der Haustür, ehe Gwen sich von ihrer Überraschung erholt hatte.

Es sah so aus, als hätte sich die Situation mit Lasse nicht verbessert. Oder war noch etwas vorgefallen? Ob Bonni immer noch glaubte, Lasse interessiere sich für Gwen?

Gwen beschloss, morgen noch einmal vorsichtig nachzufragen. Vielleicht würde es Bonni doch guttun, darüber zu reden. Und vielleicht hatte sich bis dahin noch etwas getan.

Während Gwen darüber nachgrübelte, trug sie die Schokostangen mit vorsichtigen Bewegungen in den Vorratsraum neben der Holzwerkstatt ihres Vaters. Am Ende des Raumes stand ein Tisch, auf dem Gwen ihre Schokostangen ablegen konnte. So musste es erst einmal gehen. Wenigstens wurden die Stangen hier schön kühl gehalten.

»Was sind das denn für interessante Dinger? Darf ich da reinbeißen?«

Erschrocken sah Gwen hoch. Na klar, es war Freitag, da kam

ihr Vater immer früher nach Hause. Natürlich war er auf dem Weg in die Holzwerkstatt und hatte schon wieder seine Schutzbrille auf der Nase.

Gwen schlug ihrem Vater auf die Finger, als dieser nach einer der Schokoladenstangen griff. »Nichts da, du Vielfraß! Mit deiner Brille siehst du übrigens nicht nur aus wie ein Flugzeugkonstrukteur, sondern irgendwie auch wie ein durchgeknallter Pilot.« Gwen grinste.

»Durchgeknallt habe ich überhört! Aber Pilot lasse ich mich gerne schimpfen. Und wieso darf der Pilot sich nicht mit Schokostäbchen in XXL-Format stärken?«

»Mensch, Papa, das sind doch keine Stäbchen. Fehlt nur noch, dass du sie als Erfrischungsstäbchen bezeichnest. Das sind die entscheidenden Träger der Baukonstruktion meines neuesten Projektes.«

»Du hörst dich schon an wie Mama. Seit wann bist du unter die Schokoarchitekten gegangen?«, fragte er schmunzelnd. Dieses Schmunzeln hatte Gwen schon als kleines Mädchen geliebt.

»Schokoarchitektin hört sich gar nicht schlecht an«, fand Gwen, »Mama würde das sicher freuen!«

Ihr Vater nahm die Plastikbrille ab und sah sie mit großen Augen an. »Wieso, bist du denn jetzt *wirklich* eine Schokoarchitektin?«

»Das ist eine lange Geschichte. Erst mal will ich dir nur zwei Sachen sagen! Erstens: Bitte iss in nächster Zeit nichts mehr aus dem Vorratskeller, das nach meinen Backwerken aussieht, es könnten wichtige Bauwerkteile sein! Und zweitens: Mach ruhig wieder bei deinen Kollegen Werbung für meinen Back-Blog. Da wird sich demnächst einiges tun!«

Dann nahm sie ihm die Brille aus den Händen und setzte sie ihm auf sein erstauntes Gesicht.

»Habe ich etwas verpasst?«, fragte ihr Vater.

Aber da war Gwen schon an ihm vorbei und zischte die Kellertreppe hoch.

Seit gestern konnten Punkte für die Back-Projekte der Wettbewerbsteilnehmer vergeben werden. Und Gwen wollte endlich ihr Konzept vorstellen.

Bisher hatte sie erst sechsunddreißig Punkte erhalten, und das wahrscheinlich von ihren treuesten Fans, die sowieso auf Gwens Stil schworen. Gwen war klar, dass viele Beobachter sich zurückhielten, weil sie bisher kein Wettbewerbsprojekt vorgestellt hatte.

Deshalb begann sie nun, ihre Idee von einem Mailänder Laufsteg samt Haute-Couture-Keksen detailliert auszuführen. Modern und witzig sollte es sein, Mode zum Essen und bitte vor allem lecker! In jedem Fall aber ein Unikum, das es so zuvor noch nicht gegeben hat.

Sie summte fröhlich vor sich hin, während sie ihre Ideen vor der Internetleserschaft entfaltete. Das Problem mit der Höhe des Kuchens wollte sie zunächst noch verschweigen.

Zum Schluss schoss Gwen ein paar Handyfotos von den Schokostangen im Keller und postete das Beste auf ihrem Blog. Titel: *Tag 1, die Stützen.*

Ein Blick auf Bens Blog zeigte ihr, dass auch er fleißig gewesen war. Er hatte zunächst eine unglaubliche Anzahl unterschiedlicher Back-Substanzen vorgestellt (mehr als 40!), die er für die »Multi-Konsi-Torte«, wie er sie nannte, benötigte. Gwen war beeindruckt von den vielen Namen der Substanzen, von denen sie die Hälfte noch nie gehört hatte. Damit ging es ihr wahrscheinlich wie den meisten Lesern.

Gwen vergab gleich alle zwölf Punkte, die ein Leser pro Tag vergeben durfte, an ihn und ließ ihm einen Glückwunsch da:

Coole Backmannschaft! Germany, douze points! ☺ marligen Keksgruß

Kaum hatte sie ihr E-Mail-Postfach geöffnet, da blinkte ihr auch schon eine neue Mail entgegen.

Betreff: Besser ein Ende mit Schrecken
als ein Schrecken ohne Ende

Hi, Wettbewerbs-Keks,

es ist vollbracht. Mit meiner Freundin ist es vorbei, und ich habe es geschafft, nicht so etwas Sinnloses wie »Lass uns Freunde bleiben« zu sagen. Auch das waren wir ja seit einer Weile schon nicht mehr. Was ich dir noch nicht erzählt habe: Auch bei mir gibt es schon seit einiger Zeit jemand anderen, allerdings nur die Hoffnung darauf.

Und bei dir? Nur im Backfieber, oder tut sich auch etwas an der Freund-der-besten-Freundin-Verwicklungs-Front?

Habe eben deinen Blog besucht und muss sagen, deine An-

kündigung macht mich neugierig. Werde deine Ta(r)ten verfolgen. ☺

Viel Glück und immer eine Handvoll Teig in der Springform – oder besser: keinen Sprung in der Schüssel! ☺ *Ben-der-Müde*

Gwen versuchte sich vorzustellen, wie der müde Ben wohl aussah. Es gelang ihr aber nicht wirklich, denn was sie von ihm wusste, ergab ein sehr diffuses Bild: ein Typ zwischen vierzehn (Mindestalter für Wettbewerb) und hundertvier (maximales Alter), bestens informiert über chemische Zusammensetzungen (Leseratte? Chemiker?) und stark im Experimentieren (Geschickte Hände? Labor zu Hause? Verrückte Brille?).

Er war aufrichtig seiner Freundin gegenüber und machte sich Gedanken über seine Beziehung und sein Verhalten. Außerdem hatte er aus irgendeinem Grund einen Narren an ihrem Stil gefressen. Mehr bekam sie nicht über ihn zusammen.

Am nächsten Nachmittag mussten aber erst einmal ganz andere Probleme bekämpft werden.

»Ach, Gwen!«, stieß Bonni unter Schluchzen hervor. Die beiden saßen am Küchentisch, und Bonni hatte endlich angefangen, mit Gwen über Lasse zu sprechen. Ganz offensichtlich hatten die beiden zwischenzeitlich wieder Kontakt gehabt.

»Ich verstehe mich selber nicht. Es ist eigentlich immer so schön mit Lasse. Er ist aufmerksam, macht mir tolle Komplimente, und wir lachen ganz viel.« Bei diesen Worten bekamen die Augen der Argentinierin einen verträumten Schimmer. »Aber es gibt etwas, was mich immer total irritiert.«

»Was denn, erzähl schon!« Gwen, die Bonni gegenübersaß, lehnte sich ein Stück nach vorne. Aufmerksam beobachtete sie Bonni, während diese stockend erzählte: »Heute Mittag zum Beispiel. Da haben wir uns auf sein Moped gesetzt, weil wir ein Picknick am alten Baggersee machen wollten. Der in der Nähe meiner Schule, weißt du, welcher?«

»Ja, kenne ich. Das ist doch der, an dem sich irgendwelche Idioten manchmal am Wochenende so die Birne zudröhnen, dass ihr Gesang bis zur Hauptstraße schallt, oder?«

Überrascht sah Bonni Gwen an. »Genau! Den kennst du auch schon?«

»Ja, wenn man den Wald von hier aus quasi einmal bis zum Ende durchläuft, kommt man irgendwann auf die Landstraße, hinter der der See liegt. Ich bin schon zweimal am Wochenende hingeradelt.«

Bonni nickte. »Erst habe ich mich auf dem Moped an Lasse gekuschelt. Er fühlt sich toll an, und er riecht so gut!« Bonnis Augen wurden samtweich. »Dann haben wir am Ufer gehalten. Er hatte einen kleinen Prosecco dabei …« Bonni kicherte, und Gwen fragte sich, wie viel sie davon wohl getrunken hatte.

Als sie weitersprach, war ihre Stimme aber sehr klar. »Wir haben uns auf eine Decke gesetzt, und er hat angefangen, sich eine Haarsträhne von mir um den Finger zu drehen, und ich hatte das Gefühl, dass er mir etwas Wichtiges sagen will.«

Langsam wurde Gwen ungeduldig, worauf das Ganze hinauslaufen würde. »Ja, *und*? Was hat er dir gesagt?«

»Das ist es ja. Auf einmal wirkte er ganz zerstreut, wie abgelenkt, und dann hat er mich gefragt, ob *du* romantische Picknicks am Baggersee wohl auch mögen würdest!« Mit Tränen in den Augen sah Bonni ihre Freundin an. »Wie, bitte, soll ich das denn verstehen? Was soll das ewige Gefrage nach dir? Die Stimmung war jedenfalls dahin, und Lasse musste mich sofort hierherfahren. Sein Glück, dass er wenigstens nicht wieder mit reinkommen wollte, zu der ›begabten Kunstbäckerin‹, wie er dich jetzt nennt. Pah! So ein Idiot! Vielleicht solltest wirklich *du* dich einmal mit Lasse verabreden!«

Gwen wurde heiß und kalt bei dem Gedanken an ein Date mit Lasse, und heftig entgegnete sie: »Nee, lass mal. Ich will nichts von ihm, das weißt du doch! Vielleicht war er unsicher, wie er sich in der Situation verhalten sollte! Und dann ist ihm nichts Besseres eingefallen. Jungs und Gefühle!«

Bonni sah Gwen zweifelnd an. »Wenn das so weitergeht, will ich mich bald nicht mehr mit ihm treffen! Egal jetzt, ich bin ja eigentlich zum Backen hier. Wo ist meine Schürze? Auf zum Back-Sieg!«

Und mit diesen Worten schob sie sich zwischen Tisch und Bank hervor, band sich ihre Schürze um und warf Gwen einen extrawilden Blick zu, den sie mit einem animalischen Knurren untermalte: »Grrrrr, wo sind meine Backzutaten-Opfer? Die hau ich jetzt in die Pfanne, äh, in den Topf!«

Gwen lachte. Man musste Bonnis Lebendigkeit einfach mögen. Vielleicht war Lasse ja in ihrer Gegenwart auch nur so verlegen, dass er sich nicht klar ausdrücken konnte.

Nach einem mehlverstaubten, schokoverschmierten Nachmittag, an dem die beiden leider viele der neu entstandenen Schokostangen bei dem Versuch zerbrochen hatten, sie auf eine

Länge von über fünfzig Zentimeter zu ziehen, verabschiedete Gwen ihre Freundin an der Tür. Sie nahm Bonni in den Arm und sagte entschlossen: »Okay, morgen mit gewohnter Länge. Einverstanden? Fünfzig Zentimeter hat auch seinen Charme, oder?«

Bonni grinste erleichtert. »Dachte schon, du bleibst stur. Gute Entscheidung! Bis morgen zur Kurzvariante!«

Gwen sah ihr nach und hielt ihr Gesicht in die Abendsonne. Es roch nach Sommer und blühenden Heckenrosen.

Beschwingt von ihrem neuesten Entschluss, setzte sie sich auf die aufgeheizten Treppenstufen und holte ihr Handy hervor, das mit einer leichten Mehlschicht überzogen war. Ein kurzer Blick auf ihren Blog zeigte ihr, dass ihr Post von gestern zwar noch nicht wirklich gezündet hatte, aber ein paar weitere Punkte hatte es ihr schon gebracht.

Zum ersten Mal wagte Gwen, auf das Ranking zu schielen: Sie lag zurzeit auf Platz 41. Das war zwar nicht gerade glorreich, aber immerhin solides Mittelfeld. Und da die Abstimmung erst seit Kurzem lief, blieb sie optimistisch. Es musste doch zu schaffen sein, unter die ersten zwanzig zu kommen!

Heute verkündete Gwen auf ihrem Blog die geplante Größe des Bauwerks: zwei Meter lang und knapp fünfzig Zentimeter hoch. Damit würde sie die größte und längste Torte des Wettbewerbs backen.

Na, noch ein letztes Wort zu Ben-dem-Wettbewerbsgegner?, überlegte Gwen. Lieber nicht. Denn er hatte sich heute auch noch gar nicht bei ihr gemeldet, wie sie enttäuscht feststellen musste.

Ein Knallen. Stille. Dann wieder ein Knallen. Gwen schreckte hoch. In ihrem Zimmer war es stockdunkel.

Was war das? Ein Blick auf ihr Handy sagte ihr, dass es kurz nach zehn war. Sie war heute früh schlafen gegangen.

Wie erstarrt zog sie ihre Bettdecke fester um sich und lauschte in die Dunkelheit. Hatte sie nur geträumt? Doch dann hörte sie ein Knarren und Knarzen aus dem Garten. Ihr Herz schlug ihr bis zum Hals.

Sie schlich zum Fenster und spähte in die Dunkelheit hinaus. Als sich plötzlich auf der anderen Seite der Fensterscheibe ein Gesicht vor ihres schob, taumelte Gwen nach hinten und schlug sich die Hand vor den Mund, um nicht loszuschreien. Ihr Herz fühlte sich an, als würde es ihr gleich aus der Brust galoppieren.

Weit aufgerissene Augen starrten ihr entgegen.

Dann erkannte Gwen, wer es war. Und dass sein Gesicht sich nicht vor Schreck wegen ihr so verzerrt hatte, sondern weil er gerade Gefahr lief, die 3,50 Meter, die er sich an der Regenrinne hochgezogen haben musste, hinunterzustürzen.

Gwen riss das Fenster auf und zog Lasse ein Stück weit an den Schultern auf die Fensterbank.

Er krallte sich sofort fest und murmelte mit gepresster Stimme: »Danke, Gwen! Darf ich reinkommen?«

Und obwohl Lasses Kopf hochrot vor Anstrengung war, dachte Gwen nicht daran, diesen Kerl in ihr Zimmer zu lassen.

»Sorry!«, zischte sie. »Keine gute Zeit für Besuche! Du spinnst wohl!«

»Hör mal, ich muss mit dir reden. Aber wann soll ich das

tun? Tagsüber bist du ja ständig mit Bonni zusammen. Und die darf nicht wissen, dass ich mit dir spreche. Und nach deiner Handynummer frage ich sie besser auch nicht. Also los, lass mich bitte rein. Ich will dir endlich persönlich erzählen ... ahhhhhhhhhhh!«

Und dann hörte Gwen nur noch einen dumpfen Aufprall. Mit beißend schlechtem Gewissen beugte sie sich aus dem Fenster und rief: »Oh nein, hast du dir wehgetan?«

Von unten war ein Rascheln und Stöhnen zu hören, dann rief Lasse: »Nö, wieso? Ich habe nur einen Wirbelsäulenbruch, drei Handverrenkungen, vier Nasenbrüche und ein Auge ... ach ja, hier, da liegt es ja, ein bisschen matschig, aber das kann man vielleicht wieder einsetzen. Und sonst? Ja, sonst, danke der Nachfrage, geht es mir wirklich fantastisch! Ach, übrigens: Mir reicht's jetzt! Wenn du es nicht hören willst, dann eben nicht! Ich jedenfalls habe mein Bestes gegeben.«

Was für ein Auftritt! Aber Gwens Wut auf Lasse war schnell verraucht, und sie wälzte sich noch lange im Bett herum. Hätte sie ihn doch besser hereinlassen sollen?

Es war alles so schnell gegangen, und im ersten Moment hatte es sich falsch angefühlt, den Freund ihrer Freundin im Dunkeln durch ihr Fenster zu lassen. Dass er sich verletzen könnte, daran hatte sie nicht gedacht!

Aber was kletterte er auch abends an ihrer Wand hoch?! Konnte sie das nun Bonni erzählen oder nicht? Und was, um Himmels willen, hatte er ihr bloß sagen wollen?

»Ich muss dir unbedingt was erzählen! Es ist gleichzeitig toll und furchtbar!« Bonni war so aufgeregt, dass sie die Begrüßung einfach übersprang.

»Okay?! Komm erst mal rein, Bonni.«

Während Gwen und Bonni automatisch in die Küche liefen, redete Bonni weiter. »Sie wollen mir eine Chance geben.«

»Hä, wer?« Gwen verstand nur Bahnhof.

»Na, meine Schule. Meine Mutter hat heute einen Brief bekommen. Ich soll ein Referat ausarbeiten, das ich so schnell wie möglich schriftlich abgeben soll. Und dann muss ich das Referat vor einem kleinen Gremium aus drei Lehrern halten – in der Woche vor Schulbeginn. Sie schreiben, sie wollen noch einmal prüfen, ob der Schulwechsel wirklich berechtigt ist. Falls ich bei dem Referat gut abschneide, muss ich noch eine halb mündliche, halb schriftliche Nachprüfung mit dem Rektor bestehen.«

Mit großen Augen starrten sich die beiden nun an.

»Meinst du, mein Besuch bei Frau Graulingen hat doch was gebracht?«, fragte Gwen.

»Auf jeden Fall! Die dürfen jetzt bestimmt nur nicht zugeben, dass sie einen Hinweis bekommen haben. Sonst versucht das nachher jeder. Und es lässt sie auch nicht gerade fähig wirken, oder? Vielleicht ist Frau Graulingen aufgefallen, dass sie mich gar nicht richtig gefördert hat.« In Bonnis Augen standen Tränen. »Das hat sie nämlich nicht. Sie war immer mit den Störenfrieden in der Klasse beschäftigt.«

Gwen schwieg verblüfft. Schließlich sickerte die Information, dass Bonni eine neue Chance bekommen hatte, endlich bis in ihr Hirn durch. »Wow, wie cool, Bonni. Denen zeigst du es jetzt!«

Bonnis Augen funkelten auf, dann runzelte sie jedoch die Stirn. »Von wegen. Keine Ahnung, wie ich das hinbekommen soll. Ich bin zwar viel besser im Schreiben geworden, aber ob es reicht?«

»Pass auf, das machen wir zusammen! Ich bin eigentlich ganz gut in Deutsch.«

Voller Tatendrang schob Gwen die vorbereiteten Back-Utensilien zur Seite, holte ihr Tablet von oben und erarbeitete mit Bonni – nach kurzer Diskussion – ein umfangreiches Referat zum Thema: »Die Bedeutung von Backwaren in den unterschiedlichen Kulturen am Beispiel von Argentinien und Deutschland«. Dazu fielen den beiden zahlreiche Ideen ein, und mithilfe des Internets ergänzten sie so manches Halbwissen durch Fakten.

Am Ende saßen sie mit qualmenden Köpfen, aber zufrieden vor einer sechsseitigen Ausarbeitung. Und während Bonni den Text immer wieder laut vorlas, um möglichst auch eine korrekte Aussprache einzuüben, backte Gwen schnell ein paar Belohnungs-Muffins für sie.

Als Bonni schließlich selbstbewusst vor dem Kühlschrank stand und den Text fast auswendig und akzentfrei vortrug, lachte Gwen sie glücklich an. Das musste einfach gut ausgehen! Sie schmiss ihrer Freundin einen Schoko-Muffin zu und biss selbst herzhaft in einen hinein.

Manchmal mussten Wettbewerbsvorbereitungen eben warten ... Genau wie die News, dass Lasse gestern vor ihrem Fenster aufgetaucht war. Bonni war eh schon so aufgewühlt, da musste sie ihr das nicht auch noch zumuten.

Beim Abendbrot löcherten ihre Eltern sie zum Wettbewerb und waren erst zufrieden, als Gwen ihnen ihre Pläne detailliert verraten hatte.

Gwens Mutter klopfte Gwen auf die Schulter und meinte lachend: »Also doch eine Architektin, unsere Tochter.«

Es war ein offenes Geheimnis, dass sich Gwens Mutter sehnlichst wünschte, ihre Tochter hätte ihre Leidenschaft für Architektur und Kunstgeschichte geerbt und würde später einmal ihr Büro übernehmen. Gwen und ihr Vater sahen sich augenrollend an.

»Schokoarchitektin vielleicht!« Nun klopfte Gwen ihrerseits ihrer Mutter grinsend auf die Schulter und schlüpfte durch die Küchentür hinaus, um die Lage beim Wettbewerb zu checken.

Sie war auf Platz 47 zurückgefallen! Die Leser hatten für null Informationen heute eben auch null Punkte vergeben. So waren andere Teilnehmer an ihr vorbeigezogen. Mist!

Da Gwen aber weiterhin nichts Neues zu berichten hatte, außer dass sie jetzt ein Referat über deutsches und argentinisches Backverhalten runterbeten könnte, öffnete sie ihren Blog erst gar nicht, sondern rief sofort ihre Mails ab.

Keine neuen Nachrichten.

Sie biss sich auf die Unterlippe. Wieso schrieb Ben nicht mehr? War er so intensiv in sein Projekt vertieft? Aber die eine oder andere Bemerkung hatte er doch immer für sie übriggehabt. Gwen war erstaunt, dass ihr das offensichtlich fehlte. Sie gab sich einen Ruck und schrieb selbst.

Hey, im Wettbewerb Abgetauchter!

Glückwunsch zu Platz 29 im Ranking, das ist mit Sicherheit noch nicht der Endstand! Ich werde dir gleich noch weitere Punkte schenken, denn weißt du was? Ich würde dich eigentlich gern im Fernsehen sehen. ☺

Gestern gab es eine Fortsetzung meiner verworrenen Beziehungsdickicht-Geschichte: Einer der Protagonisten ist abends im Dunkeln (!) an unserer Regenrinne hochgeklettert und hat versucht, in mein Zimmer einzudringen. Okay, zugegeben, das hört sich etwas dramatischer an, als es war, aber erschreckt hab ich mich schon. Leider ist es der Protagonistin (sprich mir) nicht gelungen, dem Fremden sein (sicher dunkles ☺) Geheimnis zu entlocken, da sie sich leicht dämlich angestellt hat – das muss sie zugeben.

Tja, und nun bin ich so schlau wie zuvor. Dieser Junge, um den es in dieser Geschichte geht, wirkt jetzt noch undurchschaubarer auf mich … sehe mich gezwungen, arglose Freundin vor ihm zu warnen.

Und ansonsten? Die Kuchenkunst stagnierte heute leider aufgrund von schulischen, geradezu überlebenswichtigen Aufgaben der Freundin.

Also, viel Kuchenglück und morgen vielleicht mehr,

Gruß vom Keks

Gwen saß noch eine geschlagene halbe Stunde vor dem Tablet und tat nichts anderes, als in regelmäßigen Abständen über die Oberfläche zu wischen, um den Bildschirmschoner zu verscheuchen und auf ihren Posteingang zu starren. Wo blieb die Nachricht von Ben, dem Kerl mit dem intravenösen Anschluss ans Internet?

Irgendwann gab Gwen auf und fuhr das Tablet herunter. Was war los mit Ben? Verbrachte er vielleicht gerade Zeit mit der Person, auf die er schon lange hoffte, wie er Gwen geschrieben hatte? Dann würde er sicher demnächst weniger Zeit für Post an Gwen haben.

Sie seufzte tief und schlüpfte in ihr Nachtshirt. Na, dann eben nicht. Sie würde auch ohne ihn zurechtkommen. Oder?

yum
BLOGGER TOOLS
OH..
KAY!?

18

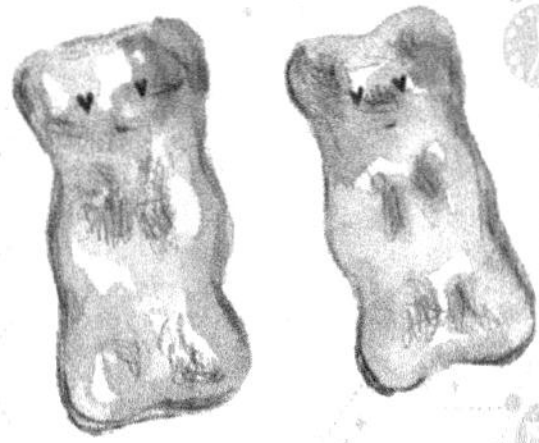

Heute konnte Gwen nicht mit dem Backen auf Bonni warten. Nachdem sie einen Tag ausgesetzt hatte, juckte es ihr in den Fingern, anzufangen. Sie stellte verschiedene Cremesorten her, mit denen sie den Kuchenteig der Laufstegabschnitte füllen wollte. Nach kurzer Zeit strömte der Duft von Bourbon-Vanille, Zitrone, Haselnuss sowie Pistazienschaum und weißer Mousse au Chocolat durch die Küche. Gwen beugte sich tief über die Rührschüsseln und sog den Geruch mit einer Intensität ein, als bräuchte sie ihn zum Überleben. Sie grinste glücklich. Solange es weiße Schokolade in Mousseform gab, ging es ihr gut.

Nur kurz mal zwischendurch, aber nicht weniger lecker: Weiße Mousse au Chocolat! Ich liebe diese Creme – köstlich wie dunkle Mousse, aber irgendwie durch die Farbe noch eleganter, finde ich. Unaufdringlich festlich und hochzeitlich schick. Aber probiert selbst, wenn ihr Lust habt:

1 Blatt Gelatine
1 Ei
20 g Puderzucker
50 ml Milch
150 g weiße Schokolade
200 g Schlagsahne

Weiche die Gelatine wie auf der Packungsanweisung angegeben ein.
Trenne das Eigelb vom Eiweiß. Verrühre Eigelb, Zucker und Milch in einem Topf und bringe alles bei mittlerer Hitze zum Kochen. Lass das Ganze nun unter Rühren eindicken. Gib diese Mischung in eine Schüssel.
Brich die weiße Schokolade in Stückchen und schmelze sie in einem Topf bei milder Hitze unter Rühren. Hebe sie dann unter die Milchcreme.
Mische das nach den Angaben aufgelöste Gelatineblatt unter die Creme.
Schlage das Eiweiß mit dem Handrührgerät zu steifem Schnee. Schlage nun auch die Sahne steif und hebe sie mit dem Eischnee vorsichtig unter die Creme.
Verteile die Mousse au Chocolat in vier Gläser und stelle sie am besten über Nacht in den Kühlschrank.
Die Mousse erhält eine besondere Geschmacksnote, wenn man einen Esslöffel Schoko-Sahne-Likör unter die Milch mischt.
Mmmhhh, meine Mousse steht hier gerade vor mir und sieht sooo appetitlich aus. Ich werde wohl gleich noch einmal

testen müssen, ob sie wirklich noch so gut schmeckt wie vor zehn Minuten. Testen ist wichtig für echte Bäcker. ☺

Testigen Gruß vom

marla.keks

Als Bonni strahlend die Küche betrat, erschien das Gwen nur folgerichtig. Der Anblick wunderbarer Mousse erzeugte hervorragende Stimmung.

Aber Bonnis gute Laune hatte noch einen ganz anderen Grund: Sie hatte gestern Abend das Referat an ihre Lehrer gemailt und von zweien kurz darauf eine Antwort erhalten, die positiv überrascht klangen. Die erste Hürde schien sie genommen zu haben.

Zum »Anstoßen« auf diese gute Nachricht füllte Gwen etwas von der weißen Mousse au Chocolat in zwei Sektgläser, und mit geschlossenen Augen löffelten sie die Creme.

Das brachte Gwen auf eine Idee. Sie machte mit ihrem Handy ein Foto von Bonni, wie sie mit Genießermiene die Mousse aß. Das würde sie heute Abend zur Untermalung ihres Rezeptes auf ihrem Blog posten. Untertitel: *So schmeckt übrigens die Füllung von Laufstegabschnitt zwei.*

An diesem Nachmittag gelang den beiden noch mehr als nur ein witziges Foto. Vier Stunden lang wirbelten sie herum, balancierten Wasserbäder, Schokomasse, Gummibärchen sowie Schokostangen und Rechtecke durch die Küche.

Erst als Bonni eine halbe Packung Gummibärchen neben das Wasserbad schüttete statt hinein und diese sofort auf der heißen Herdplatte daneben zu stinken anfingen, rief Gwen: »Stopp! Schnell, Herd aus, aufräumen und Schluss für heute! Sonst kokeln wir noch das Haus ab. Mir geht auch schon alles schief. Ich kann nicht mehr!«

»Oje, es ist ja schon halb acht! Ich muss schnell los, sonst macht meine Mutter Ärger. Aber wir haben heute viel geschafft! Obwohl ich dauernd an diese Nachprüfung denken muss. Oh Mann!«

Gwen sah sie mitfühlend an. Das würde ihr genauso gehen. Vielleicht war es ganz gut, dass sie ihr etwas verrücktes Lauf-steg-Projekt hatten, das bedeutete wenigstens ein bisschen Ablenkung für Bonni.

Bonni stellte sich vor die beachtliche Anzahl von Schokoplatten, Gläsern mit Gummibärchenkleber und Cremeproben, die sie am vorletzten Wettbewerbstag in größerer Menge herstellen und in die Teigauflagen füllen wollten.

Gwen trat neben Bonni, legte ihr den Arm um die Schultern und seufzte zufrieden: »Morgen können wir anfangen, das Gerüst zusammenzukleben. Hoffentlich klappt das wirklich alles auch in groß!«

Als sie einen Schlüssel im Schloss hörten, sprangen sie los, um ihre heutige Ausbeute in den Vorratskeller zu verfrachten.

Im Flur begegnete ihnen Gwens Mutter, die den Transport der ungewöhnlichen Teile mit neugierigem Blick verfolgte. In der Küche sah sie sich zunächst in alle Richtungen um, bevor sie fragte: »Gab es hier einen Meteoriteneinschlag?«

Gwen und Bonni sahen sich an und lachten. »Die Grundlage von Kunst ist Chaos!«, behauptete Gwen. »Aber keine Angst, wir räumen gleich noch auf, damit du deine spießige Musterküche wieder vorzeigen kannst.«

»Du hast Glück, dass unser großes Bauvorhaben am Engelsberg heute endlich genehmigt wurde, sonst würde ich bei dem Wort *spießig* doch noch einmal nachhaken. Aber was soll's, meine Laune ist einfach zu gut.« Mit einem Augenzwinkern zog sich Gwens Mutter aus der Küche zurück.

Und Gwen hatte nicht zu viel versprochen. Fünfzehn Minuten später hatten sie die Küche in ihren ursprünglichen Zustand zurückversetzt, und Bonni eilte mit zwei Tupperdosen voller Testcremes für ihren Onkel Alfonso nach Hause. Die restlichen Cremes wurden beim Abendbrot von Gwens Eltern unter vielen »Ahs« und »Mmhs« getestet.

Am späten Abend fotografierte Gwen die Schoko-Baumaterialien im Keller und postete die Bilder auf ihrem Blog, um den Fortschritt ihres Projekts zu dokumentieren. Dazu kam der Schnappschuss von Bonni. Wenn der mal nicht neugierig auf die Füllungen machte!

Ein paar Minuten später bekam sie bereits die erste Rückmeldung.

motzkopf
Und was soll das sein? Man kann ja nicht einmal erkennen, woraus die Sachen gefertigt sind. Wer sagt mir denn, dass die wirklich aus Schokolade sind und nicht aus irgendeinem angepinselten Sperrholz? Weißt du was, ich gebe dir allein deshalb schon alle Punkte für heute, damit ich dich im Fernsehen sehen darf. Da musst du dann nämlich wirklich zeigen, was du kannst, und kannst nicht mit irgendeinem Fake hantieren.
So leicht lasse ich mich nicht übers Ohr hauen!
Schönen Abendgruß noch!

Tatsächlich, Gwens Gesamtpunktzahl war soeben um zwölf Punkte gestiegen. Die mussten von ihm oder ihr sein.

In Gwens Kopf begann ein Gedankenwirbel. Sofort war die Angst zurück, dass sie sich mit der Teilnahme am Wettbewerb gehörig übernommen hatte. Auf einmal wurden noch viel mehr Leute auf ihren Blog und ihr Backen aufmerksam.

Wie schafften andere das? Und plötzlich wollte sie genau das Ben fragen. Es war ihr egal, dass Ben immer noch nicht geantwortet hatte, denn es tat ihr trotzdem gut, ihm zu schreiben.

Lieber Backfreund,

wie hältst du das eigentlich aus, dass dich nun jeder Idiot anfeinden kann, nur weil du an dem Wettbewerb teilnimmst?

Und außerdem: Guck doch bitte schnell auf meinen Blog und sag mir, ob man bei den Materialien auf den Fotos erkennen kann, dass sie aus Schokolade sind, oder nicht. Abendgruß,
zweifelkeks

Was sollte sie machen, wenn er wieder nicht antwortete? Bei der Vorstellung, dass er vielleicht *nie mehr* antworten würde, wurde ihr ganz flau im Magen.

Doch dann, eine halbe Stunde später, die Gwen hauptsächlich mit Warten verbrachte, kam endlich das ersehnte Aufleuchten in ihrem Postfach.

Du zweifelkeks, einen mehligen guten Abend!

Ich stecke noch mitten in der Arbeit an meinem Werk, das heute überhaupt nicht so wird, wie ich will, und ich kämpfe mal wieder mit der richtigen Zusammensetzung der einzelnen Zutaten. Zurzeit läuft mir jede Masse weg, ich brauche also dringend stabilisierende Faktoren, alles ist zu weich. Mal sehen, was sich da heute Abend noch machen lässt. Es ist auch wenig hilfreich, dass meine Mutter alle Viertelstunde ihren Kopf zur Küchentür reinsteckt und mich immer mit diesem genervten Unterton fragt, ob ich noch lange brauche. Vielen Dank auch!

Na ja, shit happens dauernd und immer wieder und überhaupt ... Bei dir ja auch, wie das Fensterdrama mit der sturköpfigen Protagonistin gezeigt hat! Allerdings hätte ich es wahrscheinlich genauso gemacht, jedenfalls, wenn ich ein Mädchen wäre. ☺ Aber vielleicht solltest du dir doch einmal anhören, was der Typ eigentlich zu sagen hat. Macht dich die Neugier nicht wahnsinnig? Oder hast du Angst davor, was du zu hören bekommen könntest?

Falls du dich wunderst: Ich konnte die letzten beiden Tage nicht schreiben, weil ich mich mit jemandem gestritten habe, der mir sehr wichtig ist. Ich habe da ein Problem an der Backe, mit dem ich nicht ganz klarkomme. Ich arbeite daran. Aber das möchte ich dir lieber ein anderes Mal erzählen.

Jetzt sollte ich schnell wieder in die Küche, bevor meine Mutter die Gelegenheit nutzt und meine Ausrüstung deinstalliert. ☺

Dein Mitbewerber ☺

PS: Eben kurzen Blick auf deinen Blog geworfen. Bilder bestens. motzkopf hat – worauf sein Name schon hindeutet – wahrscheinlich Probleme mit sich selbst. ☺ Vergiss ihn. Aber Punkte darf er gerne geben!

Gwen las den letzten Absatz noch mal. Und noch mal.

Irgendwie gelang es Ben immer, durch eine einzige Bemerkung ihre Welt wieder geradezurücken. Sie spürte, wie ihre Zuversicht zurückkam. Eins war klar: Gäbe es Ben nicht, gäbe es den Laufsteg wohl auch nicht.

Die nächsten beiden Tage vergingen wie im Flug. Bonni und Gwen gelang es, ein Gerüst zusammenzubauen, das mit seiner Länge und seinen Stützen in filigranem Muster selbst wie ein kleines Kunstwerk wirkte. Die verbleibenden fünf Tage bis zum Wettbewerbsende wollten sie sich mit dem Einbau der letzten Rechtecke sowie dem Kuchenteig darauf, den Füllungen und den restlichen Keksen beschäftigen.

Sie fühlten beide eine ständige Unruhe, als wären sie von einem inneren Motor angetrieben, der sich kaum mehr abstellen ließ. Selbst nachts gab es keine Ruhe, und Crememassen,

Punkte und Rankings sowie zerbrechende Schokorechtecke geisterten durch ihre Träume.

Der Ton in den Mails zwischen Ben und Gwen war immer vertrauter geworden, und es schien, als wollte Ben sie durch provokante Bemerkungen zu Höchstleistungen anspornen. So schrieb er am Abend des neunten Tages, nachdem Gwen gerade ein Foto des fast fertigen Grundgerüstes auf ihrem Blog hochgeladen hatte:

Hey, hey, Fashion-Marla,

jetzt wird das Ganze aber ultraschick! Sieht echt gut aus, und ich werde gerade etwas neidisch, das muss ich zugeben. Das hat ja richtig Chancen, eine spektakuläre Sache zu werden! Aber ich fürchte, dass dir da eins im Wege stehen wird: Das Montieren der letzten Stangen und Schokorechtecke darfst du nicht unterschätzen. Und dann stehst du erst vor dem eigentlichen Problem: Dieses Grundgerüst wird kaum Lasten tragen können, ohne einen Abgang zu machen. Außer du stellst einen federleichten Teig mit leichten Füllungen her. Und selbst dann könnte das am Schluss zu schwer werden, die Kekse sollen ja auch noch darauf liegen/stehen, was auch immer. Tja, keksi, nice try, aber ich denke, das könnte nur ein wahres Genie schaffen – und das sitzt ja in Patagonien, wie wir wissen. ☺

Solltest du es allerdings wider Erwarten schaffen, katapultierst du dich damit garantiert unter die ersten zehn!

Wünsch dir alles Gute!

Gehetzter Gruß aus dem Backstudio, Ben

Gwen war sich nicht ganz sicher, ob Ben nun wirklich Zweifel an ihren Fähigkeiten bekam oder nicht. In jedem Fall spornte es sie an.

Unter die ersten zehn würde sie es natürlich nie schaffen, sie hatte die Back-Blogs der Bestplatzierten durchstöbert und war schwer beeindruckt gewesen. Das waren ganz offensichtlich alles erfahrene Küchenprofis, wenn vielleicht auch manchmal etwas einfallslos.

Gwen selbst stand mittlerweile auf Platz 29. So weit war es nicht mehr bis zu ihrem selbst ernannten Ziel, unter die Top 20 zu kommen.

Aber die Zeit wurde tatsächlich knapp.

Lasse hatte sich bei ihr nicht mehr gemeldet, und wie er es mit Bonni hielt, wusste sie nicht. Gwen stieg da einfach nicht durch. Sie hätte schwören können, dass Lasse ganz verliebt in Bonni war, aber sie konnte sich auch irren, sie war ja nicht gerade ein Profi in Liebesdingen. Sie hatte bisher auch nicht den Mut gehabt, Bonni von dem nächtlichen Besuch zu erzählen.

Manchmal kam Bonni mit verweinten Augen zu ihr. Da sie nicht darüber reden wollte, war klar, dass es nur wegen Lasse sein konnte, denn er war weiterhin ein merkwürdiges Thema zwischen den Mädchen geblieben. Bonni tat ihr leid, Gwen bemühte sich sehr, ihre Freundin während der langen Back-Sessions abzulenken.

Sie kamen gut voran, und ein inneres Kribbeln begleitete Gwen durch jeden Tag, als hätte sie eine ganze Schmetterlingszucht im Magen, die ihr unheimlich viel Energie verlieh. Es setzte ein, wenn sie morgens die Augen aufschlug und ihr sofort der Laufsteg einfiel, und es endete erst, wenn sie spätabends in einen tiefen Schlaf sank.

Was für ein Glück, dass ihre Mutter vor Kurzem freudestrahlend verkündet hatte, sie seien jetzt finanziell über den Berg und die Besichtigungen könnten erst einmal eingestellt werden! So konnte Gwen zum Teil mehr als vierzehn Stunden täglich an dem Schokoladenbauwerk bauen. Sie begann schon, bevor Bonni gegen neun Uhr zu ihr kam, und hörte in der Regel erst gegen 23 Uhr auf, Stunden nachdem ihre Freundin sich verabschiedet hatte. Danach dokumentierte Gwen die Fortschritte mithilfe von Handyfotos und lud sie mit kurzen Erklärungen in ihrem Blog hoch. Nach einem kurzen »Mail-Schnack« mit Ben, wie sie es nannte, fiel sie dann todmüde ins Bett.

Die ganze Mühe schien sich zu lohnen, denn Gwen bekam deutlich mehr Punkte von den Lesern als in den ersten Tagen, und so las sie am Abend des elften Tages mit großen Augen, dass sie soeben auf Platz 22 des Rankings gelandet war. Wow!

Als sie am Morgen des zwölften Tages aufwachte, gesellte sich zu dem bereits vertrauten Kribbeln ein nervöses Zucken am rechten Auge. Denn sie hatte nur noch heute und morgen Zeit: Morgen, 24 Uhr, war Wettbewerbsschluss. Dann war das Ranking endgültig. Das bedeutete vor allem eins: Bonni und sie mussten heute fertig werden, damit die Leute noch genug Zeit hatten, ihr Werk anzusehen und eventuell mehr Punkte zu geben.

Gwen wusste, dass das ein straffes Timing war, denn eine der Laufstegplatten sollte noch angeklebt werden. Das stellte eine unheimliche Fummelarbeit dar, und erfahrungsgemäß zerbrach die Platte dabei schnell und musste ersetzt werden.

Außerdem wollte sie noch drei leichte (also möglichst schaumige, aber zugleich einigermaßen feste) Cremes erfinden, mit denen sie den Biskuitteig auf der Lauffläche füllen könnte.

Ganz davon abgesehen, dass die drei bereits feststehenden Cremes heute frisch hergestellt und zwischen die beiden Biskuitschichten gefüllt werden sollten.

Außerdem hatte sie die zwölf Rechtecke Biskuitboden dafür noch nicht gebacken. Ach ja, und natürlich fehlten dann noch bergeweise Kleid-, Handtaschen-sowie Pumpskekse, laufstegreif verziert, versteht sich.

Oje.

Das war ein wahnsinniges Pensum, aber Gwen war entschlossen, es zu schaffen. Glücklicherweise konnte Bonni heute besonders früh kommen. Sie wollten um acht loslegen.

Gwen schwang die Beine aus dem Bett, als sie sah, dass ein Blinken auf ihrem Handy eine neue WhatsApp ankündigte. Sie war von Bonni.

MEINE MUTTER HAT GESTERN ABEND EINEN BRIEF GEFUNDEN,
DER HINTER UNSERE KOMMODE GERUTSCHT WAR UND DORT WOHL
SCHON EIN PAAR TAGE LAG. AUFREGEND. DER KÖNNTE ALLES ÄNDERN.
ICH HABE DIE GANZE NACHT GEGRÜBELT, WIE ICH ES MACHEN SOLL.
ABER ES IST EGAL, WAS ICH MACHE, ES IST IMMER FALSCH.
ICH KOMME JETZT UND ERKLÄRE DIR ALLES. BIS GLEICH!

Gwens Herz rutschte ihr in die Hose. Was hatte das zu bedeuten? Das klang nicht gut. Sie kam aber nur dazu, *??????* zu schreiben, da klingelte es bereits.

Gwen zog sich schnell was über und rannte zur Tür. Bonni sah sie mit sorgenvoller Miene an. Sie machte keine Anstalten, hereinzukommen.

»Mensch, was ist denn los?«

Verheult kannte sie Bonni ja schon, aber dabei hatte sie immer eine trotzige Energie versprüht, sodass Gwen wusste, sie würde damit fertigwerden. Doch nun sah sie eher wie ein verschrecktes Reh aus, das dem Autofahrer, der sie gleich überfahren würde, ins Gesicht sah.

»Bonni, jetzt sag schon!« Es gelang Gwen, ihre Freundin ins Haus zu ziehen und die Tür hinter ihr zu schließen. Was war bloß passiert?

»Ich weiß nicht, was ich machen soll! Mir ist total klar, dass du mich heute dringend brauchst und dass wir heute fertig bekommen wollten, wofür wir wie die Verrückten gearbeitet haben, die ganzen Wochen. Und du bist so knapp vor Platz 20. Heute könnten wir es allen zeigen!« Bonni holte hektisch Luft und knetete ihre Finger.

Gwen wurde schlecht. Wollte Bonni ihr etwa sagen, dass sie heute keine Zeit hatte? Sie konnte sie doch nicht gerade heute hängen lassen!

Da sprach Bonni schon weiter: »Gestern haben wir den Brief von der Schule gefunden. Darin steht, dass ihnen mein Referat sehr gut gefallen hat und dass sie für morgen Vormittag eine Konferenz einberufen haben, in der ich es vortragen und außerdem gleich noch eine zusätzliche Aufgabe bewältigen soll. Das kommt jetzt viel schneller als gedacht, und der Direktor wird auch da sein.« Bonni holte tief Luft. »Und weißt du, was die Aufgabe ist? Ich muss die ersten beiden Kapitel von *Nathan und seine Kinder* schriftlich zusammenfassen und morgen daraus vorlesen sowie Fragen beantworten können. Ich soll zeigen, dass mein Deutsch mündlich *und* schriftlich für diese Aufgabe reicht. Verstehst du, Bonni, wenn ich das morgen gut mache, dann darf ich in meiner Klasse bleiben. Dann kann ich das Gym versuchen und vielleicht dort Abi machen und studieren ...« In Bonnis Gesicht lag so viel Hoffnung, dass es kaum auszuhalten war.

Dann verdüsterte sich ihre Miene, und sie sagte leise: »Aber was passiert mit unserem Kuchen-Projekt? Du kannst das nicht allein schaffen!«

Ein metallischer Geschmack breitete sich in Gwens Mund aus. Bonni hatte recht: Alleine konnte sie es nicht schaffen. Aber für Bonni stand alles auf dem Spiel. Sie musste sich auf diese Prüfung so gut vorbereiten, wie sie nur konnte. Gwen konnte auf keinen Fall von ihr erwarten, hierzubleiben.

Einige Sekunden verstrichen, in denen die beiden sich still ansahen. Bonnis gequälter Gesichtsausdruck zeigte, wie schwer ihr die Entscheidung gefallen war.

Schließlich gab Gwen sich einen Ruck und sagte mit möglichst lockerer Stimme: »Ach, weißt du, ich habe ja noch den ganzen Tag Zeit!«

Aber dann kam ihr ein Gedanke, der sich schmerzhaft in ihrem Hirn festkrallte und sie nicht mehr losließ. Würde Bonni die Nachprüfung überhaupt ohne ihre Hilfe schaffen? Musste *sie* nicht *ihre Freundin* unterstützen statt andersherum? Und war ihr Kuchen-Laufsteg im Vergleich zu Bonnis Zukunft nicht nur alberne Spielerei?

Gwen räusperte sich mehrmals, dass es fast im Hals schmerzte, dann endlich fasste sie den Gedanken in Worte: »Komm, wir arbeiten heute lieber an deiner Zusammenfassung als an dem Steg!«

Aber Bonni schüttelte energisch den Kopf. »Oh nein, du beendest hier schön unser Fashion-Baby. Ich habe schon Lasse gefragt«, und nun wurde Bonnis Stimme ganz leise, »und er will mir helfen. Sie hatten das Buch auch gerade in Deutsch. Er kommt in einer halben Stunde zu mir. Zu irgendwas muss diese Schweinebacke ja wohl nützlich sein! Zu allen anderen Treffen hatte er ja angeblich immer keine Zeit mehr gehabt. Aber ein bisschen Ehrgefühl hat er wenigstens doch noch ...« Dann lächelte Bonni etwas hilflos. »Meine Freundinnen sind alle noch verreist.«

Gwen öffnete und schloss den Mund mehrmals, ohne einen Laut hervorzubringen. Sie wusste, was es für Bonni bedeuten musste, Lasse um Hilfe zu bitten. Obwohl sie annahm, dass er ein komisches Spiel mit ihr trieb, und obwohl sie noch immer schwer in ihn verliebt war.

Schließlich sah Gwen ihre Freundin erleichtert an und sagte: »Okay, du tust also was für deine Schulkarriere, und ich versuche, unsere Back-Ehre zu retten. Einverstanden?«

»Einverstanden!«, entgegnete Bonni dankbar. Sie nahm Gwen fest in den Arm. »Viel Glück!«, flüsterte sie.

Das konnte Gwen jetzt wirklich gebrauchen!

Am liebsten wollte Gwen sich einfach hinsetzen und heulen. Sollte sie das Unmögliche überhaupt versuchen?

Wie sollte sie zum Beispiel das Schokorechteck ohne Hilfe auf der Unterkonstruktion festkleben? In der Regel funktionierte es viel besser, wenn man vier Hände hatte, um alle Seiten festzuhalten, bis der Gummibärchenklebstoff getrocknet war und hielt. Und einer musste auch prüfen, ob das Rechteck gerade auflag, und dafür hin und wieder alles aus einer Entfernung begutachten, während der andere es zurechtschob.

Ihre Eltern kamen nicht vor halb acht nach Hause. Außer Bonni hatte Gwen hier noch keine Freunde gefunden, und Frau Cordoba würde erst morgen wieder zum Saubermachen kommen.

Frustriert ließ Gwen sich auf einen der Stühle sinken und starrte auf die Kücheninsel.

Und dann war auf einmal alles klar. Es war ihr plötzlich egal, ob sie es schaffen würde, den Lesern noch heute Abend einen fertigen Mailänder Laufsteg mit Haute Couture zu präsentieren oder nicht. Sie wollte auf alle Fälle an diesem wirklich außergewöhnlichen Kuchenvorhaben weiterarbeiten, Schokoladen- und Vanilleduft inhalieren und cremige Pistazien- und Karamellmassen vom Löffel lutschen.

Gwen steckte ihre Locken auf dem Kopf fest, krempelte die Ärmel hoch und begann mit dem Aufbau-Ballett, wie ihr Vater es einmal schmunzelnd bezeichnet hatte.

In Windeseile holte sie Schüsseln, Töpfe, Löffel und Backformen sowie Schokolade, Eier, Zucker, Mehl und Butter, Butter-Vanille-Aroma, Kirschen, Krokant, Kaffeelikör und Amaretto, Marzipan und Nougat, Kakao, Puddingpulver, Pistazien, Haselnüsse, Walnüsse und Mandeln in jeglicher Form sowie Kuvertüre in allen Geschmacksrichtungen aus den Schubladen hervor.

Sie bewegte sich leichtfüßig wie eine Ballerina zwischen den verschiedenen Schränken und Ablagen hin und her. Ihre Wangen wurden heiß, und das Augenzucken verschwand.

Als schließlich alles vorbereitet war, begann Gwen zu summen. Zeit war kein Thema mehr für sie, denn sie wusste sowieso, dass sie für die nächsten Stunden in einen Backrausch geraten würde, in dem sie alles andere vergaß.

Umso erschrockener blickte sie aus dem Fenster, als es irgendwann an der Haustür klingelte. Wer war das denn? War Bonni etwa schon fertig?

Gwen wischte sich mit dem Unterarm über den Mund, an dem noch Karamell-Mousse hing, und rannte mit halb aufgelöstem Lockenturm zur Haustür. Sie musste sich beeilen, denn sie erhitzte gerade Milch, und da ging es am Ende um Sekunden.

Verblüfft machte sie einen Schritt zurück, als sie sah, wer es war.

Leo fuhr sich durchs Haar und blinzelte. Dann räusperte er sich. »Hey!«

Das erschien Gwen etwas wenig Auskunft angesichts der Tatsache, dass er hier stand. Was wollte er bloß? Sein Bruder hatte schon genug Chaos angerichtet! Also sagte sie erst einmal auch nur sehr verhalten: »Hey auch.«

Sie versuchte, sich zu erinnern, was sie bereits von ihm

wusste. Aber da kam nicht viel. Nur, dass er der Zwillingsbruder von Lasse war und dass sie bei jeder Begegnung das Gefühl gehabt hatte, sein coolerer und selbstbewussterer Bruder Lasse wäre ihm irgendwie peinlich. Hatte sie etwas vergessen?

Leo unterbrach ihre Überlegungen. »Lasse meinte, du könntest heute Hilfe für deinen Wettbewerb gebrauchen, weil Bonni ausfällt. Da dachte ich, dass du mich hier vielleicht gebrauchen kannst?!«

Gwens ganzer Körper verkrampfte. Sie konnte Hilfe zwar mehr als gut gebrauchen, aber was sollte sie bloß mit ihm reden? Würde es nicht peinlich sein, wenn sie beide die ganze Zeit stumm vor sich hin arbeiteten? Und wie sollte sie es stundenlang mit ihm alleine aushalten?

Sie war drauf und dran, ihm die Tür vor der Nase zuzuschlagen, wären da nicht seine schönen Augen gewesen. Sie strahlten trotz aller Schüchternheit eine Zuversicht aus, die Gwen neugierig machte. Leo trommelte mit seinen Händen auf seinen Beinen herum, woran Gwen nicht nur seine Nervosität erkennen konnte, sondern auch, wie geschmeidig sich seine Finger bewegten. Vielleicht konnte er tatsächlich von Nutzen sein. Zumindest bei der Schokoplatten-Installation.

Dann roch Gwen plötzlich angebrannte Milch. Das nahm ihr die Entscheidung endgültig ab. Schon während sie in die Küche sprintete, rief sie: »Okay, komm rein!«

Als sie den Topf vom Herd riss und in die überschäumende Milch pustete, hatte sie Leo beinahe wieder vergessen.

Da trat er neben sie. Gwen wunderte sich über die starke Präsenz, die er ausstrahlte. Das hatte sie bisher gar nicht wahrgenommen. Er war zwar nicht besonders groß, hatte aber breite Schultern.

Leo räusperte sich und sah erst die angekokelten Milchtupfer und dann Gwen an. Um seinen Mund herum zuckte es.

Bemüht ernsthaft fragte er: »Du scheinst mitten in der experimentellen Phase zu sein.«

Gwen funkelte ihn an. »Ha, ha, sehr witzig! Du könntest mir lieber mal helfen, den Kram wieder vom Herd zu bekommen. Achtung, Ceranfeld, kratzen absolut verboten!«

»Aye, aye, Sir!« Leo tippte sich an eine imaginäre Mütze und sah sich suchend um. »Ähm, einen Ceranfeldschaber habt ihr nicht zufällig?«

Wortlos nahm Gwen einen aus der Schublade und reichte ihn ihm.

Behutsam und trotzdem kräftig schabte Leo die Schwärze vom Herd.

Gwen musste grinsen. Also, praktisch veranlagt war er immerhin, und ein wenig Humor schien er auch zu haben. Außerdem glaubte sie nicht, dass das seine erste Begegnung mit Kleckern war. Wahrscheinlich konnte er Aufbackbrötchen und Rührei gut, überlegte sie und kicherte.

Leo musste das gehört haben, denn er drehte sich um, zog die Augenbrauen hoch und fragte: »Was, bitte, ist daran so witzig?« Seine Augen blitzten sie viel freundlicher an, als sein Ton es hätte vermuten lassen, und Gwen wusste nicht genau, worauf sie reagieren sollte, auf die freundlichen Augen oder den scharfen Tonfall. In jedem Fall spürte sie, dass sie rot wurde, als er nicht aufhörte, sie anzusehen.

Leo ersparte ihr eine Entscheidung. »Ähm, wobei kann ich dir nun wirklich helfen? Lasse hat mir erzählt, dass du an einem Wettbewerb teilnehmen willst? Zumindest hatte er Bonni so verstanden, dass ihr beide ein Projekt laufen habt.«

»Wie? Ach so, ja.« Gwen musste sich erst mal wieder sortieren. Dann aber kam ihr Tatendrang zurück. »Also los, wenn du mir wirklich helfen willst, und Hilfe habe ich tatsächlich gerade bitter nötig, zeige ich dir jetzt mal was im Keller.«

Sie führte Leo in den Vorratskeller hinunter und genoss seinen staunenden Blick, als er das fast fertige Laufsteggerüst erblickte.

»Wahnsinn!«, stieß er leise hervor, bevor er sich dem Schokoladenkonstrukt näherte und es von oben bis unten gründlich untersuchte. Dann drehte er sich wieder Gwen zu, pfiff durch die Zähne und meinte: »Du hast es echt drauf! Man muss schon ziemlich vom Backen besessen sein, um sich so ein Ding auszudenken und wirklich zu konstruieren!«

Gwen sah ihn unsicher an. War das als Kompliment gemeint, oder fand er eher, dass sie einen an der Waffel hatte? Seine Augen sahen sie so unergründlich an, und sein breiter Mund blieb so bewegungslos, dass sie seine Bemerkung nicht richtig einordnen konnte.

Eigentlich wollte sie sich jetzt auch gar nicht mehr mit ihm und seinen Reaktionen beschäftigen, sondern endlich vorankommen. Die Zeit lief ihr davon! »Also los, ich zeig dir oben, wie es weitergeht und was du machen kannst.«

Leo überraschte sie wirklich! Er wusste zwar tatsächlich nur wenig übers Backen, aber er stellte so gute Fragen, dass sie überlegen musste und oft auf neue, gute Ideen kam. Teilweise stellte er sich total ungeschickt an. Zum Beispiel schaffte er es nicht, Eier sauber in eine Schüssel zu trennen.

Dann wieder gab es Dinge, bei denen er richtig begabt wirkte. Es war, als spüre er immer, wobei er sich konzentrieren musste, weil es ihr besonders am Herzen lag. Und so setzte sie mit ihm die letzte Schokoplatte exakt dort in das Grundgerüst, wo sie hinsollte.

Gemeinsam backten sie dann große Mengen Biskuitteig und schnitten ihn passgenau als Auflage für den Laufsteg zurecht.

Leo erwies sich als verlässlicher Rechner, arbeitete ihr gut zu und war erstaunlich vorsichtig im Umgang mit dem Teig. Gwen warf ihm einen verstohlenen Blick von der Seite zu, aber er schien es nicht zu bemerken und vermaß und schnitt weiter den Kuchen.

Innerhalb von zwei Stunden hatten sie wirklich wie geplant zwölf dünne Biskuit-Rechtecke, von denen sie sechs sofort auf den Schokolaufsteg legten, sodass die Schokoplatten bedeckt waren. Gwen schnitt den Teig, der leicht überstand, an einigen Seiten weg, und das Herz ging ihr auf, als sie sah, wie gut die Kuchenplatten aneinanderpassten.

Die restlichen sechs Biskuit-Rechtecke legten sie vorsichtig zur Seite. Diese sollten am Ende auf die unterschiedlichen Cremeschichten gelegt werden und den oberen Abschluss bilden.

Als Nächstes entwickelte Gwen mit Leo drei Cremes, die sie beide extrem lecker fanden: eine kräftige Mokka-Buttercreme, eine feine Vanille-Nuss-Creme sowie eine pricklige Amaretto-

Kirsch-Creme. Danach stellten sie die drei anderen Cremes für die restlichen Plattformen im Schnelldurchlauf her.

Gwen arbeitete wie in Trance, ihre Handgriffe saßen, als hätte sie sie schon hundertfach geübt. Leo assistierte ihr, und Gwen spürte, wie er immer lockerer wurde. Er blühte geradezu auf.

Als sie ihm einen Löffel Creme zum Probieren hinhielt, nahm er seine Brille ab. Er schloss die Augen, als müsste er seinen Sehsinn ausschalten, damit sich der Geschmack der Creme vollständig auf seiner Zunge entfalten konnte.

Gwen nutzte den Moment, um seine regelmäßigen Gesichtszüge in Ruhe betrachten zu können. Er hatte ein markantes Gesicht. Die Sommersprossen, die sich über Nase und Wangen zogen, gaben ihm etwas Verspieltes.

Da öffnete er die Augen, und sein Blick fand sofort ihren. Gwen schoss das Blut ins Gesicht, sie senkte den Kopf. Schnell begann sie, in der längst schon fertigen Creme herumzurühren. Hoffentlich hatte Leo nicht bemerkt, dass sie ihn die ganze Zeit beobachtet hatte!

Kurz nach sieben kamen Gwen und Leo endlich aus dem Keller hoch, wo sie die Cremes nacheinander dünn auf den Biskuitboden gestrichen und die restlichen sechs Biskuitplatten abschließend daraufgelegt, festgedrückt und deren Rand passgenau mit dem Laufstegboden zurechtgeschnitten hatten.

Gwen erklärte Leo, wie ihr Projekt abgeschlossen werden sollte: mit der Präsentation der Haute-Couture-Plätzchen. Und die mussten ja erst noch gebacken werden. Gwen wollte sie im Stil verschiedener Designer verzieren, so als würden Dolce &

Gabbana und Co. wirklich ihre Frühjahrskollektion präsentieren.

Nachdenklich sah sie Leo an. Der hob eine Augenbraue und meinte: »Wollen wir mal ein bisschen zum Thema Fashion-Design googeln? Da bin ich nicht gerade der Fachmann.«

Wenige Minuten später hingen sie mit den Köpfen vor Gwens Tablet und sahen sich Infos und Bilder zu berühmten Designern an. Gwen wurde unruhig, denn es war schon spät, und sie wollte ihr Werk noch heute im Internet mit Fotos präsentieren. Sie würden sich nicht viele Fehlversuche erlauben können.

Leo begann laut über die Vor- und Nachteile der unterschiedlichen Designer nachzudenken. Seine Hände bewegten sich dabei immer wieder zur Untermalung seiner Worte durch die Luft. Dann hielt er still und sah Gwen erwartungsvoll an.

»Äh, was hast du gesagt?« Gwen merkte erst jetzt, dass sie gar nicht richtig zugehört hatte. Wie peinlich!

Sie war viel zu sehr damit beschäftigt gewesen, Leo beim Reden zuzugucken. Was war bloß mit ihm passiert? Er wirkte heute viel selbstbewusster und glücklicher. Außerdem machte sie sein warmer Blick gerade etwas sprachlos.

»Nach so viel Stunden Arbeit kann einem die Konzentration schon mal flöten gehen.« Leo zwinkerte ihr zu. »Ich meinte gerade, wir sollten einen Designer wählen, der starke Farben und Schrilles mag, damit es sich auf dem schlichten Laufstegbraun gut absetzt und ein echter Hingucker wird. Was denkst du?«

Gwen strich sich ihre Locken aus dem Gesicht und setzte sich gerade hin. »Ja, das sehe ich genauso, deshalb würde sich doch der Stil von Vivienne Westwood richtig gut eignen, findest du nicht?«

Leos Mund verzog sich zu einem breiten Lächeln, und er sagte leise: »Ja, das habe ich doch gerade vorgeschlagen.«

Gwen konnte ihn sekundenlang nur anstarren. Was musste er auch so ein schönes Lächeln haben?!

Dann sprang sie auf und begann, alles für den Keksteig bereitzustellen. Sie warf Leo nacheinander drei Pakete Butter zu, die dieser sicher fing und mit schnellen Griffen öffnete. Er zerkleinerte die Stücke auf einem Holzbrett, das er auf seinen Knien balancierte.

Gwen verrührte in der Zwischenzeit Mehl, Zucker und Backpulver mit drei Eiern. Sie sah auf die Uhr. Es war bereits acht, ihre Eltern hätten längst zurück sein müssen.

Leo stand auf und schob die zerkleinerte Butter mit dem Messer in Gwens Rührschüssel. Gwen hielt ihre Hände als Begrenzung an das Holzbrett, damit nichts danebenfallen konnte. Als sich Leos und ihre Finger kurz berührten, schoss ein heftiger Blitz durch ihren Magen. Gwen atmete tief durch.

Weil der Teigklumpen groß und unhandlich war, teilte sie ihn in der Mitte und reichte Leo eine Hälfte. Der begann ihn wortlos auf dem Holzbrett zu kneten, während sie direkt in der Schüssel loslegte. Und wie bei einem gut eingespielten Team liefen ihre Bewegungen so synchron, dass beide Teighälften zur selben Zeit die richtige Festigkeit hatten.

Leo reichte Gwen seinen Teig. Immer noch wortlos wickelte sie Folie darum und stellte die Masse in den Kühlschrank.

Dann begann sie, alle Rührschüsseln zusammenzuräumen.

Leo trat hinter sie und sagte leise: »Oh, die aber bitte nicht einfach abwaschen, die möchte ich noch auskratzen. Da ist doch noch jede Menge leckerer Creme drin.« Er schnappte sich einen Teelöffel aus dem Besteckfach und begann, die Cremereste zusammenzukratzen.

Dann hielt er triumphierend den Löffel hoch, auf dem ein Häufchen weiße Mousse au Chocolat thronte. »Und so etwas willst du wegwaschen. Hier, das ist für dich!«

Gwen schielte auf den Löffel, der direkt vor ihrem Mund schwebte. Sie war sich der Nähe von Leo sehr bewusst. Wie aufregend es war, dass seine Hand ihrem Mund gleich noch um einiges näher kommen würde!

Gwen schluckte schwer und sah kurz zu Leo hoch. Ihre Augen trafen seinen intensiven Blick, und ihre Hände wurden ganz zittrig. Doch bevor der Löffel ihren Mund erreichte, wandte sie sich mit einer Drehbewegung von ihm weg.

Das hier war eindeutig zu viel für sie. Was, bitte, sollte das? Sie wollte jetzt einfach nur das Projekt beenden, und dann sollte Leo gehen.

Leo zuckte mit den Schultern und steckte sich den Löffel selbst in den Mund. »Sag mal, wie willst du es eigentlich machen, dass die Kekse auf dem Laufsteg stehen? Oder sollen sie etwa liegen?«, fragte er dann, als sei nichts gewesen.

Gwen wurde siedend heiß. Leo hatte recht! »Oje, stimmt. Gute Frage, nächste Frage … Darüber haben wir, ehrlich gesagt, noch gar nicht nachgedacht.«

Gwen holte eine Keksdose aus dem Schrank, in der noch drei Kleiderkekse, ein Handtaschenkeks sowie ein Pumpskeks lagen. »Die sind noch vom letzten Mal. Komm, während der Teig im Kühlschrank fest wird, können wir's mit diesen ja mal schnell ausprobieren gehen.«

Schnell liefen sie die Treppe hinunter zum Laufsteg.

Gwen legte die Kekse darauf. »Hm, so geht es natürlich nicht. So sieht man sie ja gar nicht.«

Dann schob sie den Keks, der die Form eines Pumps hatte, hinter einen Kleidkeks, sodass er ihm als Stütze diente.

Leo trat ein paar Schritte zurück und kniff die Augen zusammen. »Ich glaube, das Kleid steht noch ein klein wenig schief und deutlich zu flach.«

»Stimmt, den Pumps müsste man noch zurechtschnitzen, damit er den Kleidkeks besser stützt. Lass uns schnell Brett und Messer holen.«

Aber da hatte Leo sich den Hacken des Pumps schon zwischen die Lippen gesteckt und knabberte ihn vorsichtig ab.

Gwen sah ihn empört an, doch dann musste sie grinsen. »Toller Designer! Wenn sie bei den wirklichen Modenschauen auch so vorgehen ... huch, die Schuhspitze ist zu lang, beiß mal rein, Vivienne!« Und nun nahm sie sich selbst den Keks und biss die Spitze ab.

Lachend sahen Gwen und Leo sich an.

Dann wurde Leos Gesicht ernst. Er nahm Gwen den Keks behutsam aus der Hand und legte ihn auf den Laufsteg.

Der Raum war auf einmal wie aufgeladen. Leo beugte sich langsam zu ihr. Gwen konnte sich nicht von Leos Blick lösen, als sich sein Mund langsam ihrem näherte. Sie spürte seinen warmen Atem auf ihrem Gesicht. Ein Schauer lief ihr den Rücken hinunter, und sie wollte ihm gerade mit ihren Lippen entgegenkommen, als ihr plötzlich ein Name durch den Kopf schoss. Ben.

Sie legte Leo eine Hand auf die Brust, um ihn zu stoppen.

Und in diesem Moment wusste Gwen, dass sie sich schon lange verliebt hatte. Aber nicht in Leo, den sie im Grunde gar nicht kannte. Sondern in den Unbekannten, der ihr seit Wochen zur Seite stand und der längst mehr als nur ein Wettbewerbskollege war.

Seine aufmunternden Worte, seine Verlässlichkeit, seine Leidenschaft für das Backen, wie sehr er an sie glaubte und zu ihr hielt. Das alles tat ihr so gut.

Leos Kopf wurde schlagartig knallrot, und er stammelte: »Entschuldige, war ich zu schnell? Es tut mir leid, ich ...«

Doch weiter kam er nicht, denn in diesem Moment stand Gwens Mutter im Keller und sah die beiden mit großen Augen an.

»Möchtest du mir den jungen Mann nicht vorstellen?«, fragte sie.

Gwen war das sehr recht. So konnte sie Leo aufrichtig für seine tolle Hilfe danken und ihn gleichzeitig zur Haustür hinausschieben. Sie brauchte erst einmal Ruhe, um wieder einen klaren Kopf zu bekommen. Die Kekse würde sie gleich auch noch alleine schaffen.

War sie wirklich in ein Phantom aus dem Internet verliebt? Das war doch vollkommen verrückt.

Sie wusste ja noch nicht einmal, ob Ben der war, der er zu sein vorgab. Wer sagte ihr denn, dass er nicht vielleicht schon uralt, eine schräge Frau oder aber irgendein Verrückter war, der sich aufs Anbaggern im Internet spezialisiert hatte?

Letzteres zumindest war zum Glück sehr unwahrscheinlich, oder zumindest wäre es extrem aufwendig gewesen, wenn Ben sein gesamtes Können nur erworben hätte, um seriös zu wirken und sich ihr Vertrauen zu erschleichen. Gwen seufzte.

Wie auch immer das passiert war und wer auch immer er war, irgendwie hatte Ben-der-Bäcker sich direkt in ihr Herz geschlichen. Warum musste alles immer so kompliziert sein in ihrem Leben?

»Du willst mir doch nicht erzählen, dass dieses Kunstwerk auf deinem Mist gewachsen ist, oder?« Ihr Vater rief laut aus dem Keller, in den er eben nach seiner Rückkehr gestiegen war.

Gwen musste lachen und konnte gar nicht mehr aufhören damit. Es war, als würde die Anspannung des Tages plötzlich von ihr abfallen und damit jegliche ernsthafte Haltung. Außerdem fand sie die Formulierung ihres Vaters mal wieder extrascharf: die Torte, die auf dem Misthaufen gewachsen war. Ihr Vater war der Meister der schiefen Redewendungen.

Gwen fing sich wieder und lief zu ihm in den Vorratskeller. Seine anerkennenden Blicke taten wirklich gut!

Und plötzlich wusste sie, wie sie die Kekse auf dem Laufsteg kunstvoll installieren konnte. Ihr Versuch mit Leo vorhin, einzelne Kekse als Stützen zu verwenden, war optisch nicht sehr schön.

Sie lief in die Küche und konnte ihre Mutter glücklicherweise dazu überreden, für alle eine Pizza zu bestellen und ihr die Küche für den Abend zu überlassen.

Dann begann sie, ihre einfachsten Cake-Pops anzumischen. Sie wollte das leckere Frischkäsegebäck ausnahmsweise nicht auf einen Schaschlikspieß setzen und die typischen Kuchenlollis erzeugen, sondern die Kugeln in Schokosplittern wälzen und als eine Art dekorative Ministützen für ihre Fashionkekse einsetzen.

Zum Glück waren die Cake-Pops schnell gemacht. Nachdem Gwen dreißig kleine Cake-Pop-Kugeln in den Kühlschrank gestellt hatte, fasste sie die Aktionen dieses Tages für ihren Blog zusammen und schrieb noch kurz das Rezept für die Cake-Pops zusammen.

Cake-Pops, die man nicht backen muss, liebe ich besonders, weil alles andere, was ich herstelle, meistens in den Ofen wandert (na gut, mein Lieblingskekskuchen mal ausgenommen ☺). Auf diese Frischkäse-Kuchenlollis bekomme ich manchmal einen irren Appetit, und dann lege ich los. Für mein Großprojekt brauche ich sie allerdings ohne den Stiel, denn sie sollen als Installationshilfen dienen. In der Kunst bekommen ja selbst Kleinigkeiten manchmal hochtrabende Namen, hihi. Und in diesem Fall stützen sie die Modekunst. ☺

Man zerbröselt dafür eine 200-Gramm-Packung Löffelbiskuits. (Manchmal denke ich, ich liebe diese Cake-Pops deshalb so. Vor allem, wenn man wütend ist, ideal, denn man soll die Packung kräftig bearbeiten, drücken, quetschen - oder draufhauen, wer will, sodass die Kekse darin schön klein zerkrümeln.) Dann erst öffnet man die Packung und gibt die Brösel durch ein feines Sieb (ich raspele größere Restbrocken immer an so einer kleinen Reibe).
Nun verrührt man 75 g weiche Butter mit 100 g Puderzucker, 200 g Frischkäse und zwei Packungen Vanillezucker (auch lecker stattdessen: 2 Packungen Bourbon-Vanille-Aroma) miteinander. Anschließend werden die Biskuitbrösel dazugegeben und alles zu einem Teig geknetet. Am besten formt man aus der Teigmenge ca. 30 Kugeln. So wird die einzelne Kugel nicht zu schwer für den Spieß.
Die Kugeln sollten für eine Stunde in den Kühlschrank, danach können sie in etwas Leckerem gewendet werden. ☺
Ich benutze diesmal geraspelte weiße Schokolade, weil ich die Farbe für die Hintergrundständer der Kleider schön unauffällig finde. Sonst nehme ich auch gerne bunte Streusel oder reibe dunkle Schokolade klein, manchmal auch mit etwas dickeren Raspelstücken, die haften genauso, mhmmm. ☺
Die Cake-Pops können gut in ein Glas gestellt werden und sollten noch für eine Nacht zum Durchziehen in den Kühlschrank. Tja, und dann: Guten Appetit!
Okay, Leute, mein Mürbeteig sollte jetzt kalt genug sein! In ein paar Stunden kann ich euch hoffentlich ein Foto vom

Mailänder Laufsteg samt der neuen Kollektion von Vivienne Westwood präsentieren. En garde - denn ich backe, also bin ich! ☺

Eure

marla.keks

Mit schnellen Bewegungen bemehlte Gwen die Arbeitsfläche, rollte den Teig aus und stach mehr als dreißig Kleider, Taschen und Pumps aus. Während die Kekse im Ofen backten, rührte sie unterschiedliche farbige Glasuren an.

Bis in den späten Abend hinein bestrich Gwen mit Zahnstochern und feinen Pinseln ihre Kekse. Das Ergebnis leuchtete in poppigen Knallfarben, und Gwen hatte das Gefühl, dass Vivienne Westwood mit dem schillernden Stil ganz zufrieden gewesen wäre.

Todmüde, aber glücklich trug Gwen gegen Mitternacht dreißig Fashion-Kekse und ebenso viele Cake-Pop-Kugeln in den Keller. Erst positionierte sie die Kugeln einigermaßen gleichmäßig auf dem Laufsteg. Dann lehnte sie die Kekse dagegen.

Sie probierte, wie sie die zehn Kleider mit den passenden Schuhen und Handtaschen auf dem Präsentationssteg anordnen sollte, verschob immer wieder einzelne Kekse, bis sie endlich zufrieden war.

Fertig!

Ehrfürchtig trat sie einen Schritt zurück, kniff die Augen zusammen und jubilierte innerlich. Das, was sie sah, gefiel ihr ungemein gut!

Sie hatte noch nie etwas Vergleichbares gesehen: Ihr Kunstwerk war gleichzeitig stylish und modern, aber auch lecker. Und irgendwie auch humorvoll. Sie konnte kaum glauben, dass das wirklich von ihr war. Aber mit Bonni war es wie selbstverständlich entstanden ... Warme Wellen rollten durch ihren Magen.

Platz 19! Wahnsinn! Gwen konnte ihren Blick gar nicht mehr vom Bildschirm losreißen. Sie hatte es tatsächlich unter die Top 20 geschafft!

Post von Ben hatte sie heute nicht. Das war lange nicht mehr vorgekommen. Bestimmt hatten ihn die letzten Wettbewerbsvorbereitungen auch voll im Griff.

Ein Blick auf seinen Blog bestätigte ihre Vermutung. Sein tortiger Hauswürfel war tatsächlich noch nicht fertig. Sicher schob er gerade eine Nachtschicht. Aber auch er hatte noch ein paar Rankingplätze gutgemacht: Platz 16!

»Deeply impressed!«, murmelte Gwen vor sich hin. Sie lagen jetzt wirklich nah beieinander. Und auf einmal stand ihr nächstes Ziel fest: Sie wollte Ben im Ranking noch überholen!

Entscheiden würden das natürlich die Leser. Nun hieß es abwarten, wie sie ihre Punkte morgen vergeben würden, wenn sie auch Bens Endergebnis gesehen hatten.

Fotos von ihrem fertigen Werk hatte Gwen bereits eingestellt. Jetzt lag es nicht mehr in ihrer Hand.

Leos Hand vor ihrem Gesicht, seine Lippen, die immer näher kamen. Kaum schlug Gwen die Augen auf, waren die Bilder wieder da.

Eine intensive Hitze schoss ihr in die Wangen.

Sie hätte nicht gedacht, dass er der Typ war, der schnell versuchte, ein ihm ziemlich fremdes Mädchen zu küssen. Er hatte immer so zurückhaltend gewirkt!

Ein Kuss hatte für Gwen eine große Bedeutung. Bislang hatte sie nur Kenu geküsst, weil für sie ein tiefes Gefühl einfach dazugehörte. Und so hatte sie Leo auch eingeschätzt. Jedenfalls nicht wie einen Draufgänger. Das war doch eher die Rolle seines Bruders. Wie hatte sie sich geirrt!

Ihre Wangen wurden erneut heiß. Was war bloß passiert? Vor gestern hatte sie ihn vollkommen uninteressant gefunden.

Na ja, wenigstens hatte er sich beim Backen nicht ganz dumm angestellt und den Wettbewerb für sie gerettet. Trotzdem wollte sie ihn erst einmal nicht wiedersehen. Sie konnte sich den Fast-Kuss nicht erklären, allein der Gedanke daran ließ ihren Magen verrücktspielen. Aber es fühlte sich auch verboten an. So als wäre ihr jemand nähergekommen, als er durfte, und sie hatte es zugelassen.

Und was war das überhaupt mit Ben-der-Bäcker? War es nicht völlig übertrieben, in jemanden verliebt zu sein, den man noch nie gesehen hatte? *War* sie verliebt? Vielleicht war gestern im Gefühlschaos wegen Leo auch nur einiges bei ihr durcheinandergeraten. Und doch … Schon jetzt freute sie sich darauf, zu lesen, was Ben zu ihrem fertigen Projekt schreiben würde. Und was er über seins zu erzählen hatte. Die Vorfreude kribbelte richtig in ihr.

Genug mit diesem Gefühlswirrwarr! Mit einem Ruck setzte sich Gwen im Bett auf und schlurfte ins Bad.

Erst als sie unter der Dusche richtig wach wurde, fiel ihr ein, was für ein Tag heute war: Wettbewerbsende!

Sie fühlte, wie der innere Motor wieder ansprang, der sie die letzten Tage wie eine Wahnsinnige angetrieben hatte. Da sie aber nichts mehr für ihr Backwerk tun konnte, machte es sie unangenehm unruhig. Sie konnte nur abwarten, wie viele Punkte ihr die Follower heute für ihr vollständiges Projekt geben würden. Würde sie es schaffen, noch an Ben-der-Bäcker vorbeizuziehen? Nur knapp natürlich, sodass sie ihn richtig schön damit aufziehen könnte.

Ihr Müsli aß sie mit dem Tablet auf dem Schoß. Jetzt würde sich zeigen, ob Bonnis und ihre Idee wirklich gezündet hatte. Konnte sie mehr als nur Geburtstagskuchen für Jungs backen, die nicht wirklich auf sie standen? Kam ihr Kuchendesign bei anderen richtig gut an?

Gwens Herz pochte heftig, als sie zu den Punkten runterscrollte. Sie holte tief Luft und schaute auf den derzeitigen Stand: Platz 21.

Sie schnaubte. Was für eine Enttäuschung! Seit gestern hatte sie kaum einen Punkt mehr erhalten und war im Ranking sogar weiter zurückgefallen. Ben war es ähnlich ergangen.

Erstaunt stellte sie fest, dass er sein fertiges Projekt immer noch nicht vorgestellt hatte. Oje, bei ihm schien es knapp zu werden. Er war auf Platz 18 zurückgefallen.

Gwen schob das Müsli von sich. Jetzt blieb ihr nur zu hoffen, dass viele Leser im Laufe des Tages noch einmal auf ihren Blog sehen und ihr dann den einen oder anderen Punkt schenken würden. Sonst hätte sie ihr persönliches Ziel leider nicht erreicht. Und die Bestätigung, die sie sich erhofft hatte, würde sich eher in einen Rückschlag verwandeln.

Da klingelte es, und erleichtert sprang sie auf. Bonni würde ihr jetzt guttun, vielleicht könnten sie ja zur Entspannung ein paar Cupcakes backen.

Mit Schwung riss Gwen die Tür auf und begrüßte ihre Freundin. Bonni sah gut aus, fand sie. Ihre Haare fielen ihr glänzend über die Schultern, und ihre Wangen waren gerötet von der frischen Luft. Außerdem waren ihre Augen nicht verweint, wie sonst so oft in den letzten Tagen.

»Wie ist es gelaufen?«, fragte Gwen sofort.

»Wirklich gut! Ich habe mich gestern den ganzen Tag lang vorbereitet, Lasse war eine große Hilfe. Heute Vormittag habe ich erst das Referat gehalten, und dann haben sie mich zu *Nathans Kinder* in die Mangel genommen. Drei Lehrer haben mich befragt, Mannomann, ich war so aufgeregt! Aber – halt dich fest – sie meinten, ich hätte mich in den Ferien unheimlich gesteigert, und sie sähen tatsächlich eine Chance für mich. Vor allem Frau Graulingen hat sich für mich eingesetzt. Du bist meine Queen, Gwen!« Bonnis Augen leuchteten so dankbar, dass Gwen warme Wellen durch den Magen rollten. Gespannt hörte sie zu, was Bonni noch zu erzählen hatte.

»Sie müssen nur gucken, ob die Schulbehörde mitspielt und die Abstufung zurücknimmt. Das hängt wohl auch von der Realschule ab, auf die ich kommen sollte. Puh! Qué emotión! Das erfahren wir erst in vier Tagen! Wie soll ich das aushalten?«

Bonni ließ sich auf die Küchenbank fallen, dann sprach sie weiter: »Lasse war gestern echt nett zu mir. Vielleicht können wir doch Freunde sein. Zusammen sein will ich mit ihm gar nicht mehr! Er hat zu viele Eisen im Feuer, glaube ich. Bei ihm bedeutet Flirten gar nichts.« Bonni seufzte.

Dann versuchte sie zu lächeln und fragte: »Und du gestern? Hat Leo sich getraut, vorbeizukommen? Lasse hat ihm so sehr zugeredet!« Bonni kicherte. »Oh Mann, ich glaube, Leo ist noch schüchterner als du, wenn das überhaupt geht!«

Gwen sah Bonni nachdenklich an. Komisch, so schüchtern war der Nachmittag hier gestern gar nicht verlaufen. Aber das wollte sie Bonni erst einmal nicht erzählen. Sie musste mal auf andere Gedanken kommen!

Deshalb berichtete sie ihrer Freundin, während sie einen Kakao machte, wie sie gestern elf Stunden lang mit dem begabten Brötchenaufbäcker die Küche in eine Mega-Unordnung versetzt, aber dabei den Laufsteg vollendet und am Ende auch noch die Kekse geschafft hatte. Auch von den Stützkugeln erzählte sie.

Aufgeregt sprang Bonni auf. »Unser Kuchen, wie konnte ich das bloß vergessen! Tolle Idee mit den Kugeln! Das muss ich sehen!«

Vor dem enormen Werk angelangt, legte sie den Arm um Gwens Schulter und sagte: »Unser Werk ist einfach eine Wucht! Echt der Hammer!«

Bei einer Tasse Kakao waren sich Bonni und Gwen dann einig: Wenn das endgültige Wettbewerbsranking nachher feststand, würden sie ihr Meisterwerk feiern, und danach wollten sie die letzten Ferientage entspannter angehen.

»Ich muss gleich los, aber komm, lass uns schnell noch mal auf das Ranking gucken … bin voll gespannt!« Bonni strahlte wieder.

»Hm, ja, ist gut.« Gwen wollte es gar nicht so genau wissen. Der Nachmittag war gerade so schön gewesen, und sie hatte Angst vor einem weiteren Rückschlag. Aber die Neugier war dann doch zu groß.

Sie versuchte, das angenehm leichte Gefühl des Nachmittags festzuhalten, indem sie eine kleine Show für Bonni beim Hochfahren des Tablets machte.

»Und nun, meine Damen und Herren, sehen Sie selbst, wie die beiden Möchtegern-Starbäckerinnen sich in der großen weiten Backwelt schlagen. Die beiden haben keine Kosten und Mühen gescheut, doch das Schicksal ist, wie man weiß, wankelmütig, und deshalb kann es gut sein, dass es diesmal noch nicht zu einer vorzüglichen Nominierung gereicht hat, sondern ...« Gwen brach ab und starrte auf das Ranking. Ihr fehlten die Worte.

»Hey, holá, was ist los?« Bonni schob ihren Kopf über das Tablet. »Chaka!«, rief sie plötzlich so laut, dass Gwen zusammenzuckte »Ich habe es ja gewusst: Du bist richtig gut!«

»*Wir* sind gut«, verbesserte Gwen geistesabwesend. Dann kam wieder Leben in sie, und sie rief: »Aber auch vollkommen bekloppt! Ich will nicht Platz 7 haben. Und den wollte ich auch nie! Kann man den zurückgeben?«

Bonni grinste. »Ach, komm, das ist doch fantástico! Du kannst sehr stolz sein!«

»Bonni, das ist viel zu dicht an den vorderen Plätzen. An den *Horror-Plätzen*. Diesen Fernsehauftritt-Horrorplätze, verstehst du?«

»Bis dahin ist es ja noch ein kleines Stück. Das glaube ich nicht, dass wir *so* weit kommen, aber wenn, dann sage ich nur: gracias universo! Dann müssen wir uns dem stellen!«

»Uns *dem stellen*? Nichts da! Ein Bein wird mir das stellen, nicht mehr und nicht weniger. Im Fernsehen würde ich mich hoffnungslos blamieren, wetten?! Wahrscheinlich kann man mich da sofort ohnmächtig wieder von der Bühne tragen. Und da sage ich nicht: Danke, liebes Universum, dass du mir wieder eine schöne Möglichkeit gegeben hast, mich doof zu fühlen. Davon hatte ich in letzter Zeit genug!«

»Ach, Gwen.« Bonni legte den Arm um ihre Freundin. »Für niemanden ist so ein Auftritt leicht, glaube ich. Und ich finde dich übrigens auch toll, wenn du ohnmächtig dabei wirst. Backen kannst du nämlich trotzdem, und eine tolle Freundin bist du auch!«

Gwen sah Bonni an. Ihr Magen beruhigte sich etwas. Bonni war echt ein Schatz. Dankbar lächelte sie zurück.

Seit Stunden schlich Gwen umher wie ein nervöser Tiger in seinem Käfig. Bonni war schon lange zu Hause. Alle zehn Minuten musste Gwen auf ihrem Blog nachsehen, ob sie auch ja nicht weiter nach oben gerückt war. Ihre Eltern platzten ständig bei ihr rein und wollten mit roten Wangen wissen, wie der Stand war. Deren Aufregung zu spüren, verstärkte Gwens Nervosität nur noch, sodass Gwen sie kurzerhand aus ihrem Zimmer verbannte. Sie würde ihnen das nachher noch einmal in Ruhe erklären, aber gerade konnte sie ihre erwartungsvollen Mienen nicht ertragen.

Als sie gegen halb zehn zwei Plätze nach hinten gefallen war, verspürte Gwen eine ungeheure Erleichterung. Eine halbe Stunde später war sie dann allerdings sogar bis auf Platz 5 nach vorne gerutscht.

Jetzt hielt sie die Anspannung überhaupt nicht mehr aus. Sie schlich aus dem Haus. Leise holte sie ihr Fahrrad aus dem Schuppen und fuhr in den Wald. Sie sog tief die frische Luft ein und spürte sofort, wie ihre Lungenflügel sich weiteten.

Trotz des Fahrradlichtes konnte sie den Weg schlecht erkennen und daher nicht schnell fahren, aber das langsame Tempo tat ihr gut. Der vertraute Waldgeruch stieg ihr in die Nase, und Gwen fand, dass der nur von Vanilleduft übertroffen wurde.

Zum allerersten Mal war sie nachts alleine im Wald. Seit

einiger Zeit war sie nicht mehr bei ihrer Schaukel gewesen, zu sehr hatte das Kuchenprojekt sie in Anspruch genommen. Aber nun spürte sie Sehnsucht nach einem Schaukelflug.

Gwen trat heftiger in die Pedale, da fiel ihr plötzlich wieder ein, wie sie neulich das Gefühl gehabt hatte, jemand würde sie an ihrem Lieblingsort beobachten. Sie hatte sich so erschreckt! Sofort wurde ihr mulmig.

Der Ruf eines Käuzchens klang durch die Luft und tauchte die nächtliche Finsternis des Waldes in eine unheimliche Stimmung. Wie in einem schlechten Film. Hin und wieder knackte und raschelte es im Unterholz. Gwen hoffte sehr, dass es nur kleine Tiere waren, die weghuschten. Mit einem panischen Blick sah sie sich um.

Sie konnte zwar nichts anderes erkennen als zuvor, aber mit einem Mal fühlte sie sich nicht mehr sicher, die Dunkelheit um sie herum schien sie zu bedrohen. Mit einem Ruck riss sie ihr Fahrrad herum und begann, den Weg in einem halsbrecherischen Tempo zurückzurasen. »Nicht übertreiben!«, murmelte sie vor sich hin, während sie den Weg entlangjagte, »der Wald kann nichts dafür! Diesmal sind es bestimmt Hirngespinste!«

Trotzdem war sie heilfroh, als sie endlich aus der Dunkelheit des Forstes heraus und auf die schwach erleuchteten Fenster ihres Elternhauses zufuhr.

Mit einem Seufzer der Erleichterung schloss Gwen die Tür hinter sich. Zum Glück waren ihre Eltern in einen Fernsehkrimi vertieft, sodass sie von ihrem Ausflug nichts mitbekommen hatten.

Leise schlich sie die Treppe zu ihrem Zimmer hoch.

Kurz vor zwölf. Ihre Pulsfrequenz erhöhte sich fast um das Doppelte. Immer wieder drückte sie auf *aktualisieren,* in der Hoffnung, dass die entscheidende Veränderung noch in letzter Minute eintreten würde. Ben durfte gerne so weit vorne liegen, der hatte tatsächlich noch eine Hammer-Torte fertig bekommen. Das wunderte sie also nicht. Und er hatte diesen Wettbewerb ja auch gewollt. Aber sie selbst? Das ging gar nicht! Hektisch drückte sie in immer kürzeren Abständen auf *aktualisieren.*

Aber vergeblich: Sie lag seit zehn Minuten auf *Platz 3* des Rankings, nach der Zweitplatzierten namens bunte.kuh. Angeführt wurde es von Ben-der-Bäcker auf *Platz 1*!

»Halleluja! Ein Horror-Platz!«, entfuhr es Gwen mit zittriger Stimme. Die letzten Minuten bis zum Voting-Ende klammerte sie sich an die Hoffnung, dass sie theoretisch noch auf Platz 4 zurückfallen könnte.

Doch das tat sie nicht. Um Mitternacht stand es endgültig fest: In zwei Tagen sollte Gwen in der Liveshow von Tom Wälz auftreten, einem *der* Top-Köche Deutschlands!

Der stellte dort neben seinen eigenen Köstlichkeiten auch immer wieder junge Talente aus dem In- und Ausland vor und hatte auf diese Weise schon einigen Köchen zu einem Karrieresprung verholfen.

Tom Wälz' Anspruch an sich selbst und andere war enorm hoch. Gwen hatte schon mehrfach gesehen, wie einer seiner Gäste unter Tränen die Bühne verlassen hatte, weil Herr Wälz den Teilnehmern seinen kritischen Sachverstand ohne diplomatisches Geschick entgegengeschleudert hatte.

Dass Ben-der-Bäcker mit von der Partie sein würde, beruhigte Gwen ebenfalls kein bisschen.

Im Gegenteil, sie hatte Angst, ihm im realen Leben zu begegnen. Er tat ihr gut, genau so, wie sie ihn kannte. Sie hatte Angst, dass ihr Bild von ihm zerstört werden würde. Wenn sie ihn erst einmal persönlich traf, würden ihre Gefühle nie wieder die gleichen sein. Die Realität würde diese besondere Beziehung verändern, wenn nicht beenden.

Gwen wusste, dass sie auf keinen Fall in dieser Show auftreten konnte. Zugleich war ihr aber klar, dass sie alle ihre Blog-Fans verprellen, Bonnis Einsatz mit Füßen treten und auch sich selbst schwer enttäuschen würde, wenn sie jetzt einen Rückzieher machte. Ganz davon abgesehen, dass wohl auch Ben-der-Bäcker das nicht gerade glorreich von ihr finden würde. Er würde sie feige finden. Na toll!

Jetzt konnten nur noch ihre Eltern ihr diesen Auftritt verbieten. Dann hätte sie wenigstens eine Ausrede. Aber wie sie ihre Mutter und ihren Vater kannte, wären die eher total angetan, dass Gwen »mal so richtig rauskam«.

Was für eine bescheuerte Situation, in die sie sich selbst gebracht hatte. Das war ja eine schöne Belohnung für all den Einsatz!

Was sollte sie jetzt nur tun?

you & me

20

Lieber Fashion-Keks,

ich bin fassungslos. Und rettungslos glücklich. Wir haben es geschafft. WIR HABEN ES GESCHAFFT!

Am liebsten würde ich jetzt tonnenweise Konfetti über dich werfen (das man idealerweise auch noch essen kann, merke: nächste Idee ☺) und dich dann auf einen kleinen Sieger-Kakao einladen. Ich wusste es ja! Du hast das Zeug dazu.

Ich bin allerdings ehrlich überrascht, dass ich so weit vorne bin. Das muss daran liegen, dass meine Familie nicht mitgevotet hat. ☺

Jetzt wird es wirklich spannend. Und damit meine ich nicht, spannend, wer gewinnt, denn ich finde, du verdienst es mehr als ich. Aber spannend, dass wir einmal die Sphären des Internets verlassen und uns im echten Back-Leben sehen werden!

Bis dahin,
ein gespannter Bäcker-Ben

Lieber Bäcker-Ben und ebenfalls stolzer Inhaber einer der drei Horror-Ranking-Plätze,

auch ich kann mir vorstellen, mit dir einen Sieger-Kakao zu trinken, allerdings nach der Fernsehshow, wenn du gewonnen hast.

Wie du siehst, bin ich etwas weniger erfreut als du. Was wohl noch eine abgrundtiefe Untertreibung ist. Ich bin sogar fest davon überzeugt, dass das Ganze für mich in einer Katastrophe enden wird.

Ich bin erst vor Kurzem so richtig auf die Nase gefallen, und das tut immer noch weh (befrag mich lieber ein anderes Mal dazu).

Und auf gar keinen Fall werde ich mich vor einem Fernsehpublikum bis auf die Knochen blamieren. Ich, die Schüchternste aller Schüchternen, die Sprachloseste aller Sprachlosen und die Ängstlichste aller Ängstlichen, werde ganz sicher nicht die obermutigste Tat der Nation begehen und mich im Fernsehen zeigen.

Klar, du hast recht, das wusste ich alles schon, als ich mich für den Wettbewerb angemeldet hatte. Aber hier muss ich jetzt auch einmal empört anmerken, dass du *mich durch einen Trick da quasi hineinmanövriert hast (ja, sicher, es ist nicht allein deine Schuld, aber eben auch). Und außerdem war es so etwas von unwahrscheinlich, dass ich auf einem der vorderen Horror-Plätze lande. Es war wirklich vernachlässigenswert, darüber auch nur nachzudenken. Dachte ich jedenfalls.*

Dir wünsche ich von ganzem Herzen den Sieg, du hast ihn

verdient. Du hast mir mehr als einmal geholfen, deine Mails haben mich aus so manchem Stimmungstief geholt, und deine Torten sind toll! ☺ Und diesen deinen voll verdienten Sieg werde ich mir schön zu Hause vor dem Fernseher mit Bonni angucken und dazu Fashion-Kekse knabbern. Punkt. Aus. Schluss.

Ach nein, eins noch: Trommel deine ganze Familie zusammen, die sollen alle mitkommen und zugucken! Und dann wird aus dem schwarzen Schaf Ben endlich das gekrönte Schaf der Familie (hihi, oder, falls dir das nicht so attraktiv erscheint: der Back-Wolf ☺).

Ich bin mir ziemlich sicher, dass du die Zuschauer mit deiner Konsistenz-Zauberei von den Sitzen holst!

Wir drücken dir jedenfalls von Herzen alle vier Daumen (ausnahmsweise bin ich einmal sicher, dass ich hier für Bonni mitsprechen kann ☺).

Dein Fashion-Keks

Gut, das so schnell zu klären. Ben sollte sich da bloß in nichts hineinsteigern. Dann wusste er jetzt eben, dass sie eher die Antiheldin war.

Jedenfalls versuchte sie schon den ganzen Morgen, sich das einzureden. Aber das drückende Gefühl im Magen blieb.

Ben bedeutete ihr schon lange viel, viel mehr, als sie wollte. Und ihr war wichtig, was er über sie dachte. Da konnte sie noch so sehr versuchen, sich vom Gegenteil zu überzeugen.

Am besten blieb sie heute komplett im Bett!

Bonni hatte sie vorhin schon per WhatsApp klargemacht,

dass sie die Sendung absagen würde und heute auch lieber allein sein wollte.

Sie hatte Angst, Bonni könnte es sonst doch noch schaffen, sie umzustimmen. Sie mit ihren unglaublich überzeugenden Augen. Und außerdem hatte Gwen ein schlechtes Gewissen ihr gegenüber. Sie wäre ja gerne mutiger und würde die gemeinsame Sache vertreten. Das war aber nun mal nicht so.

Gwen schniefte und grub sich noch etwas tiefer unter ihre Bettdecke, als es klingelte.

Sollte sie überhaupt aufmachen? Ihre Eltern waren arbeiten, und sie erwartete niemanden. Sie zog sich die Bettdecke über den Kopf, sodass sie das nächste Klingeln nur gedämpft hörte.

Beim dritten und vierten Klingeln blieb sie unter ihren geräuschdämpfenden Decken sitzen. Beim fünften Klingeln allerdings tauchte sie wieder auf, weil die Sauerstoffversorgung etwas dürftig geworden war. Beim sechsten und siebten Klingeln hatte Gwen das ungute Gefühl, dass es sich doch um etwas Dringendes handeln könnte. Und beim achten Klingeln hielt sie es nicht mehr aus und tapste zur Tür.

Völlig überrascht sah sie nicht nur in Bonnis, sondern auch in Leos Gesicht.

Ach du Scheiße! Sie hatte noch ihren Pyjama an. Schnell schloss sie die Tür bis auf einen Spalt wieder. Sie linste hindurch und fragte: »Seid ihr zusammen gekommen, oder was?« Ihr Herz schlug unangenehm schnell.

»Nein, Leo ist erst beim fünften Klingeln dazugestoßen«, meinte Bonni.

»Ich wollte dich eigentlich um das Rezept für die leckere weiße Mousse bitten, die ich neulich noch aus der Schüssel genascht habe. Aber ich sehe schon, es passt wohl gerade nicht so gut. Das ist kein Problem, ich kann ja auch ein andermal wiederkommen.«

Und ehe Gwen Zeit hatte, über eine Erwiderung auch nur nachzudenken, war Leo bereits mit großen Schritten durch das Gartentor hinausgeeilt.

»Ähm, hallo?!« Nun öffnete Gwen die Tür doch etwas weiter und meinte halblaut: »Du könntest mir ja mal deine Telefonnummer geben, dann kann ich dir das Rezept auch texten.«

Doch das hörte Leo nicht mehr, denn nun war er in eine Art Trab verfallen und offenbar schon zu weit weg.

»Irgendwie ist er ja niedlich.« Bonni grinste. »Lässt du mich rein?«

Gwen öffnete die Tür und trat zur Seite.

In Gedanken war sie noch bei Leo. Er hatte das Rezept für die Creme haben wollen, die er zum Schluss genascht hatte. Ihr Herz klopfte bei der Erinnerung an dieses Naschen noch schneller. Ob es ihm genauso ging?

Aber wo war Bonni überhaupt hin? Vor lauter Grübeln hatte Gwen nur am Rande wahrgenommen, dass ihre Freundin schnurstracks in die Küche gelaufen war. Gwen eilte hinterher.

Bonni saß mitten auf der Kücheninsel. Sie fühlte sich hier wirklich richtig zu Hause. Bei dem Gedanken musste Gwen lächeln.

Hoffentlich war Bonni nicht hier, um sie zu der Fernsehshow zu überreden. Ihr Entschluss stand fest.

Jetzt zog Bonni eine Keksdose aus der Tasche, öffnete sie und meinte: »Ich habe echt versucht, nicht zu kommen. Wie du wolltest. Aber ich habe dich vermisst. Und uns. Und unser Backen. Und da habe ich einfach mal bei uns zu Hause ein paar Fashion-Kekse gemacht. Willst du einen?«

Gwen starrte in eine Dose mit acht Keksen, die kleinen Kunstwerken gleichkamen. Bonni hatte in feinsten Linien Farben so zusammengesetzt, dass Gwen sofort wieder wünschte, sie hätte ihr Gefühl für Farbkombinationen.

Ehrfurchtsvoll nahm sie einen Kleiderkeks heraus, bestaunte die Gestaltung und biss hinein. Er schmeckte auch noch köstlich!

»Also, pass auf«, riss Bonni sie aus ihren Gedanken, »ich habe die ganze Nacht nicht geschlafen. Und du sollst wissen, dass ich es vollkommen respektiere, wenn du sagst, du kannst nicht in diese Show. Und dass ich immer weiter mit dir backen will oder einfach so vorbeikommen will, mit oder ohne Show!«

Dankbar sah Gwen sie an.

»Mir ist aber auch klar geworden, dass ich dir noch etwas erzählen muss.«

Gwen rollte mit den Augen. Also doch! Was hatte sich Bonni nun ausgedacht?

»Du meinst vielleicht, ich will dich einfach nur überreden. Aber das stimmt nicht. Es ist eher so, dass ich dir lange etwas nicht gesagt habe, was ich dir nun doch sagen will. Ich wollte dich nicht zu sehr unter Druck setzen. Ich habe ja gesehen, dass es dir nicht gut ging. Aber jetzt musst du es dir anhören.«

Gwen sah Bonni immer gespannter an. Was kam jetzt?

»Meine Lieblingstante lebt in Patagonien. Sie ist eine recht erfolgreiche internationale Designerin. Ich bin, bis ich zwölf war, quasi bei ihr aufgewachsen. Wir haben nebeneinander gewohnt, bevor mein Papa abgehauen ist und wir nach Deutschland gekommen sind. Ich vermisse Tante Penélopé sehr. Wir denken ähnlich, wir lieben ähnliche Sachen, wir träumen von den gleichen Dingen. Sie wollte mir eigentlich helfen, meinen Traum zu verwirklichen, auch eine Designerin zu werden.«

Bonni holte tief Luft, was sich wie ein kleines Aufstöhnen anhörte. Dann sprach sie mit leiserer Stimme weiter: »Ich will ehrlich sein, ich habe ein kleines bisschen gehofft, dass du vielleicht nicht so gern nach Patagonien willst, wenn wir gewinnen, und dass ich dann vielleicht für dich hinfliegen könnte … oder aber du fährst und lernst meine Tante Penélopé kennen, und sie kann meine beste Freundin hier aus Deutschland sehen. Das würde ich mir auch sehr wünschen! Gwen, hol uns den Preis, bitte, wir sind schon so nah dran!«

Gwen stöhnte auf. Bonni hatte ihr die ganzen Sommerferien über geholfen, hatte sie aus ihrem Gefühlsloch geholt. Hatte die ganze Zeit ihre Leidenschaft unterstützt. Mit ihr gelacht, mit ihr gelitten, sich mit ihr verrückte Sachen ausgedacht, war an ihrer Seite geblieben, egal, was war.

Und Gwen konnte jetzt nicht für Bonnis Traum kämpfen?

21

»Kamera 3 auf die Back-Insel, Mann, und nicht frontal auf den Zuschauerraum! Welcher Anfänger ist denn da wieder am Werk?!«

Der technische Aufnahmeleiter brüllte so laut über die Bühne, dass die ersten bereits in den Zuschauerraum strömenden Gäste erschrocken zusammenzuckten.

Kabelträger liefen hektisch umher, Elektroniker wurden eilig herbeigerufen, weil ein Scheinwerfer ausgefallen war. Der Aufnahmeleiter brüllte in Zweiminutenintervallen irgendwelche Befehle, und der zerstreut wirkende Starkoch Tom Wälz betrat stets zum ungünstigsten Zeitpunkt die Bühne, um noch einen Tipp an den sowieso schon aufgelösten Aufnahmeleiter loszuwerden.

In knapp zwanzig Minuten sollte das größte Fernsehstudio in Hamburg mit ungefähr dreihundert weiteren Zuschauern gefüllt sein, und Gwen konnte sich kaum vorstellen, dass bis dahin die Grundlage für eine professionelle Liveshow geschaffen sein konnte.

Hektisch ließ sie den Vorhang, durch den sie gelugt hatte, fallen. Das Chaos auf der Bühne hatte ihr eigenes inneres Chaos nur noch verstärkt, und kopflos raste sie den langen Flur zwischen den Garderoben entlang.

Sie konnte sich doch jetzt nicht ernsthaft verstecken, oder? Aber sie war so in Panik, dass sie nicht in der Lage war, ihre Beine anzuhalten. Als sie an den Garderoben entlanglief, hörte sie, wie sich zwei Maskenbildnerinnen darum stritten, wer den großen Pudertopf verlegt hatte. Ein Mann rief einem anderen zu, dass einer der Kandidaten noch nicht einmal eingetroffen war, weil er im Stau feststeckte. Und dass es knapp werden könnte.

In diesem Moment rief jemand aus dem Regieraum: »Noch fünfzehn Minuten bis zur Übertragung, seid ihr so weit?«

Da machte Gwen einen Satz in den winzigen Raum neben sich und zog die Tür zu. Der Geruch nach Putzmitteln stieg ihr in die Nase.

Jetzt saß sie auch noch in der Besenkammer! Was sollte Bonni von ihr denken? Die hatte nur kurz etwas zu essen aus der Cafeteria holen wollen, während Gwen sich in die Maske aufmachen wollte.

Aber dann hatte die Bühne sie magisch angezogen. So wie eine Mücke magisch vom Licht angezogen wird, in dem sie verbrennen kann. Sie hatte nur einen kleinen Blick riskieren wollen. Ja, und dann war die Panik nicht mehr zu stoppen gewesen.

Und nun saß sie hier. Peinlich. Aus dem Flur hörte sie deutlich Bonnis Stimme.

»Gwen? Dein Maskenbildner sucht dich! Wo steckst du denn?«

Gwen gab sich einen Ruck und öffnete die Tür der Besenkammer einen Spaltbreit. Immerhin war sie nur hier, weil sie für Bonni mutig sein wollte.

»Hier, Bonni!« Sie öffnete die Tür ganz und winkte ihr.

»Bonni, ich kann das einfach nicht! Meine Beine wollen mich weder in die Maske tragen noch auf die Bühne. Es tut mir total leid für dich und unser Projekt! Aber ich komme hier nicht raus. Das ist ein Albtraum!«

Gwen war speiübel, und sie fürchtete, dass ihre Haare bereits wie ein Mopp von ihrem Kopf abstanden, so oft, wie sie darin heute bereits herumgewühlt hatte.

Bonnis Gesicht wurde ganz blass. Da ploppte auf Gwens Handy eine neue E-Mail auf. Mit zitternden Fingern öffnete Gwen sie.

Stecke im Stau. Kann sein, dass ich es nicht schaffe. Ich zähle auf dich! Du musst dann meine Back-Ehre retten. Oder denkst du ernsthaft, du kannst dich weiter unter deiner Ich-kann-nichts-und-bin-doof-Tarnung verstecken? Los, raus, leben ist gefährlich. Aber nicht leben noch viel mehr, oder? Was soll schon passieren? Umkippen wirst du schon nicht! Und wenn, dann bin ich bis dahin bestimmt da und trag dich weg. ☺ Der Ben

Mit einem Aufschrei sprang Gwen aus der Besenkammer, sodass Bonni erschrocken zur Seite wich.

Wieso musste ausgerechnet jetzt auch noch eine Mail von Ben kommen? Auf keinen Fall wollte sie da vorne in dieser beleuchteten Show-Folterkammer backen!

Aber gleich zwei Freunde zählten auf sie. Zwei, die in den letzten Wochen mehr für sie getan hatten als der Junge, in den sie so verliebt gewesen war all die Jahre lang.

Bonni und Ben hielten hartnäckig zu ihr, obwohl sie sich wirklich nicht immer von ihrer besten Seite präsentiert hatte. Und warum konnte *sie* jetzt nicht auch einfach mal hartnäckig sein und die Sache hier bis zum Ende durchziehen? *Umkippen wirst du schon nicht!* Und wenn, *dann bin ich bis dahin bestimmt da und trag dich weg.* Bens Worte klangen in ihren Ohren nach.

Bedeutete das nicht auch, dass es ganz egal war, wie sie die Sache hier machte, sie sollte sie nur einfach *machen*?! Vielleicht war es auch ein bisschen egal, wie es ausging?

Gwen atmete tief ein. Ihr Herz pochte schnell, aber die Stimme in ihrem Kopf war lauter: Los, mach!

Plötzlich verspürte Gwen Hunger. Hunger und Erschöpfung. Übel war ihr immer noch. Aber ihre Freunde hatten recht. Sie war so weit gekommen, wie konnte sie jetzt aufgeben?

»Hast du was zu essen?« Gwens Stimme klang rau. Und als sie weitersprach, zitterte sie. »Und dann bring mich in dieses verdammte Studio. Aber komm mit und lass mich in diesem furchtbaren Garderoben-Labyrinth nicht allein, alleine finde ich hier nicht einmal das Klo. Und dann stoß mich nachher einfach ins Studio und bleib um Himmels willen hinter der Tür stehen, sodass du mich im Notfall von der Bühne holen kannst, sollte ich Tom Wälz vor die Füße spucken. Ach ja, und Bender-Bäcker ist hier in der Zwischenzeit noch nicht aufgetaucht, oder?« Schon allein bei dem Namen wurden ihre Knie noch weicher.

Da griff Bonni nach Gwens Hand und zog sie in Richtung der nächsten Garderobentür. Mit der anderen Hand holte sie einen Apfel aus ihrer Umhängetasche und drückte ihn Gwen in die Finger.

Atemlos meinte sie: »Los, du brauchst noch Puder, sonst siehst du aus wie ein Schlossgespenst, das sich auf die Bühne verirrt hat!«

Sie zog Gwen an zwei ihr unbekannten Männern und einer Frau vorbei und kickte dann die nächste Tür mit der Aufschrift *Garderobe 1* auf.

Der Maskenbildner ließ ein genervtes Brummen hören und murmelte: »Da kommt das ängstliche Hühnchen doch noch!« Dann wischte er routiniert mit einem Abschminktuch über Gwens Gesicht und zauberte ihr mithilfe von Puder und Rouge eine gesunde Hautfarbe.

»So muss es gehen«, brummelte er schließlich.

Während er noch Lippenstift und etwas Kajal auftrug, musste Gwen wieder an Ben denken. Hatte sie ihn hier vielleicht schon gesehen? War er zwischenzeitlich angekommen? Da war doch eben so ein dicklicher Mann um die vierzig mit Wurstfingern und Schnauzer gewesen. Könnte das Ben gewesen sein? Oder der extrem dünne Hüne mit kurzer Lederhose und Trachtenhut auf dem Kopf? Bitte nicht!

Sonst käme nur noch die junge Frau mit kurzen Haaren infrage, die vollständig in Schwarz gekleidet war. Alle anderen Personen, die sie bisher hier gesehen hatte, hatte sie eindeutig als Kameramänner, Aufnahmeleiter, Dekorateure oder andere Studio-Beschäftigte identifizieren können.

Sie konnte wirklich nur hoffen, dass Ben noch im Stau steckte. Sonst würde das Fünkchen Hoffnung in Sachen Bender-Bäcker verglühen wie ein Himmelskörper beim Eintritt in die Erdatmosphäre.

War es möglich, dass sie sich mit einem von den schrägen Leuten, die ihr hier begegnet waren, seit Wochen schöne E-Mails schrieb? Hilfe! Aber irgendwie gab es Gwen auch den Mut, sich wirklich zu erheben, nachdem der Maskenbildner unfreundlich genuschelt hatte: »So, mehr ist nicht rauszuholen«, und hinter Bonni her Richtung Bühne zu stolpern.

Vielleicht hatte sie gar nicht so viel zu verlieren?

»So, ich zähle, dann geht es los.« Tom Wälz war plötzlich neben Gwen aufgetaucht und drängte sie Richtung Bühne. Ihre Hände wurden schweißnass, und ihre Beine gaben kurz nach. Auf Bonnis »Viel Glück!« starrte sie nur stumm zurück.

Dank des festen Griffs des Showmasters fing sie sich und stolperte vor ihm her. Der erfahrene Bühnenmensch warf ihr einen genervten Blick zu, ehe er anfing, runterzuzählen.

»3, 2, 1, 0!«

Er sprang auf die Bühne, die Show hatte begonnen.

Seine Miene wirkte wie durch einen Schalter angeknipst, sein Lächeln konnte fast die Starkstromscheinwerfer übertreffen. Sein dynamischer Sprung wurde von dem Publikum mit einem frenetischen Applaus honoriert.

»Danke, danke!«, rief er den Zuschauern immer wieder zu.

Dann drehte er sich endlich zum Rand der Bühne. »Herzlich willkommen hier im Studio in Hamburg! In den letzten Wochen haben wir in einem nie da gewesenen Online-Wettbewerb den talentiertesten Backkünstlern unter den Bloggern dabei zugesehen, wie sie Fantastisches erfinden. Drei von ihnen haben von der Online-Community das Prädikat *Besonders wertvoll* erhalten. Und nun begrüßen Sie gemeinsam mit mir unsere Drittplatzierte!«

Tom Wälz grinste Gwen an und versuchte, sie mit einer leicht zuckenden Hand unauffällig auf die Bühne zu locken.

Gwen schüttelte ihre Haare nach hinten, damit sie ihr hoffentlich weniger wuselig ins Gesicht fielen. Die Hochsteckfrisur, die der Maskenbildner ihr hatte verpassen wollen, hatte geziept und ihr überhaupt nicht gefallen.

Ihre Kehle schnürte sich zu, und sie sah sich nach allen Seiten um. War vielleicht doch jemand anders gemeint?

Nein. Tom Wälz sah eindeutig sie an.

Ihre Beine bewegten sich nicht.

Da hielt der Showmaster es nicht länger aus. Mit einem Brummen, das wahrscheinlich freundlich wirken sollte, eilte er zu Gwen und zog sie ins Scheinwerferlicht, wobei er versuchte, das Ganze spielerisch wirken zu lassen.

Kaum stand sie in der Mitte der Bühne, wischte sich Tom Wälz unauffällig den Schweiß von der Stirn. Gwen blinzelte in die hellen Scheinwerfer. Jetzt war die Gelegenheit, in Ohnmacht zu fallen. Noch hatte sie sich nicht blamiert. Aber den Gefallen tat ihr Körper ihr nicht. Er schickte nur immer wieder dieselbe Botschaft an ihr Hirn: Hilfe! Hilfe! Hilfe!

Weiterhin konnte sie kaum was sehen. Glücklicherweise bemerkte der erfahrene Showmaster ihre Irritation schnell und zog Gwen ein wenig zur Seite, sodass sie nahe der Studioküche standen.

Ihre Beine gewannen Halt, und ihr Herz verfiel wieder in ein erträgliches Tempo, als sie den Aufbau staunend betrachtete.

In der Mitte der Bühne befand sich eine Kochinsel in XL-Format mit drei integrierten Herden sowie drei Backöfen. Die ganze Anlage bestand aus Glas, Stahl und grün-blau gestreiften Zwischenflächen. Die Arbeitsflächen glänzten in poliertem Buchenfurnier, und die zahlreichen Messer wirkten gemeinsam mit den bunt verzierten Messerblöcken wie abstrakte Kunstskulpturen. Von den Zuschauern aus links der Kochinsel befand sich ein riesiges Sofa, das die Form eines lang gezogenen Spiegeleis hatte, als Lehne dienten dunkelrote Schaumstoffstreifen in Schinkenspeck-Design. Kissen in der Form von Zwiebelringen rundeten den Eindruck ab, auf dem Inhalt einer Bratpfanne zu sitzen.

Gwen musste sich ein nervöses Kichern verkneifen bei der Vorstellung, dass der ansonsten sehr seriös wirkende Tom Wälz einen derart albernen Einrichtungsgeschmack hatte.

Da bat der Starkoch sie auch schon, auf dem Eigelb des Sofas Platz zu nehmen.

Gwen half diese bunte, poppige Ausstattung, sich ein wenig zu entspannen, da sie ihr eher den Eindruck vermittelte, in einer Art Micky-Maus-Veranstaltung aufzutreten, als in einer erfolgreichen Vorabendshow.

Allerdings vermied sie es krampfhaft, in den Zuschauerraum zu blicken. Sie fürchtete, dass dann mindestens ihre Sprache ausfallen würde, wenn nicht mehr. Stattdessen fixierte sie die Kochinsel drei Meter neben sich.

Und dann holte Herr Wälz bereits die nächste Kandidatin auf die Bühne: Die Nummer zwei des Internet-Rankings: bunte.kuh. Wie sie allerdings auf diese Bezeichnung gekommen war, war Gwen ein Rätsel, denn sie stellte sich als die schwarz gekleidete Frau mit der Kurzhaarfrisur heraus. Die damit schon mal als Ben-Kandidatin ausschied.

Sie warf sich schwungvoll auf den linken Eiweiß-Sofa-Bereich und steckte sich gemütlich einen Zwiebelring zwischen die Knie, als fläze sie zu Hause vor dem Fernseher. Kurz warf sie Gwen einen Blick zu, schien sich dann aber zu entschließen, das nervöse Mädchen zu ignorieren. Unbehaglich rutschte Gwen ein Stück von ihr ab.

»Und nun, last but not least«, hörte Gwen Tom Wälz' leicht theatralischen Ton, »freue ich mich, Ihnen die Nummer eins unseres Rankings vorstellen zu dürfen: Hier kommt Ben-der-Bäcker, dessen Bus sich doch noch durch einen wahnsinnigen Stau zu uns durchgekämpft hat!«

Gwen zog den Kopf zwischen die Schultern und wünschte, sie hätte eine Art Schildkrötenpanzer, in den sie sich jetzt verziehen könnte. Sie hatte Angst, dass sich gleich einer dieser merkwürdigen Typen, die sie schon im Flur gesehen hatte, neben sie setzen würde. Typen, die Gwen eigentlich nicht einmal im Traum ansprechen, geschweige denn, sehr private E-Mails mit ihnen tauschen würde.

Das wäre so peinlich! Hoffentlich würde er nicht in aller Öffentlichkeit rausposaunen, dass sie miteinander in Kontakt standen! Jetzt wurde Gwen unter der drei Zentimeter dicken Make-up-Schicht richtig heiß, und sie verspürte eine Übelkeit, von der sie hoffte, dass sie nicht den Apfel von eben aus ihrem Magen nach oben katapultieren würde. Mitten auf der Bühne. Bitte nicht!

Vom Band erklang ein feierlicher Tusch.

Und dann trat tatsächlich Ben-der-Bäcker hinter Tom Wälz ins Scheinwerferlicht.

Gwen blinzelte ihm mit zusammengekniffenen Augen entgegen, eine Hand auf ihrem Bauch. Er lief hinter dem Showmaster, sodass Gwen ihn leider nicht vollständig erkennen konnte. Allerdings sah er keiner der Männergestalten ähnlich, die sie bereits auf dem Flur gesehen hatte.

Ben-der-Bäcker setzte sich rechts neben sie und lehnte sich nach hinten an den Schinkenspeck.

Entgeistert starrte Gwen den Jungen neben sich an. Wütend zischte sie: »Leo, was machst du hier? Was soll das?«

Er scharrte mit den Füßen auf dem Boden hin und her.

Wie hatte er es denn geschafft, sich als Gewinner auszugeben? Wurde das denn gar nicht richtig kontrolliert? Er, der nicht einmal ein Ei vernünftig in eine Schüssel schlagen konnte! Und was hatte er mit dem echten Ben-der-Bäcker gemacht? Würden sie ihn nicht auf die Bühne lassen, weil der richtige Ben-der-Bäcker ja vermeintlich schon hier saß?

Was für ein Desaster! Sollte sie etwas zu Tom Wälz sagen? Aber sie konnte Leo doch auch nicht so bloßstellen.

Gwen vergaß kurz, wo sie war, und zischte ihm zu: »Spinnst du! Wo ist Ben-der-Bäcker?«

Leo flüsterte zurück: »Lange Geschichte, ich habe –« Doch da wurde Leo schon von Tom Wälz unterbrochen, der die drei Kandidaten aufforderte, sich an die Herde zu begeben und sich warm zu backen, wie er sagte.

Gwen schoss die Aufregung erneut in die Glieder. Sie konnte nicht verhindern, dass die Hand, mit der sie sich abstieß, um vom Sofa hochzukommen, heftig zitterte.

Dabei stieß sie unbeholfen gegen Leo, der sich ebenfalls aufrichtete.

Ihr »Sorry« klang richtig verzweifelt, das hörte sie selbst. Leo warf ihr einen fragenden Blick zu. Dann schien er die Situation zu erfassen. Während sie zur Kücheninsel rübergingen, raunte er ihr zu: »Stell dir einfach vor, niemand sieht zu. Es gibt hier nur dich und dein Backen oder dich und deine Schaukel …« Er brach abrupt ab und legte sich die Hand auf den Mund.

Ruckartig blieb Gwen stehen. Kannte er etwa ihren geheimen Ort? Dann war es Leo gewesen, der ihr im Wald so einen Schrecken eingejagt hatte?

Wut stieg in ihr hoch. Plötzlich wollte sie es ihm heimzahlen. Sie würde ihn so gründlich an die Wand backen, dass er sich noch wünschen würde, er wäre niemals aufgetaucht, dieser Brötchen-Aufbäcker, dieser Aufschneider!

Mit energischen Schritten ging Gwen zu dem ihr zugeteilten Herd in der Mitte der Kochinsel, nahm sich zwei Messer heraus und begann, diese zu wetzen. Nur das laute Räuspern des Showmasters sowie sein etwas verunsichertes Lachen erinnerte Gwen daran, wo sie war. Mit einem beschämten Blick steckte sie die Messer in ihren Block zurück und wartete auf die Anweisungen von Herrn Wälz.

Leo hatte in der Zwischenzeit an dem Herd links von ihr Stellung bezogen und die schwarze Kuh, wie Gwen die junge Frau insgeheim taufte, rechts von ihr.

»So, hier nun zunächst eine kleine Fingerübung für euch, bevor wir zu euren Projekten kommen.«

Bei diesen Worten des Showmasters balancierten drei attraktive junge Männer im Kellnerdress zahlreiche Eierpackungen zur Kochinsel und stellten jeweils acht Packungen und zwei Schüsseln vor jeden Kandidaten.

»Wir wollen nun von euch Profis sehen«, fuhr Tom Wälz fort, »wie schnell es euch gelingt, das Eigelb sauber von dem Eiweiß zu trennen. Ihr bekommt eine Minute Zeit, und dann zählen wir, wie viele Eier jeder geschafft hat. Gut Glück oder auch Ei-wohl, hä, hä!« Und mit einem meckernden Lachen trat der Showmaster aus dem Inselbereich zurück.

Ein kleiner Tusch, die Scheinwerfer warfen einen Lichtkegel auf die drei Bäcker, und dazu begann eine Stimme aus dem Off zu zählen: »10, 9, 8, 7 …«

Als Gwen begriff, dass das der Countdown zu dem skurrilen Ei-Wettbewerb war, begannen ihre Knie leicht zu zittern. Aber nichtsdestotrotz erschien es ihr geradezu ideal dafür, den falschen Ben-der-Bäcker gleich am Anfang bloßzustellen. Immerhin wusste sie, wie es um seine Ei-trenn-Fertigkeiten bestellt war! »… 2, 1, 0 – los!«

Und wie von unsichtbarer Hand gelenkt, vollführte Gwen

eine Show, die ihr Vater als Eier-Ballett bezeichnet hätte. Diese Handgriffe hatte sie schon so oft vorgenommen, dass sie sie wahrscheinlich auch im Schlaf ohne Probleme abrufen könnte. Diesmal waren es einfach nur ein paar Eier mehr als sonst.

Mit einem neugierigen Blick zur Seite registrierte sie, dass der falsche Ben sich bemühte, ihr Tempo mitzuhalten. Sollte er mal versuchen, sie wusste ja, dass es ihm nicht einmal gelingen würde, auch nur zwei der Eier sauber zu trennen.

Dann rief Tom Wälz auch schon: »Stopp, das war's!«, und sprang wieder ins Bild. Er nickte anerkennend und spähte nacheinander in die Schüsseln.

»Ich sehe, ihr seid alle drei würdige Kandidaten für den Titel *Back-Art-Künstler No. 1,* der in diesem Wettbewerb vergeben werden soll.«

Wie bitte? Gwen schluckte schwer. Hatte der Showmaster denn gar nicht richtig in Leos Schüsseln geguckt? Was wurde hier gespielt?

Möglichst unauffällig beugte sie sich über Leos Schüsseln. Und was sie sah, verschlug ihr wirklich die Sprache: exakt voneinander getrennte Eier, nicht mal eine winzige Eierschale konnte sie entdecken. Mit offenem Mund starrte sie Leo an.

Der drehte seinen Kopf in ihre Richtung und lächelte schüchtern. Als er ihren empörten Blick sah, zuckte er entschuldigend mit den Schultern und wandte sich wieder dem Showmaster zu.

Na warte!, dachte Gwen. Mit welchem Trick auch immer er das geschafft hatte, sie würde es ihm zeigen! Oder hatte er neulich nur so getan, als wäre er ein Dilettant? Log er einfach bei allem, was er sagte? Was für ein armes Würstchen Leo doch war! Gwen schnaubte, während Tom Wälz zum eigentlichen Hauptteil der Sendung überleitete.

Zunächst wurden in einem kleinen Einspieler Fotos der drei Final-Projekte gezeigt: Gwens Laufsteg mit Vivienne-Westwood-Keksmode, Bens riesige Hauswürfel-Torte sowie ein buntes Lebkuchenhaus à la Hundertwasser – modern verfremdet von bunte.kuh.

Dann wurden sie aufgefordert, die Grundsubstanz ihres Werkes zu backen, sodass die Zuschauer einen möglichst genauen Eindruck von der Besonderheit ihres Backwerks bekamen. Da die Kandidaten im Vorweg der Sendung bereits über diesen Teil der Show informiert worden waren, hatte Gwen ihre Spezialzutaten alle mitgebracht.

Nun begann ein hektisches Wühlen, Schütten und Rühren auf der Kochinsel, denn sie hatten nur dreißig Minuten Zeit, um ein möglichst eindrucksvolles Element aus ihrer Wettbewerbstorte nachzubauen.

In der Zwischenzeit sollten zwei Lieder der Hamburger Sängerin Vivienne Lissini, ein Rate-Quiz für das Publikum sowie ein kurzer Film zum Thema *Backen früher, heute und in Zukunft, wohin geht der Trend?* die Zuschauer unterhalten. Hin und wieder vollzog eine der Kameras einen kurzen Schwenk auf die Kochinsel und zeigte den Inhalt in den Schüsseln der Wettbewerber.

Gwen wollte vier Pfeiler aus Schokolade herstellen sowie eine längliche Platte, die sie dann mithilfe des Gummibärchenkleisters zusammenbauen wollte. So sollte ein kleiner Abschnitt des Laufstegs entstehen. Sie wusste, dass das Besondere ihres Backwerks neben der Idee und den Fashion-Keksen in der gut formbaren, extrem stabilen Konsistenz ihrer Schokolade bestand sowie in der enormen Haftkraft des essbaren Klebers. Außerdem wollte sie schnell noch drei Kekse »anziehen«.

Sowohl die Kekse, drei weiße Cake-Pop-Kugeln, die Glasuren als auch ein Stück gefüllte Biskuitkuchenplatte hatte sie bereits mitgebracht. Trotzdem bedeutete es, dass sie keine Sekunde verlieren durfte, denn die Schokomasse würde noch im Kühlschrank abkühlen müssen, bevor sie sie überhaupt formen konnte.

Also wirbelte Gwen in den ersten zehn Minuten mit einer Geschwindigkeit vor sich hin, dass immer wieder ein leichtes Raunen durch den Zuschauerraum ging. Auch Leo und bunte. kuh sahen immer wieder erstaunt zu Gwen hinüber.

Die Zeit lief Gwen davon, und sie merkte, dass sie bei der Planung einen Denkfehler gemacht hatte, eine halbe Stunde war einfach zu knapp! Selbst wenn die Schokomasse pünktlich aus dem Kühlschrank käme, hätte sie doch niemals genug Zeit, diese nach dem Formen auch noch anständig zusammenzukleben, denn das allein war schon eine unheimliche Fummelarbeit.

Gwen fluchte leise vor sich hin. Sie bereitete den Kleber vor, verzierte die Kekse und lief immer wieder angespannt zum Kühlschrank an der hinteren Studiowand, um zu überprüfen, ob die Schokoladenmasse schon fest war.

Und dann spürte sie auf einmal, wie rechts von ihr ebenfalls Hektik ausbrach. Der »falsche Ben« ließ sich offensichtlich von ihrem Zeitdruck antreiben und fuchtelte zum Teil fast schon unkontrolliert vor sich hin. Jetzt würde er sich endlich selbst entlarven! Aber sie hatte gar nicht die Zeit und die Nerven, weiter darüber nachzudenken.

bunte.kuh schien die Einzige zu sein, die cool blieb, denn sie hatte ihr Grundgerüst bereits mitgebracht: riesige Lebkuchenplatten, die bereits zu einem hohen Haus verschachtelt waren, sodass sie lediglich die bunten Glasuren hier vor Ort anrührte, um damit das Lebkuchenhaus im Stil von Hundertwasser, dem berühmten Architekten aus dem letzten Jahrhundert, zu verzieren. In aller Seelenruhe malte sie mit ihren Glasuren bunte Muster und wirkte dabei sehr souverän.

Gwen ärgerte sich, dass sie das nicht ähnlich einfach vorbereitet hatte, aber sie hatte gedacht, die Idee der Show wäre, hier zu beweisen, dass man die schwierige Konstruktion des Backwerkes wirklich beherrschte und nicht nur anmalen konnte.

»Drei Minuten noch!«

Drei Minuten, um die endlich fertige Platte an den Schokoträgern zu befestigen und alles andere darauf zu dekorieren. Das war nicht machbar!

Panikwellen brandeten in Gwen hoch und ließen sie erstarren. Sie konnte sich auf einmal keinen Millimeter mehr bewegen. Das war's jetzt wohl!

Da nahm Leo ihr die Schüssel mit dem Gummibärchenkleber aus der Hand, betupfte mit einem Pinsel geschickt die passenden Stellen, und so als wüsste er, bei wie viel Masse der Kleber seine beste Haftkraft entfaltete, dosierte er ihn perfekt. Dann raunte er ihr zu: »Los, drück die beiden Stangen auf deiner Seite an die Platte, ich nehme die beiden Stangen hier drüben.«

Und noch während der Tusch ertönte, der das Ende der Backzeit ankündigte, hing der »falsche Ben« über Gwens Ablagefläche und hielt gemeinsam mit ihr das Konstrukt fest, sodass der Kleber wenige Sekunden Zeit hatte, fest zu werden.

Als der Showmaster mit schnellen Schritten zu den drei Finalisten an die Kochinsel eilte, beugte sich Leo schon wieder über sein Werk, einem porösen Stück Zitronenkuchen.

Gwen stellte hektisch das Laufstegstück hin, legte eine gefüllte Biskuitplatte sowie drei Cake-Pop-Kugeln darauf und lehnte die Fashion-Kekse daran.

»Oho, oho, hier haben sich die Kandidaten ein wenig gegenseitig unter die Arme gegriffen, aber mir soll es recht sein!«, ließ Tom Wälz sich gut gelaunt vernehmen.

Dann lief er prüfend um die Back-Ergebnisse herum, während eine Kamera stets seinem Blick folgte, sodass die Zuschauer ihn auf diesem Rundgang begleiten konnten.

Schließlich kommentierte er: »Liebe Zuschauer hier im Studio, Sie hatten vorhin die Gelegenheit, die Backwerke unserer drei Finalisten auf den Fotos zu bewundern, und nun haben Ihnen diese Backkünstler bewiesen, dass die Konstruktionen beziehungsweise Back-Erfindungen tatsächlich möglich und ganz offensichtlich auch von ihnen selbst hergestellt sind. Es ist jetzt an Ihnen, die Karten noch einmal neu zu mischen und die endgültigen Plätze zu vergeben. Denn letztendlich entscheiden Sie: Wer gewinnt den ersten Platz und wird diesen Sommer nach Patagonien zu Piedro Sancharez reisen? Drücken Sie die Knöpfe unter ihrer Sitzfläche und stimmen Sie *jetzt* ab!«

Raunen und Scharren setzten im Zuschauerraum ein, und Gwen traute sich zum ersten Mal, in den weitläufigen Bereich voller Gesichter hineinzusehen.

Und da traf sie der nächste Schock. Sie meinte, in der zweiten Reihe Kenu mit seiner neuen Freundin zu sehen, die sich glücklich aneinanderschmiegten. Als sie erneut hinsah, merkte sie jedoch, dass sie sich geirrt hatte. Ein Hirngespinst, nichts weiter.

Mit einem Ruck wandte Gwen den Kopf zur Seite und zog mit einem scharfen Zischen die Luft durch ihre Schneidezähne ein.

Der falsche Ben interpretierte das Geräusch falsch, drehte den Kopf zu ihr und fragte: »Was ist, Gwen? Du hast alle Chancen, zu gewinnen. Ich selbst würde für dich voten.«

Grimmig sah Gwen ihn an. Wer bitte war dieser Typ wirklich? Ein angeblich schüchterner, angeblich hilfsbereiter Leo, der sie aus dubiosen Gründen manchmal im Wald beschattete? Oder wirklich Ben-der-Bäcker, der sich hier doch so geschickt gezeigt hatte, wie sie es von ihm erwartet hätte, und Sachen sagte, die auch einer seiner E-Mails hätten entsprungen sein können?

Und der ihr deshalb schon wieder guttat.

Aber wie konnten beide – Leo und Ben – ein und dieselbe Person sein? Gwen schüttelte ihre Locken, denen die Studioluft gar nicht zu bekommen schien, denn sie standen wie elektrisiert von ihrem Kopf ab. Wahrscheinlich würden die Zuschauer vor allem eine bauschige Mähne von ihr in Erinnerung behalten und weniger ihr Backwerk.

Ihr wurde flau im Magen. Schnell stützte sie sich mit einer Hand auf der Ablage vor sich ab. Ihre Knie gaben ein wenig nach. Da spürte sie eine warme Hand nach ihrer greifen. Langsam suchten Leos Fingerspitzen ihre, bevor er ihre Hand erst sanft und dann fester hinter der Sichtabdeckung der Kücheninsel mit seiner umschloss.

Gwen wusste, dass sie sie ihm besser entziehen sollte, nach allem, was passiert war. Aber die Wärme und sein fester Griff taten ihr gut, sodass ihr Kopf wieder klarer wurde und sie wieder hoffen konnte, das kurz bevorstehende Ende der Sendung würdevoll zu überstehen. Was auch immer jetzt noch passieren sollte, danach würde sie so schnell wie möglich hier abhauen.

Gwen spürte, dass Leo sie von der Seite ansah. Sie zwang sich, den Blick nicht zu erwidern. Das wäre jetzt zu viel für ihre Nerven. Da fiel es ihr sogar leichter, unbeweglich in den Zuschauerraum zu starren.

»Und deshalb, weil du hier wirklich bewiesen hast, dass deine neuartige Konstruktion funktioniert und sie einzigartig in ihrer Umsetzung ist und weil die meisten Zuschauer den Eindruck haben, dass deine modische Kekspräsentation auf dem Laufsteg eine echte Augenweide ist, hast du, marla.keks alias Gwen Larsson, den ersten Platz gemacht! Herzlichen Glückwunsch! Bitte komm zu mir und nimm deinen Gewinn in Empfang: Flugtickets nach Argentinien, ein gemeinsames Backen mit Piedro Sancharez sowie – täterätäää - einen zweiwöchigen Hotelaufenthalt mit *einer Person deiner Wahl.* Das ist die zusätzliche Überraschung des Wettbewerbsveranstalters. Nicht schlecht, wie ich finde!«

Gwen hörte die Stimme von Tom Wälz wie durch einen Nebel. Sie konnte das Gesagte und nicht einmal ihren Namen wirklich mit sich in Verbindung bringen, so wild hämmerte ihr Herz.

Als dann aber Leo seinen Griff löste und sie vorsichtig aus der Kücheninsel hervor Richtung Bühne schob, wusste Gwen, dass sie es geschafft hatte: Sie hatte soeben den großen Internet-Fernseh-Backwettbewerb gewonnen und allen bewiesen, dass sie wirklich etwas konnte!

Das Publikum klatschte und johlte, und Gwen spürte, wie ihr die Röte ins Gesicht schoss. Die meinten wirklich *sie*? Aus Versehen lehnte sie sich kurz an Leo an, bevor ihre Füße wieder genug Halt fanden, um in Richtung Publikum zu treten – wenn auch mit kleinen Schritten.

Kurz blickte sie in die Zuschauerreihen und sah Bonni, deren Gesicht so strahlte, als könnte man damit ein ganzes Stadion beleuchten. Kurz bereute Gwen, dass sie ihren Eltern verboten hatte, mitzukommen. Aber sie wusste, dass sie sie von zu Hause aus feierten. Genau wie Charlene.

Da spürte sie einen Stolz auf sich selbst aufsteigen, der ganz allein ihr gehörte.

Mit hochrotem Gesicht nahm Gwen ihren Preis entgegen und erhob kurz und fast heimlich neben ihrem rechten Bein Zeige- und Mittelfinger zum V: Victory, Sieg. Wie die Zuschauer das fanden, war ihr ausnahmsweise mal egal. Nur eines hoffte sie wirklich: dass Kenu und Tanja gerade zusahen!

Wie Gwen von der Bühne gekommen war, wusste sie später nicht mehr. Sie konnte sich nur daran erinnern, dass sich eine Menschentraube um sie herum gebildet hatte und sie mit Glückwünschen überhäuft wurde. Und dass sie plötzlich einen dicken Strauß Lilien in der Hand hielt, der mit seinem süßlichen Duft, direkt vor ihrer Nase, erneut Übelkeit in ihr aufkommen ließ.

Von irgendwo her sprang Bonni ihr in die Arme. Eine Bonni, deren Augen feucht glänzten und die immer wieder flüsterte: »Du hast es geschafft! Du hast es geschafft!«

Irgendwann war da wieder eine Hand in ihrer gewesen, die sie langsam, aber bestimmt von der Bühne zog. Die von Leo. Oder »dem falschen Ben«. Oder Ben-der-Bäcker.

Und noch in der Garderobe, während Gwen den restlichen Inhalt von Bonnis Tasche aß, zwei Bananen und ein Brötchen, begann Leo zu erzählen, wie Gwen es dem schüchternen, etwas schweigsamen Jungen nicht zugetraut hätte.

Vielleicht war es gut, dass Bonni gerade auf der Toilette verschwunden war.

»Gwen, es tut mir leid. Es war überhaupt nicht in Ordnung, dass ich dich im Wald beobachtet habe. Aber das war nur ein einziges Mal, glaub mir! Ich habe gesehen, wie viel Angst du bekommen hast, und bin dort nie wieder aufgetaucht. Ich hatte dich beim Joggen durch den Wald zufällig entdeckt, und ich konnte nicht mehr aufhören, dich anzusehen. Wie ausgelassen du geschaukelt bist, so glücklich und so schön, ganz bei dir. Als würdest du dahin gehören, du mit deiner Lockenkrone. Du bist mir von da an nicht mehr aus dem Kopf gegangen. Mir war schnell klar, dass du in das Öko-Haus am Waldrand eingezogen sein musstest, was sich bei der Besichtigung bei euch ja auch bestätigt hat. Ich wollte dich so gerne ansprechen. Als ich dann noch erfahren habe, dass du die Verfasserin des Blogs bist, dem ich fast vom ersten Tag an so begeistert gefolgt bin, war es endgültig um mich geschehen. Aber da habe ich mich erst recht nicht mehr getraut, dich anzusprechen.« Leo seufzte und sah zu Boden.

»Zwei Mal stand ich schon vor eurem Haus und wollte klingeln; das heißt, einmal habe ich das sogar, aber dann hat mich doch wieder der Mut verlassen, und ich bin abgehauen. Und beim zweiten Mal habe ich durchs Küchenfenster Bonni gesehen, und da war's auch vorbei mit den guten Vorsätzen …«

Gwen wusste nicht, was sie sagen sollte, ihre Hand mit dem Brötchen lag vergessen auf dem Tisch. Die ganze Zeit war er es gewesen. Der Typ im Wald und am Haus!

Leo sah nur einmal kurz hoch, dann fuhr er fort und schien eher zu seinen Schuhspitzen zu sprechen als zu ihr.

»Ja, und nach der Besichtigung und dem Flyer, nachdem ich wusste, dass *du* marla.keks bist, wusste ich ja, dass ich dich im Internet treffen kann. Du glaubst nicht, wie glücklich ich war, als mir klar wurde, dass wir die gleiche Leidenschaft teilen! Backen! Und dann ist es mir plötzlich wichtig geworden, dass du begreifst, was für ein Talent du hast. Außerdem hatte ich gehofft, dass uns der Wettbewerb irgendwie verbindet.«

In die Stille, die nach seinen Worten eingetreten war, sprach Gwen leise hinein: »Was es dann ja auch irgendwie hat, nur dass du mich die ganze Zeit nach Strich und Faden belogen hast, sowohl als Leo als auch als Ben. Und einen Wahnsinnsschrecken hast du mir auch eingejagt! Und wieso hast du an dem Tag neulich, als du mir geholfen hast, so getan, als wärest du eine Back-Niete?«

Erschrocken sah Leo hoch. Leicht stotternd entgegnete er: »Aber das habe ich doch gar nicht. Das hast du mir unterstellt. Nur bei den Eiern, da habe ich Quatsch gemacht, das stimmt, das hat einfach so viel Spaß gemacht, und außerdem hatte ich mich da schon zu tief in alles verstrickt ...«

Gwen runzelte die Stirn. »Und warum hast du als Ben-der-Bäcker nie Lasse erwähnt?«

Auf einmal fiel Gwen siedend heiß ein, dass Lasse, von dem sie Ben-der-Bäcker offen erzählt hatte, ja Leos Bruder war. »Und dann hast du wohl auch noch Lasse beauftragt, Bonni über mich auszufragen, das war überhaupt die blödeste Idee des Jahrhunderts! Und wieso hast du zugelassen, dass ich dir von Lasse erzählt habe, in der Annahme, du würdest ihn gar nicht kennen und hättest genug Abstand, mich zu beraten?!«

Gwen funkelte Leo wütend an, und sie hatte richtig Lust, ihm kräftig vors Schienbein zu treten. »Was hätte ich denn machen sollen?« Leos Stimme war rau. »Du hättest ja sofort gewusst, wer ich bin. Ich hatte einfach Angst, dass du dann keine Lust mehr auf weitere E-Mails mit mir hast. Dabei habe ich mich morgens beim Aufwachen doch schon auf deine Antwort am Abend gefreut! Außerdem wollte ich so gern mehr über dich erfahren.« Leo sah Gwen mit traurigen Augen an.

Gwen dagegen funkelte wütend zurück. Da stand Leo plötzlich auf und rief: »So ist es bei mir immer! Ich verbock es jedes Mal! Tut mir leid, dass ich dich belästigt habe!«

Er schnappte sich seine Lederjacke und lief mit Riesenschritten aus der Tür. Fast hätte er dabei Bonni umgerannt, die gerade von der Toilette zurückkam.

»Hey!«, rief sie ihm noch nach, dann drehte sie sich mit fragender Miene zu Gwen: »Was war denn hier los? Hättest du gedacht, dass Leo im Internet Ben-der-Bäcker ist?« Mit besorgter Miene blieb sie in der Tür stehen.

Aber Gwen sammelte nur ihre Sachen zusammen und murmelte: »Komm, lass uns los, vielleicht bekommen wir noch den Bus um 18.30 Uhr zum Hauptbahnhof.«

Bonni sah Gwen so ratlos an, dass Gwen klar war, dass ihr der Gefühlsschlamassel ins Gesicht geschrieben stand.

Im Bus erzählte Gwen Bonni alles.

Bonni hörte schweigend zu. Dann seufzte sie und meinte: »Eins sage ich dir: Wenn Lasse das alles für mich getan hätte, dann wären wir jetzt hundertprozentig zusammen! Ich würde alles dafür geben, so umworben zu werden, und wenn er sich dafür tausend Pseudonyme zulegen und mich in Wettbewerbe drängen würde. Dann wüsste ich wenigstens, dass er mich wirklich will.«

Nachdenklich lehnte Gwen den Kopf nach hinten. Was Bonni sagte, stimmte natürlich, Leo hatte sich richtig für sie ins Zeug gelegt.

»Ich wollte dir noch erzählen, dass Lasse eine andere hat, die ehemalige Freundin von Leo, echt krass, oder? Wir haben gestern Abend telefoniert, und er hat mir endlich erzählt, was los ist.«

»Was?« Gwen richtete sich wieder auf.

»Ich weiß. Irgendwie mies als Zwillingsbruder.«

»Deshalb hat Lasse wahrscheinlich auch so ein schlechtes Gewissen und hat sich für Leo sehr um Infos über dich bemüht.«

»Puh.« Das musste Gwen erst einmal sacken lassen. »Das ist bestimmt megaätzend für dich, oder?« Sie hatte ja gemerkt, wie verliebt Bonni in Lasse gewesen war.

»Ach, ich weiß nicht. Das war natürlich ein ziemlicher Schock. Und zwiebelt auch noch im Herzen.« Bonni schluckte und sah Gwen mit einem schiefen Grinsen an. »Ich glaube nur, dass es eh nicht mit uns funktioniert hätte. Ich möchte auch jemanden, der alles für mich gibt, und nicht einen, der sich tagelang nicht meldet und dann doch wieder. Und dann wieder nicht.«

Bonni hatte wirklich Besseres verdient! Gwen drückte ihre Hand. »So ganz versteh ich das immer noch nicht. Er hat sich am Anfang so um dich bemüht.«

»Ich war wirklich vor allem Info-Bringer ... über mich konnte Lasse mehr über dich herausfinden und Leo so ein bisschen unterstützen. Gut fand er mich dann wohl schon, aber es hat nicht gereicht. Da war ja auch noch Leos Exfreundin ... Gwen ...?«

Sie hatten soeben den Hamburger Hauptbahnhof erreicht, und Gwen war wie von der Tarantel gestochen vom Sitz aufgesprungen.

»Du hast mit allem recht, oh Gott, ich muss was erledigen. Ich fürchte, allein!«, rief Gwen. »Wir reden später weiter!«

Dann jagte sie auch schon mit klopfendem Herzen und fliegenden Haaren zwischen den Anzeigetafeln auf dem riesigen Fernbahnhof umher und versuchte, das richtige Gleis für die Bahn nach Bremen zu finden. Mit dieser Bahn würde Leo, wie sie ihn im Geiste nun der Einfachheit halber nannte, doch sicher auch fahren, oder?

Als sie endlich den langen Gang zum Gleis 9 entlangsprintete, merkte sie, dass sie Leo gegenüber sehr gemischte Gefühle verspürte. Wie so oft. Genau das hatte sie doch unbedingt vermeiden wollen. Aber sie wusste auch, dass sie Leo finden musste!

Eben im Bus mit Bonni war ihr ein Gedanke gekommen, der sie nicht mehr losließ. Was wäre denn, wenn es geradezu typisch für das Leben wäre, ambivalent zu sein? Dann wäre gar nicht sie, Gwen, merkwürdig und was sie erlebte kompliziert, sondern das Leben selbst. Und wenn das stimmen sollte, was bedeutete das für sie?

Der Zug stand schon da. Keuchend sprang Gwen rein, die Türen fielen hinter ihr zu. Wo war Leo? Während Gwen durch die Abteile des langsam anfahrenden Zuges ging und sich suchend umsah, wusste sie, dass sie sich bereits entschieden hatte.

Neulich hatte sie ein Graffito an einer Turnhalle gelesen: *You can't stop the waves, but you can learn to surf.* Wenn man nicht lernen konnte, das Chaos im Leben zu stoppen, sondern nur darauf zu surfen, dann würde sie das jetzt gern einmal versuchen.

Da sah sie Leos rotblonden Wuschelkopf über eine der Sitzlehnen ragen. Langsam bewegte sie sich darauf zu.

Als spüre er ihre Anwesenheit, drehte er sich leicht zu ihr um, sie hatte noch nicht einmal die Sitzreihe hinter ihm erreicht. Seine Augen wurden groß und verdunkelten sich fast augenblicklich.

Die Hände tief in den Hosentaschen, stand Gwen vor ihm. Er sah sie fragend an, dann nickte er zu dem freien Platz neben sich.

Langsam ließ sich Gwen auf den Sitz gleiten und zog die Hände aus den Taschen. Sie sah ihn verstohlen von der Seite an. Sein gut geschnittenes Profil, seine vollen Lippen. Er hatte wieder seine Brille auf, und Gwen kam der Verdacht, dass sie nicht dem besseren Sehen diente, sondern eher als eine Art Schutzglas fungierte, hinter dem er sich verstecken konnte. »Leo, ich ...«, fing Gwen an, doch auf einmal wusste sie gar nicht mehr, wo sie beginnen sollte, und alles, was ihr eben auf dem Weg hierher so glasklar erschienen war, wirkte hier, neben ihm, verworren.

Leo legte seine Hand auf ihre und drückte sie kurz. Er räusperte sich, dann sagte er mit einer Stimme, die belegt klang: »Cool, dass du da bist.«

Er sah sie an, und über sein Gesicht glitt ein so glückliches Lächeln, wie sie es noch nie bei ihm gesehen hatte. So hatte Ben-der-Bäcker bestimmt immer ausgesehen, wenn er abends an sie geschrieben hatte, schoss es Gwen durch den Kopf. So zumindest hatte *sie* sich bei *seinen* Mails gefühlt.

Langsam, ganz langsam bekam sie diese beiden Jungs in ihrem Herzen zusammen: Der kluge, warmherzige Schreiber und der schüchterne, manchmal etwas ungeschickte Junge, der in Notsituationen ganz groß werden konnte, das waren ein und dieselbe Person. Die Person, die hier gerade im Zug ihre Hand hielt. Gwen drückte Leos Hand ganz fest, bis Leo »Autsch!« rief.

Beide sahen sich an, und ein leises, erwartungsvolles Lächeln hing zwischen ihnen.

Bis Bremen sagten sie nicht mehr viel und taten so, als würden sie interessiert aus dem Fenster gucken. Nur hin und wieder drückte einer die Hand des anderen fester, und dann sahen sie sich mit leuchtenden Augen an, als könnten sie etwas von dem, was sich zwischen ihnen gerade unaufhaltsam ausbreitete, zerstören, wenn sie die Stille unterbrachen.

Einmal wagte Gwen eine Frage zu stellen, die ihr seit dem Hamburger Hauptbahnhof nicht mehr aus dem Kopf gegangen war. »Diese ›Hoffnung auf jemand anderen‹, war das ich?«

Leos Nicken reichte, um ihren Magen in nervöse Unruhe zu versetzen.

Als Leo mit einem Finger vorsichtig begann, über Gwens Handrücken zu streichen, und ihn langsam an der Haut ihrer Handinnenfläche entlang bewegte, spürte sie ein Kribbeln, das sich von ihrer Hand die Wirbelsäule entlang bis in den kleinen Zeh ausbreitete. Es war, als würde ein kleines Feuerwerk auf jeder einzelnen ihrer Hautzellen entzündet werden.

Und bis der Zug im Bremer Hauptbahnhof einlief, war sie bereits rettungslos in die Person verliebt, die da neben ihr saß. Wer auch immer das genau war.

22

»Also, wenn das hier eher ein Minimodell des Laufstegs für Onkel Alfonso werden soll, dann sollten wir die Stangen deutlich verkürzen.« Mit diesem Satz nahm Leo eine der Schokostangen von der Kochinsel und biss herzhaft hinein. Dann hielt er Gwen das andere Ende vor den Mund und sah sie auffordernd an.

Sie sah mit funkelnden Augen hoch und knabberte ein Stück ab. Als sie ihm die leckere Schokolade zurückreichte, huschte ein so warmes Lächeln über Leos Gesicht, dass sie ihn einfach küssen musste.

Mit der einen Hand nahm Leo die Schokostange zurück, mit der anderen Hand strich er ihr eine Locke hinters Ohr und zog sie näher an sich.

»Weißt du was«, murmelte er, »irgendwie ist es egal, was für einen Kram wir machen, ich muss immer in deiner Nähe rumstehen, damit es mir gut geht.« Er begann, die Locke zwischen seinen Fingern zu drehen.

Auch für Gwen fühlte sich seine Nähe an wie zehn Ben-der-Bäcker-E-Mails plus dreimal köstliches Creme-Testen mit Leo.

Ding-Dong-Ding.

Gwen und Leo stoben auseinander. Beide wischten sich schnell die Schokolade vom Mund, Leo glättete liebevoll Gwens Locken, dann lachten sie und öffneten die Tür.

»Störe ich?« Bonni sah schmunzelnd von einem zum anderen und zog einen Schokosplitter aus Gwens Haaren. »Wie ich sehe, seid ihr fleißig«, lachte sie.

Gwen warf ihr einen gespielt genervten Blick zu.

»Ich dachte nur«, Bonni ließ sich davon nicht einschüchtern, »es würde euch vielleicht interessieren ...«, damit schob sie sich an den beiden vorbei ins Haus und machte eine kunstvolle Pause.

Auf einmal schrie sie so unvermittelt los, dass Leo und Gwen instinktiv zurückwichen: »Dass die Schulbehörde es genehmigt hat! Ich darf an meiner Schule bleiben! Und damit ist das Ziel, Abi zu machen, so viel näher ... und meine Leute da kann ich auch behalten! Gracias, gracias, gracias!«

Mit einem Sprung umarmte sie Gwen und versuchte, sie im Kreis zu drehen. Gwen brauchte ein paar Sekunden, bevor sie das Gehörte verdaut hatte, aber dann begann sie, sich wie wild mitzudrehen.

Gemeinsam brüllten sie »Juhuuuu!!« in Endlosschleife.

Leo sah den beiden lachend zu und verzog sich schließlich wieder in die Küche.

Als Bonni und Gwen ihm etwas später folgten, hatte er bereits diverse Backzutaten auf der Ablage vereint und fragte mit ausgebreiteten Armen: »Wie wäre es mit einem Gratulations-Schokokuchen mit drei Konsistenzschichten à la Bender-Bäcker, falls der hier kein Hausverbot hat?«

Das hatte er natürlich nicht. Und eine Stunde später saßen die drei genüsslich kauend um einen ofenwarmen Kuchen herum und diskutierten die Frage, in welcher Konstellation Gwen in den Herbstferien nach Argentinien fliegen sollte. Gwen mit Leo oder Gwen mit Bonni?

Aber damit wollten Leo und Gwen Bonni nur ein wenig zappeln lassen. Insgeheim hatten sie Tante Penélopé längst gemailt und den Besuch ihrer Nichte angekündigt.

Penélopé hatte schon tausend Ideen, wie sie ihre Nichte überraschen wollte. Sie wollte bekannte Designer-Kollegen mit ihr besuchen und hatte ihr schon eine eigene Nähmaschine besorgt. Das war noch längst nicht alles – das war nur das, was sie bereit gewesen war, Gwen schon vorab zu verraten.

Bonni würde Augen machen! Und darauf freute sich Gwen wie verrückt, endlich könnte sie Bonni etwas für all ihren Einsatz zurückgeben.

Während sie abwechselnd in Bonnis und Leos Gesichter sah, die sich gerade scherzhaft mit Gründen zu übertrumpfen versuchten, warum es der eine mehr verdient hatte als der andere, mit Gwen nach Argentinien zu fliegen, konnte sie ihr Glück kaum fassen. Wie hatte sie in ihrem neuen Zuhause gleich zwei Menschen finden können, die ihr so sehr ans Herz gewachsen waren?!

Gwen lächelte. Ganz fest drückte sie unter dem Tisch Leos Hand.

Unfassbar, morgen geht es los! Bonni und ich schlafen schon seit Tagen fast gar nicht mehr … Ich bastele gerade an einer neuen Cupcake-Kreation mit ganz vielen unterschiedlichen Beeren, drei Sorten Schokolade und Nougat, mit der wir Piedro Sancharez aus den Schuhen hauen wollen, hihi. Ich bin so gespannt auf unser kleines Abenteuer und darauf, vom Großmeister zu lernen. Ihr glaubt gar nicht, wie oft ich im Kopf schon den Moment durchgespielt habe, in dem ich endlich in seiner Backstube stehe und eine seiner berühmten Tartes mit eigenen Händen nachbacke. Aaaaah, ich könnte durchdrehen, so aufgeregt bin ich.

Argentinien und stürmisches Back-Paradies, wir kommen! Und wenn ihr dranbleibt, könnt ihr hier bald das Rezept meiner neuesten Kreation nachlesen und erfahrt, was Piedro, der Kuchen-Star, dazu gesagt hat. ☺

Und bis dahin: Erfindet einfach euer eigenes Ding! <3

Eure

marla.keks